Michael
Leuchtenberger

CASPARS SCHATTEN

AF237715

Das Buch

Weniger abhängig sein von Technologiewahn und Kapitalismus, zurückkehren zur Natur – viele verspüren in der modernen Welt solche Sehnsüchte. Nur einer der Gründe, warum Caspar, der Widersacher in diesem übersinnlichen Thriller, so charismatisch erscheint. Er ist mit einer seltenen Gabe gesegnet, aber auch machtbesessen und skrupellos. Sein alter Freund David und seine große Liebe Miriam müssen das schmerzhaft erfahren, als sie in Caspars Fänge geraten ...

Der Autor

Michael Leuchtenberger begann in einer Phase der beruflichen Neuorientierung 2015 mit der Schriftstellerei. Seinen Debütroman *Caspars Schatten* veröffentlichte er 2018 als Selfpublisher über Books on Demand. Der geisterhafte Thriller wurde in einer Reihe deutschsprachiger Buchblogs sehr positiv rezensiert.

Mit der Kurzgeschichte *Lampionfest* gewann er 2019 den Schreibwettbewerb Zeitgeist 2020 von Litopian e.V.

Im gleichen Jahr veröffentlichte er mit *Derrière La Porte – elf sonderbare Kurzgeschichten* seinen ersten Erzählband.

Geboren wurde Michael Leuchtenberger 1979 in Bremen. Er studierte Germanistik und Anglistik mit Schwerpunkt Literaturwissenschaft in Oldenburg und Kingston-on-Thames und war anschließend einige Jahre als Redakteur in Hamburg tätig.

MICHAEL
LEUCHTENBERGER

CASPARS SCHATTEN

Bibliographische Information der Deutschen Nationalbibliothek:
Die Deutsche Nationalbibliothek verzeichnet diese Publikation in
der Deutschen Nationalbibliografie; detaillierte bibliografische
Daten sind im Internet über http://dnb.dnb.de abrufbar.

4. Auflage, 2021

Coverfoto: Ramona Oltmanns

Umschlaggestaltung: François Entringer

Buchsatz: Karl-Heinz Zimmer
gesetzt aus der EB Garamond
erstellt mit *SPBuchsatz*

Herstellung und Verlag: BoD – Books on Demand, Norderstedt

ISBN: 978-3-7528-4245-6

Dieses Buch enthält Trigger-Hinweise
auf letzter Seite gegenüber der Deckel-Innenseite.

Inhaltsverzeichnis

Prolog   9

Erster Teil: Ein alter Freund   17

Zweiter Teil: Caspars Maske   73

Dritter Teil: Die Gefolgschaft   153

Vierter Teil: Die Unsichtbaren   217

Epilog   279

Danksagung   286

Prolog

Caspar lag auf dem Sofa und blätterte gelangweilt in einem Buch über Baumarten, das er ohnehin längst auswendig kannte. Währenddessen war seine Mutter eine Ewigkeit damit beschäftigt, die Küche in Ordnung zu bringen. Sein Vater werkelte irgendetwas im Garten.

Ruth, Caspars Mutter, wusste, dass es nicht gut war, die Geduld des Kindes allzu lange zu strapazieren. Für diesen spätsommerlich warmen Sonntag hatten sie sich einen Spaziergang in der Umgebung ihres Hauses vorgenommen, das abseits aller umliegenden Dörfer am Waldrand lag. Sie wollten Pilze sammeln und einen Abstecher zum See machen. Caspar hatte sich den ganzen Vormittag danach gesehnt, endlich loszuziehen. Daher hatte Ruth sich mit dem Abwasch beeilt.

Sie ließ das nasse Geschirr zum Trocknen stehen und rief betont fröhlich hinüber ins Wohnzimmer: »Fertig, Caspar!«

Ihr Sohn gab keine Antwort, aber das war sie gewohnt. Sie wusste, dass er sie gehört hatte.

»Du kannst deinem Vater Bescheid sagen, dass es jetzt losgeht!«

Sie hörte, wie Caspar die Tür öffnete, die vom Wohnzimmer in den Garten führte, und hinausrief: »Kommst du bitte? Wir wollen los!«

Ruth schüttelte den Kopf. Ihr achtjähriger Sohn hörte

sich an, als wäre *er* der Vater. In letzter Zeit hatten sie und ihr Mann Friedrich sich häufiger gefragt, ob Caspar sich nicht ein bisschen zu oft im Ton vergriff.

Sie gingen den gewohnten Weg, über die zweispurige, grasbewachsene Zufahrt zum Haus, dann an der kleinen, asphaltierten Straße entlang, die in den Wald führte. Caspar trottete seinen Eltern auf dem schmalen Grasstreifen hinterher, blieb hier und da zurück, um einen toten Käfer zu untersuchen oder einen Vogel zu beobachten, oder rannte voraus.

Die Sonne schien ihnen ins Gesicht und ließ die Blätter der Büsche und Bäume, die die Straße säumten, hellgrün leuchten. Bis auf das Rauschen des Windes und ein paar Vogelstimmen war es vollkommen still. Nur einmal kroch ein Auto heran mit einem alten Mann am Steuer. Er saß nach vorne gebeugt, das Lenkrad fest umklammert, und passierte sie nach einigem Zögern in einem übertrieben großen Bogen.

Als sie an der Weide mit den Kühen vorbeikamen, trabten zwei von ihnen in erstaunlichem Tempo näher.

»Die sind aber neugierig«, sagte Friedrich.

»Die haben Hunger!«, rief Caspar. Er rupfte einige Grasbüschel vom Straßenrand und streckte sie den Kühen durch den Stacheldraht entgegen. Sie fraßen ihm aus der Hand.

»Sie kennen dich schon«, sagte Ruth.

Auf Streifzügen wie diesen ertrug Caspar die Gesellschaft

seiner Eltern recht gut. Wenn sie gemeinsam die Natur erkundeten, spürte er, dass sie etwas verband, dass sie eine Familie waren. Die meiste Zeit aber, wenn sie sich in ihrem kleinen, bescheidenen Häuschen aufhielten, wenn grauer Alltag herrschte und sie sich mal wieder stritten, wünschte der Junge, er wäre allein auf der Welt. Dass es niemanden gab, der ihm sagte, was er zu tun und zu lassen hatte.

Hinter der Weide führte ein unbefestigter Weg in den Wald hinein. Auf dem sandigen Boden war das Laufen mühseliger, zumal es leicht bergauf ging. Der Sand lief Caspar bei jedem Schritt in seine offenen Sandalen. Er war durchmischt mit Fichtennadeln, die ihm in die Füße stachen.

Die Bäume standen hier dichter, es war schattig und angenehm kühl. Caspar roch den Waldboden und noch etwas anderes.

»Ich rieche die Pilze«, sagte er.

»Ja«, antwortete sein Vater. »Ich wette, wir finden eine Menge.«

»Los, geh doch schon mal suchen«, sagte Ruth zu Caspar, die froh war, dass die Laune ihres Sohnes sich besserte. Sofort stahl dieser sich durch die Büsche am Wegesrand in den Wald.

»Aber erstmal keine Pilze anfassen, hörst du?«, rief ihm Friedrich hinterher. »Sag Bescheid, wenn du welche gefunden hast!«

Caspar war in seinem Element. Im Wald gab es so viel zu entdecken. Jeder Baum, jeder Strauch sah anders aus. Etliche waren krumm und schief oder knorrig. Auch der Boden sah nirgendwo gleich aus. Manchmal gab es nur einen Teppich aus altem Laub zwischen mächtigen Stämmen, manchmal undurchdringliches Buschwerk. Anderswo wuchsen dicht an dicht hohe Grasbüschel, die an den Beinen kitzelten. Aus umgestürzten, halb vermoderten Baumstämmen sprossen seltsame Pilze. Zwischen den Bäumen und Büschen lebten Mäuse, Igel, Eichhörnchen und Füchse, auch wenn man sie alle nur selten zu Gesicht bekam. Dass es viele Fledermäuse gab, bemerkte Caspar bei Spaziergängen am späten Abend, wenn sie über seinen Kopf hinweg huschten. Sogar Schlangen hatte er hier gesehen, meistens an dem kleinen See, der nicht weit von hier im Wald versteckt lag. Die vielen Vögel waren nicht zu überhören, manche erkannte er an ihrem Gesang.

Nicht zu vergessen all das, was am Boden herumkrabbelte: Ameisen und Käfer in allen Größen, Formen und Farben. Würmer, Schnecken und Raupen. Ekel empfand Caspar bei keinem Lebewesen, nicht einmal bei dicken Spinnen. Seine Eltern hatten ihm gezeigt, dass die meisten von ihnen völlig harmlos waren. Ebenso wusste er, von welchen Tieren man lieber die Finger ließ.

In einem Wald mit so viel Leben konnte alles existieren, was die Fantasie sich ausmalte. Und davon hatte Caspar reichlich. Er liebte Märchen und andere Geschichten, hatte aber auch keine Mühe, sich in seine eigenen Fantasiewelten zu flüchten. Auf Streifzügen durch den Wald spürte er mit allen Sinnen, was dort geschah und was anderen Menschen entging.

Bei aller Träumerei vergaß Caspar seine Aufgabe nicht. Hartnäckig hielt er Ausschau nach essbaren Pilzen. Von Spaziergängen kannte er Stellen, wo sich die Suche besonders lohnte. Maronen waren hier im Wald häufig, und Caspar erkannte sie, weil das Polster auf der Unterseite ihres Hutes sich blau färbte, wenn man darauf drückte. Auf dem kleinen Hügel unter den Kiefern wuchsen oft ganze Gruppen von Butterpilzen, deren glitschige Haut man vom Hut abziehen musste. An mehreren Stellen war der Sandweg von Birken gesäumt, unter denen sie oft Birkenpilze fanden. Dass deren Stiele meist genauso schwarzweiß gemustert waren wie die Stämme der Bäume, bei denen sie gediehen, faszinierte Caspar. Woher wusste der Pilz, wie man einen Baum nachahmt?

Schon nach zwei Stunden war Ruths Korb so weit gefüllt, dass es für ein Abendessen reichen würde.

»Komm, Caspar, wir gehen zurück«, rief Friedrich seinem Sohn zu, der einen riesigen Baumstumpf in der Nähe untersuchte.

»Jetzt schon? Auf keinen Fall. Wir waren noch nicht am See.«

Ruth bemerkte den Tonfall in Caspars Stimme und wusste, dass es wieder Streit geben würde.

»Ich bin noch nicht fertig im Garten«, sagte Friedrich. »Und deine Mutter möchte das Abendessen vorbereiten.«

»Das ist mir egal, ich will noch hierbleiben.«

Ruth war plötzlich sehr müde. Der erneute Stimmungswechsel ließ sie resignieren.

Sie fasste einen Entschluss.

»Dann bleibst du eben allein hier«, sagte sie, ohne Groll in der Stimme. »Du bist ja schon groß und kennst den Weg.«

Friedrich sah seine Frau überrascht von der Seite an, sagte aber nichts.

Caspar antwortete, ohne sie anzusehen: »OK.«

»Bleib aber nicht zu lange. Und pass auf, wenn du zum See gehst.« Sie streichelte ihrem Sohn kurz über den Kopf, dann drehte sie sich um und trat den Rückweg an.

Friedrich lächelte Caspar einmal kurz zu, bevor er ihr folgte. Sein Sohn erwiderte das Lächeln, wie zum Zeichen des Friedens.

Als Caspar endlich allein war, dachte er nicht mehr an den See, sondern setzte sich auf den Baumstumpf, der einst einen gewaltigen Riesen getragen haben musste. Er war so breit, dass mindestens vier Personen bequem darauf hätten sitzen können. Weil der Baum keine Krone mehr hatte, lag der Stumpf auf einer kleinen Lichtung in der Sonne. Drumherum standen dicht einige jüngere Eichen. Der Sandweg war, obwohl nur wenige Meter entfernt, durch die vielen Blätter hindurch kaum zu erkennen. Der Boden war von Grasbüscheln und dichtem Moos überzogen, in das man einsank wie in ein dickes Federkissen.

Caspar legte sich auf das trockene, von Flechten bedeckte Holz, spürte dessen Wärme im Rücken. Es fühlte sich herrlich an und machte ihn schläfrig. Weil die Sonne ihn blendete, schloss er die Augen. Er genoss die Ruhe und die Gewissheit, dass niemand ihn beobachtete.

Nachdem er eine Weile gedöst hatte, merkte er, wie etwas seinen Arm streifte. Kein Grashalm im Wind, kein Insekt. Etwas Größeres, das sich kühl anfühlte. Eine Hand?

Er öffnete die Augen. Sein Gesicht lag plötzlich im Schatten. Irgendetwas war neben ihm, über ihm, und verdeckte die Sonne. Aber mit seinem müden Blick erkannte er es nicht. Bevor er sich hochrappeln konnte, fühlte er wieder die kühle Berührung, diesmal an seiner Wange. Sanft, doch eindeutig da.

Dann hörte er eine Stimme, leise, aber deutlich.

»Caspar«, sagte sie.

Der Junge wagte nicht, zu sprechen, und blieb erstarrt liegen.

Dann sagte die Stimme: »Wir freuen uns, wenn du hier bist.«

Teil I

Ein alter Freund

1

David stoppte die Musik auf seinem Smartphone und nahm die großen Kopfhörer ab, unter denen ihm immer zu warm wurde. Die entrückten Songs von Porcupine Tree hatten ihn eingelullt und schläfrig gemacht. Doch das war besser gewesen, als den diversen, lautstarken Unterhaltungen zuzuhören, die um ihn herum geführt wurden. Jetzt brauchte er dringend Kaffee, sonst würde er schlecht gelaunt bei seiner Schwester eintreffen.

Um wach zu werden, dehnte und streckte David sich, soweit das auf dem beengten Sitz im Zug möglich war. Sein linkes Bein war eingeschlafen und kribbelte, als das Blut sich wieder seinen Weg bahnte. David zog die Schultern hoch, sein Nacken war verspannt und knackte auf beiden Seiten.

Draußen zog die norddeutsche Landschaft vorbei. Felder, kleine Wälder und Bauernhöfe, die endlich in Sonne getaucht waren. Es war schon Ende August und der Sommer hatte sich einmal mehr kaum als solcher zu erkennen gegeben.

Die beiden Studentinnen vor ihm hatten für das herrliche Wetter vor dem Fenster keine Augen. Sie diskutierten ungeniert ihre Beziehungsprobleme, als würden sie darauf warten, dass der Rest des Zugabteils sich einmischte.

In einer knappen halben Stunde würde der Zug in Bremen eintreffen. David tippte eine Nachricht an seine Schwester: »Bin unterwegs! Hab die übliche Wartezeit in Bremen, bin gegen halb 2 da! Freu mich auf euch, dein Brüderchen«. Er drückte auf Senden, merkte dann aber, dass es mal wieder kein Netz gab. Das würde sich frühestens einstellen, wenn die ersten Bremer Häuser neben der Strecke auftauchten.

Als David das Handy in die Vordertasche seines Rucksacks steckte, fiel ihm dort die Einladung zu der Feier in die Hand, die seine Schwester Miriam und er am Abend besuchen wollten. Warum hatte er die Karte überhaupt mitgenommen? Befürchtete er, sein alter Schulfreund könnte sich plötzlich nicht mehr erinnern, ihn eingeladen zu haben?

David war völlig überrascht gewesen, als er den Brief in der Post gefunden hatte. Sie hatten viele Jahre nichts voneinander gehört.

Er holte die schlichte, weiße Karte aus dem Umschlag, auf deren Vorderseite in eleganter Handschrift stand: »Für David«, klappte sie auf und las ein weiteres Mal die wenigen Zeilen, die sich großzügig über beide Innenseiten erstreckten:

David, mein Bester!

Ich habe beschlossen, in diesem Jahr meinen Geburtstag in der Gesellschaft einiger Menschen zu verbringen, die mir sehr wichtig sind. Es soll ein unvergesslicher Abend werden und ich möchte auch mit Dir feiern. Ich hoffe inständig, dass Du es einrichten kannst. Für eine Übernachtungsmöglichkeit vor Ort ist gesorgt.
In vehementer Zuneigung
Dein Caspar

PS: Bitte erkundige Dich, ob meine Einladung auch Miriam erreicht hat. Ich möchte Euch beide unbedingt wiedersehen.

Jetzt erschien David die Vorstellung, die Einladung könnte ein Irrtum gewesen sein, doch absurd. Der Text war, wenngleich kurz, doch persönlich an ihn gerichtet. Die Grußformel »in vehementer Zuneigung« hatten sie früher gerne benutzt, meistens auf den Zettelchen, die heimlich im Unterricht in der Klasse kursierten. Die großen, ausladenden Buchstaben, die David aus der Schulzeit kannte, stammten eindeutig von Caspars Hand. Auf der Rückseite der Karte waren das Wann und Wo zu der Feier angegeben. Miriam und er würden später knapp zwei Stunden mit dem Auto dorthin fahren müssen.

Seine Schwester hatte ebenfalls eine Karte bekommen und war noch überraschter gewesen als er selbst. Keiner von beiden wollte sich Caspars Feier entgehen lassen. Sie hatten alle drei dieselbe Schule besucht und einen gemeinsamen Freundeskreis gehabt. Miriam war etwas älter als Caspar und David und in eine höhere Klasse gegangen, Caspar war eine Zeitlang ihr fester Freund gewesen.

Die Eltern der Geschwister, von Davids Freundschaft mit dem schrägen Vogel schon nicht begeistert, hatten erst recht missbilligt, dass Miriam sich ernsthaft in ihn verliebt hatte. Caspar hatte sich nie angepasst und war oft angeeckt. Anders als der Großteil seiner Mitschüler war er keinerlei Modetrends nachgejagt, hatte immer sein eigenes Ding gemacht. Weder von seinen Eltern und Lehrern noch von Klassenkameraden hatte er sich etwas vorschreiben lassen.

Dafür war Caspar von vielen bewundert worden, David eingeschlossen. Aber echte Freunde hatte er kaum gehabt. Zwar hatte er zu Partys nie Nein gesagt, doch abgesehen davon hatte er sich genau überlegt, mit wem er mehr Zeit verbrachte als nötig.

Dass er, David, damals die große Ausnahme gewesen war, hatte ihn stolz gemacht. Caspar hatte ihn respektiert, da er David für äußerst intelligent hielt. Stundenlang, manchmal ganze Tage, waren sie ziellos umhergeschweift, hatten viel diskutiert, oft aber einfach geschwiegen, ohne dass es jemals unangenehm gewesen wäre. Als das mit Miriam und Caspar ernster geworden war, hatten sie oft zu dritt herumgehangen. Auch wenn die Beziehung zwischen den beiden alles andere als reibungslos verlaufen war, hatte David sich auch dabei meist wohl gefühlt.

Trotzdem war Caspar für David immer ein Rätsel geblieben. Ständig hatte er verrückte, spontane Ideen gehabt. Einfach mal so die zwanzig Kilometer von der Schule zu Fuß gehen. Den uninspirierten Deutschunterricht schwänzen, stattdessen in der Bibliothek die wirklich guten Bücher lesen. Von einer Minute auf die andere einen Rucksack packen, um das ganze Wochenende im Wald zu zelten.

David war von Caspars Ideen meistens überrumpelt worden. Doch die Freundschaft hatte für willkommene Aufregung in seiner sonst eher eintönigen, braven Jugend gesorgt.

Manchmal hatte Caspar sich tagelang zurückgezogen, war kaum ansprechbar gewesen. Irgendwann hatte David sich darüber nicht mehr gewundert und schlicht abgewartet. Denn früher oder später war plötzlich alles wieder vergessen und Caspar hatte sich für die Funkstille entschuldigt. Sicher hatte diese Unberechenbarkeit zu einem gewissen Teil den Reiz der Freundschaft ausgemacht.

David hörte ein dezentes Bimmeln aus seinem Rucksack. Seine Nachricht hatte inzwischen den Weg zu Miriam gefunden.

»Bin ja schon ein bisschen nervös wegen heute Abend«, schrieb sie. »Aber erstmal freue ich mich auf DICH! Vincent übrigens auch.«

Miriams vierjähriger Sohn war ganz vernarrt in seinen Onkel, was auf Gegenseitigkeit beruhte.

»Sag ihm, ich hab ihm was mitgebracht«, schrieb David zurück. »Bis nachher!«

Die Vorfreude auf seinen Neffen ließ David in sich hineingrinsen. Miriam hatte ihm ein Foto auf sein Handy geschickt: Vincent auf seinem Dreirad in der Hauseinfahrt, lachend und winkend. Der rothaarige Strubbelkopf erinnerte David an Pumuckl, einen der Helden seiner eigenen Kindheit.

Auch seine Freundin Kathi hatte ihm eine Nachricht geschickt. Gern wäre sie mitgekommen, musste aber an diesem Wochenende mit ihren Kollegen auf eine Gesundheitsmesse nach Leipzig.

»Ich hasse Business-Outfits«, schrieb Kathi. »Es ist viel zu warm hier! Würde viel lieber mit euch feiern. Denke an dich.«

»Rockt die Messe und Gruß an deinen Chef«, textete David zurück. »Ich melde mich morgen, wenn ich wieder nüchtern bin, versprochen!«

Die beiden Studentinnen wollten kurz vor Bremen aussteigen, standen auf und rafften ihre zahlreichen Taschen zusammen. Dabei warf eine von ihnen David mehrere verstohlene Blicke zu. Als er sie direkt ansah, vertiefte sie sich hastig in die nächste Unterhaltung mit ihrer Freundin, und die beiden beeilten sich, auszusteigen.

Der Zug fuhr wieder an, und Davids Blick fiel erneut auf die Einladungskarte, die er auf den freien Sitz neben sich gelegt hatte. Seine Gedanken kehrten zu Caspar zurück. Er hatte sich immer gefragt, ob sie jemals wieder den Draht zueinanderfinden würden. Und war sich gleichzeitig nie sicher gewesen, ob er sich das überhaupt wünschte.

2

Miriam stand auf der Terrasse, als ihr Bruder um das Haus herum durch den Garten geschlendert kam. Als David sie sah, lächelte er, hob zum Gruß flüchtig die Hand – es sah mehr so aus, als würde er eine Mücke an seinem Ohr verscheuchen – und sagte schlicht: »Hallo!«. Sie breitete wortlos die Arme aus, um ihn vernünftig zu begrüßen; sein Lächeln wurde zu einem Grinsen und er fiel ihr um den Hals.

Immer wenn Miriam ihren jüngeren Bruder sah, fragte sie sich, ob andere ihn wohl für einen echten Hipster hielten. David war zwar schon 35, ging aber locker für Ende 20 durch. Er war sehr schlank und gutaussehend, mit seinem dunkelblonden Strubbelhaar, den großen, graublauen Augen, und vor allem: dem strahlenden Lächeln dank seiner unverschämt guten Zähne. Besonders dieses Lächeln war es, das ihm eine jugendliche Ausstrahlung verlieh.

Die Aura des jungen Freigeistes schien er mit seiner Kleidung bewusst zu kultivieren. Denn David liebte es bunt. Grellblaue Schuhe zur engen, roten Hose, so wie heute, so etwas war Miriam von ihrem Bruder gewohnt. Das schlichte, dunkle Hemd war im Vergleich dezent und fast brav. Dazu trug er einen schwarzweiß gestreiften Hut, der so weit hinten auf seinem Hinterkopf saß, dass Miriam ihn unwillkürlich zurechtrücken wollte. Statt des Hutes komplettierte David sein Outfit gelegentlich mit einem knalligen Jackett, Hosenträgern, einer Krawatte oder einer eckigen, schwarzrandigen Brille.

Trotz der ungewöhnlichen Art, sich zu kleiden, war David nicht der Typ, der sofort alle Aufmerksamkeit auf sich zog. Wenn er einen Raum betrat, war er keineswegs automatisch der Mittelpunkt. Er hatte einen vorsichtigen Gang, machte nie ausladende Gesten. Er sprach eher leise und sowieso nicht besonders viel, brüllte nie herum und lachte selten laut. Der große Auftritt war nicht seins, nicht einmal im Haus seiner eigenen Schwester. Sie standen nebeneinander auf der Terrasse und er hatte die Hände tief in die Hosentaschen geschoben, während sie die üblichen Begrüßungsfloskeln austauschten: Jaja, die Hektik am Bahnhof und die vollen Züge am Wochenende.

Während David sprach, fuhr er sich mit der rechten Hand immer wieder über den dichten Stoppelbart. Mit seiner blauen Schuhspitze kratzte er verlegen auf den Steinplatten der

Terrasse herum, drehte den Oberkörper hin und her, stellte er den rechten Fuß auf einen der Blumenkübel vor ihm und nahm ihn wieder herunter. Dann den linken. Dabei stieß er den Kübel fast um.

Seine Unruhe erinnerte Miriam an den kleinen David, der soeben etwas ausgefressen hatte und immer erst zu ihr gekommen war, um sie um Rat zu fragen, wie er es den Eltern am geschicktesten beichten konnte. Sah nur sie diesen kleinen Jungen in ihm, da sie ihn selbst gekannt hatte?

Weil David nie sonderlich souverän wirkte, fiel den meisten Menschen erst beim zweiten oder dritten Hinsehen auf, wie attraktiv er war. Auf den ersten Blick bemerkten sie allenfalls einen komischen, stillen Kauz. Wenn sie aber direkt mit ihm sprachen, waren sie nach wenigen Sekunden gefesselt.

Miriam hatte das schon oft erlebt, bei Frauen wie bei Männern, bei Jung und Alt. Sie konnte es kommen sehen, wie sie dann hinterher immer zu ihr sagten: »Du, dein Bruder, das ist aber ein ganz Netter.«

Neben seinen Augen lag das an seiner angenehmen, hellen und trotzdem warmen Stimme, und an seiner Art zu sprechen. Er wählte seine Worte mit Bedacht, stammelte nie herum und brachte so gut wie jeden Satz zu einem sinnvollen Ende. Das bildete einen Kontrast zu seiner Körpersprache, die oft Unsicherheit verriet. Ohne dies hätte aus ihm zweifellos ein brillanter Redner werden können.

Auch die Begrüßungssituation mit seiner eigenen Schwester war ihm unangenehm gewesen, aber so langsam entspannte David sich. Er sah ihr plötzlich direkt in die Augen und sagte: »Echt toll, dich zu sehen! Gut siehst du aus!« Dabei boxte er ihr sanft auf den Oberarm, als wäre sie ein guter Kumpel – was sie durchaus war, sofern man das von einer Schwester sagen konnte. Sie hatten sich immer gut verstanden und in schwierigen Zeiten zusammengehalten. Gleichzeitig waren sie sehr verschieden, mit unterschiedlichen Wünschen und Erwartungen. Das hatte dazu geführt, dass ihre Lebensweisen inzwischen völlig gegensätzlich waren – und, über die regelmäßigen Kurzbesuche hinaus, nicht miteinander vereinbar. Einblicke in die Welt des einen konnte der andere nur genießen, wenn sie sich auf wenige Tage beschränkten, wie auch diesmal.

David schaute zufrieden lächelnd über den blühenden Garten, während Miriam ihm von den neusten Schandtaten seines Neffen berichtete, der gerade mit dem Vater auf dem Spielplatz um die Ecke tobte.

Vincent war vor ein paar Tagen vier geworden. Am Tag danach hatte er gefragt: »Mama, hab ich heute immer noch Geburtstag?«. Als Miriam dies verneinte, hatte er energisch protestiert: »Aber ich will nicht wieder drei sein!«

David lachte laut auf – für seine Verhältnisse – und schlug sich mit der Hand auf den Oberschenkel. Er freute sich immer diebisch über diese kleinen Geschichten und Miriam sah ihrem Bruder an, dass er es kaum erwarten konnte, seinen Neffen zu sehen.

Sie begann, die Terrassenmöbel aufzustellen, damit sie vor der langen Fahrt zu Caspars Fest einen Kaffee in der Nachmittagssonne trinken konnten. David half ihr, wobei er sich in den schicken Klappstühlen aus Holz mehrmals den Finger klemmte. Diesen alltäglichen Kampf mit den Dingen kannte

Miriam von ihrem Bruder und kommentierte ihn knapp mit einem reflexartigen, halbherzigen »Pass auf!«. David verdrehte die Augen, grinste aber dann. Der Tag war zu schön und die Vorfreude auf seinen Neffen und die Feier am Abend zu groß, um sich von Kleinigkeiten die Laune verderben zu lassen.

Miriam ging ins Haus, um Kaffee zu kochen. David drehte sich einen der Stühle zur Sonne, setzte sich, streckte die Beine aus und schloss die Augen. Es war mal wieder einer dieser seltenen, erhabenen Momente, in denen ihm partout nichts einfallen wollte, das ihm Sorgen machte.

3

Wenig später saßen sie nebeneinander auf der Terrasse, jeder hing mit einem dampfenden Kaffeebecher in der Hand seinen eigenen Gedanken nach. David sah Miriam von der Seite an und fragte sich, wie seine Schwester jetzt auf ihren Ex-Freund Caspar wirken würde.

Er fand nicht, dass sie sich sonderlich verändert hatte, höchstens zu ihrem Vorteil. Oft, wenn er sie sah, musste David an die Bezeichnung »herbe Schönheit« denken, obwohl er fand, dass das albern klang. Die eher schmalen Lippen und das ausgeprägte Kinn ließen ihr Gesicht leicht streng wirken. Sie war ebenso groß und schlank wie ihr Bruder, hatte die gleiche, dunkelblonde Haarfarbe, ihr strahlendes

Lächeln glich seinem. Das Haar fiel ihr in leichten Wellen bis auf die Schultern und sah oft ein wenig wild aus. Das passte zu ihrer rauen Stimme, die manchmal klang, als wäre sie Kettenraucherin, dabei hatte Miriam seit ihrem 20. Lebensjahr keine Zigarette mehr angerührt. Ihre Haut war glatt und auffallend blass, die graugrünen Augen heller als die ihres Bruders. Davids Vorliebe für extravagante Kleidung teilte sie nicht, sondern bevorzugte erdige Töne. Jetzt trug sie einen knielangen, braunen Rock und eine cremefarbene Bluse. Wie meist, wenn sie sich im Sommer in Haus und Garten aufhielt, war sie barfuß. Dass sie fast zwei Jahre älter war als ihr Bruder und längst auf die 40 zuging, sah man ihr keinesfalls an.

Doch, David war sicher, dass Caspar angetan sein würde, wenn er sie sah.

Sie hörten, wie die vordere Haustür aufgeschlossen wurde, dann verkündete eine Kinderstimme laut: »Wir sind da-haaa!«

Eine tiefe Männerstimme antwortete: »Erstmal Schuhe ausziehen, Vinnie.«

»Wir sind auf der Terrasse!«, rief Miriam.

Kurz darauf kam Vincent durch das Wohnzimmer gestürmt und sprang seinem Onkel in die Arme, der ihn an der Terrassentür erwartete.

»Hey, wo habt ihr denn gesteckt?«, fragte David, während er seinen Neffen hochhob. »Mein Gott, bist du schwer geworden!«

»Auf dem Spielplatz!«, schrie Vincent, etwas zu laut direkt neben Davids Ohr.

Vincents Vater Ethan trat auf die Terrasse und streckte seine Hand aus. »Hi, David!«

Da er seinen Neffen auf dem rechten Arm hielt, hatte David nur die linke Hand frei, drückte damit etwas ungelenk Ethans rechte, und erwiderte: »Hey, schön dich zu sehen!«

Miriams Mann war mindestens einen Kopf größer als David und sah aus wie ein Wikinger. Er hatte breite Schultern, die gleichen roten Haare wie sein Sohn, und dazu einen ebenso roten Vollbart. Auch wenn seine Stimme voll und tief tönte, war er ein sanfter Riese.

Mit einem leichten Akzent fragte er David: »Wie geht's dir? Kann ick dir ein Bier aus der Küche mitbringen?« Dass Ethan Engländer war, hörte man nur wegen der fehlenden »r«, dem »ch«, das zu einem »ck« wurde, oder wenn er ein »der«, »die« oder »das« falsch benutzte. Er stammte aus der Nähe von London, lebte aber seit vielen Jahren in Deutschland.

»Gerne«, antwortete David. »Miriam hat schon gesagt, dass sie nachher selbst fahren will.«

»Das heißt aber nicht, dass du schon betrunken bei der Feier ankommen solltest«, sagte Miriam.

»Ein bisschen Vorglühen wird mir guttun.«

Ethan lachte und verschwand in die Küche.

»Wo fahrt ihr hin?«, mischte sich Vincent ein.

»Ein Freund von uns feiert Geburtstag«, erklärte David, während er seinen Neffen herunterließ. »Er heißt Caspar. Wir waren mit ihm in der Schule.«

»Wann?«, fragte Vincent.

»Oh, das ist lange her«, sagte Miriam.

»Ganz lange«, sagte David. »So lange, dass wir gar nicht mehr wissen, wie Caspar aussieht.«

»Ist vielleicht auch besser so«, fügte Miriam leise hinzu.

»Kann ich mitkommen?«, fragte Vincent.

»Nein, das wäre langweilig für dich«, antwortete Miriam. »Du bleibst mit Papa hier. Ihr könnt noch ein bisschen im Garten spielen.«

Das schien den Jungen zufriedenzustellen.

Dann fragte er: »Kriegt Caspar auch Geschenke?«

»Na klar«, sagte Miriam. »Ich hab dir doch die Fotos von früher gezeigt, von Onkel David und mir und den anderen komischen Leuten. Weißt du noch?«

Vincent nickte eifrig.

»Die Fotos hab ich in ein Album geklebt, und das schenken wir heute Caspar.«

Dazu sagte Vincent nichts. Vielleicht fand er die alten Bilder von seiner Mutter, seinem Onkel und den anderen Leuten etwas befremdlich, und konnte sich nicht vorstellen, warum man solche Fotos jemandem zum Geburtstag schenken sollte.

»Danke, dass du dich darum gekümmert hast«, sagte David.

»Kein Problem, hat Spaß gemacht«, sagte Miriam, während sie das Album vom Wohnzimmertisch holte. »Auch wenn ein paar von den Fotos wirklich zum Gruseln sind, vor allem die von eurer Abschlussfeier. Hier, guck selbst, bevor ich es einpacke!«

Sie drückte das Album David in die Hand, der sofort darin zu blättern begann. Er hatte die Fotos seit mindestens zehn Jahren nicht gesehen und verstand schnell, was seine Schwester gemeint hatte. Zu ihrer Abiturzeit hatte nicht nur Caspar, sondern auch er lange Haare gehabt und bevorzugt schwarz getragen. Sie hatten maßlos getrunken und geraucht und sich ungeheuer cool gefühlt.

Auf der Abi-Fete und beim Zelten waren Schnappschüsse entstanden, von denen David hoffte, dass sie seinem kleinen Neffen vorenthalten worden waren. Er selbst, vornübergebeugt und scheinbar kotzend in einem Maisfeld. Daneben Caspar, der ihm auf den Rücken klopfte und sich totlachte. Ein Foto von Miriam, im Bikini im Gras liegend, mit einer riesigen Sonnenbrille und genüsslich an einer dicken Zigarre ziehend. Neben ihr ihre Freundin Antje, die ungeheuer gelangweilt aussah. David erinnerte sich, dass es zwischen den beiden später einen bösen Streit gegeben hatte.

Auf einem anderen Foto waren sie alle zusammen, im Kreis tanzend, wahrscheinlich zu Nirvana oder The Offspring. Fast jeder war mit irgendeiner Flasche ausgestattet. Caspar und er, beide dünn, blass und picklig, hatten Schnapsgläser an Bändern befestigt und sie sich um den Hals gehängt. Dahinter folgten Fotos vom Abi-Ball. Miriam strahlend zwischen Caspar und David, alle drei in ungewohnt schicker Abendgarderobe. Eine erste, leise Ahnung von Erwachsensein.

Das Foto auf der letzten Albumseite zeigte Caspar allein am See, mit dem Rücken zum Fotografen. Die Hände in den Hosentaschen, den Blick auf die untergehende Sonne gerichtet. Plötzlich der einsame Wolf. So hatte er sich gerne inszeniert. Es wunderte David nicht, dass seine Schwester dieses Bild als Abschluss ausgewählt hatte.

War es eine schöne Zeit gewesen?

Aufregend, wild und neu. Anders als alles, was vorher und hinterher gekommen war.

Schön? Vielleicht. Im Rückblick.

4

Nachdem sie sich eine Weile über die Fotos amüsiert hatten, spielte David mit seinem Neffen und seinem Schwager im Garten Fußball, wobei Vincent stolz die rote Schirmmütze trug, die sein Onkel ihm mitgebracht hatte. Miriam war damit beschäftigt, das Album für Caspar in feierliches Papier zu wickeln, sich umzuziehen und zu packen.

Um kurz nach fünf warfen sie Miriams Rollkoffer und Davids Rucksack in den Kofferraum von Miriams kleinem, weißen Renault.

»An dem hängst du immer noch, was?«, fragte David und klopfte auf das Autodach. Miriams Liebe zu ihrem Auto war älter als die zu ihrem Mann. Sie hatte es gekauft, als sie die Uni abgeschlossen und ihren ersten Job angetreten hatte. Ihre Eltern hatten die Hälfte beigesteuert.

»Allerdings! Mein kleines Stück Unabhängigkeit, das gebe ich niemals freiwillig her!«

Miriam gab zum Abschied erst Ethan, dann Vincent einen Kuss. David merkte, dass sie aufgeregt war. Sie trug nun ein kräftig blaues Sommerkleid und weiße Sandalen. Eine leichte Jacke für später warf sie auf den Rücksitz.

David stieg ins Auto und rief den beiden Zurückbleibenden ein schlichtes »Bis morgen!« zu.

»Macht mir keinen Blödsinn!«, ergänzte Miriam, und setzte sich hinter das Steuer. Als sie die Türen geschlossen hatten und Miriam rückwärts aus der Einfahrt fuhr, nahm Ethan seinen Sohn auf den Arm, beide winkten ihnen zu.

∾

Miriam hatte David einen Straßenatlas gegeben – »nur für alle Fälle«. Er hielt ihn auf den Knien und blätterte verloren darin.

»Wir können auch das Navi in meinem Handy benutzen«, hatte er vorgeschlagen, aber sie hatte abgewunken und gesagt: »Ich weiß, wo es langgeht. Und diese Dinger funktionieren nie, schon gar nicht da draußen in der Pampa.«

David hatte sich nicht die Mühe gemacht, darüber mit seiner Schwester zu diskutieren.

Jetzt, beim Betrachten der Straßenkarten, fiel ihm etwas ein.

»Eins habe ich dir ja noch gar nicht erzählt«, sagte er.

»Wow! Was denn?«

»Du weißt doch, dass ich schon immer mal nach Südamerika wollte.«

Während seine Schwester den Blinker setzte, um einen Traktor zu überholen, antwortete sie in sachlichem Ton: »Ja. Darüber haben wir gesprochen. Letztes Weihnachten glaube ich.«

»Kann sein. Jedenfalls ist es vielleicht schon bald soweit!«

»Ach, echt? Für mich klang das damals eher nach einem Hirngespinst.«

Miriam scherte aus und beschleunigte.

David war irritiert, weil seine Schwester ihren nüchternen Tonfall beibehielt, anstatt sich von seiner Vorfreude anstecken zu lassen.

»Es war ja auch ein Hirngespinst«, sagte er, als Miriam wieder auf die rechte Spur gewechselt hatte und sie den Traktor hinter sich ließen. »Aber neulich habe ich meinem Kumpel Jan bei ein paar Bier davon erzählt. Und der war so begeistert von der Idee, dass wir gleich angefangen haben, Pläne zu machen.«

»Was für Pläne?«

»Für eine Rundreise. Argentinien, Chile, Peru, ... So richtig was entdecken eben.«

David strahlte Miriam vom Beifahrersitz aus an, aber sie runzelte die Stirn.

»Oh. Das wird dann aber mehr als eine Urlaubsreise? Wie lange wollt ihr denn unterwegs sein?«

Er wurde kleinlaut. »So genau wissen wir das noch nicht. Aber wir fanden, drei Monate müssten es schon sein. Vielleicht auch länger.«

David arbeitete seit einigen Jahren als selbstständiger Grafiker und hatte sich schon des Öfteren Auszeiten gegönnt oder von unterwegs gearbeitet.

Miriam hob erstaunt die Augenbrauen, ohne den Blick von der Straße zu nehmen. Obwohl sie nichts sagte, fühlte David sich in die Defensive gedrängt. Daher erklärte er: »Jan arbeitet ja auch selbstständig. Außerdem hat seine Freundin ihn gerade verlassen.«

»Ach«, war Miriams einzige Antwort.

Erst jetzt fiel David auf, dass es naiv gewesen war, eine enthusiastische Reaktion von seiner Schwester zu erwarten.

Nach einer etwas unbehaglichen Pause, in der er überlegte, das Thema zu wechseln, fragte Miriam: »Was sagt denn Kathi dazu? Oder hat sie dich etwa auch sitzen gelassen?«

Sie lächelte, um ihrer Frage die Spitze zu nehmen. David war trotzdem provoziert, ließ es sich aber nicht anmerken.

»Quatsch. Sie findet die Idee gut. Klar ist sie ein bisschen neidisch und würde am liebsten mitkommen.«

»Verständlich.«

Wieder eine Pause, in der sie eine hohe Kanalbrücke überquerten. David schaute aus dem Beifahrerfenster und sah einen langen Binnenfrachter, der unter ihnen das schmale, schnurgerade Gewässer durchpflügte. Er merkte, dass Miriam angestrengt überlegte, was sie als Nächstes sagen sollte. Wenn ihr etwas nicht passte, musste es heraus.

»Wäre es denn nicht viel schöner, wenn ihr so eine Reise gemeinsam machen könntet?«, fragte sie.

»Schon«, sagte David und zuckte die Achseln. »Aber sie muss nun mal arbeiten und kann nicht so lange weg.«

»Dann fahrt ihr eben nur für drei Wochen. In drei Wochen kann man auch viel erleben. So machen es normale Leute, die einen normalen Job haben.«

So langsam wurde es schwer für David, seine Gereiztheit zu verbergen. Eine solche Grundsatzdiskussion über ein eigentlich erfreuliches Thema hatte er nicht kommen sehen.

»Das ist bei mir eben anders. Und warum sollte ich es nicht ausnutzen?«

»Weil es egoistisch ist. Gegenüber Kathi meine ich.«

»Ich glaube kaum, dass Kathi das so sieht. Es ist nicht egoistisch, wenn ich mir einen lang gehegten Traum erfülle, von dem auch sie schon lange weiß.«

Kurzes Schweigen, während sich Miriam erneut ihre Argumente zurechtlegte. Dann erklärte sie: »Ich sehe das so: Wenn man zusammen ist, und das seid ihr schließlich, möchte man doch Abenteuer gemeinsam erleben. Schöne Dinge teilen.«

»Schon ...«

»Damit das klappt, muss man Kompromisse eingehen. Zum Beispiel nur drei Wochen verreisen statt drei Monate. Aber du warst ja schon immer der Typ, der sein eigenes Ding macht.«

David schwieg.

Miriam fügte hinzu: »Und ich weiß nicht, ob Kathi sich das immer so gefallen lassen wird. Sie hat ihren eigenen Kopf.«

David schwieg weiter. Natürlich hatte seine Schwester recht. Und natürlich hatte er gegrübelt, wie Kathi wohl die Idee von seinem Südamerika-Trip aufnehmen würde. Die Alternative, gemeinsam mit ihr auf eine – wenn auch kürzere – Reise zu gehen, war ihm einfach nicht in den Sinn gekommen. Dafür schämte er sich jetzt ein wenig.

Als er nur weiter aus dem Fenster schaute, sagte Miriam: »Sorry, David. Ich wollte dir das nicht miesmachen. Du weißt, dass ich nicht gerne die große Schwester raushängen lasse. Aber ich mag Kathi. Und ich würde mich freuen, wenn das mit euch weiter so gut klappt.«

»Du hast ja recht. Ich hab da einfach noch nicht genug drüber nachgedacht.«

Inzwischen fuhren sie auf einer Landstraße, auf der weit und breit kein anderes Auto zu sehen war, nach Westen. Die Sonne stand schon deutlich tiefer und blendete sie.

Nach einer Pause fügte David hinzu: »Es wäre aber auch Jan gegenüber nicht fair, jetzt zu sagen: Tut mir leid, es wird nichts, ich fahre lieber mit meiner Freundin.«

Darauf fiel Miriam keine schlaue Antwort ein.

»Ich werde mit Kathi sprechen«, sagte David. »Noch steht für Südamerika ja nichts fest. Und wenn es damit wirklich klappen sollte, mache ich mit ihr eben andere Pläne.«

»Zweimal verreisen in einem Jahr? Kannst du dir das denn leisten?«

»Da fällt uns schon was ein. Camping ist doch auch romantisch.«

Das Land um sie herum war so flach, dass man in fast alle Richtungen unendlich weit gucken konnte. Hier und da war es von Baumreihen durchzogen. Manchmal zogen kleine Dörfer vorbei, die meist nur aus ein paar Häusern bestanden und einer Kirche, deren Turm ebenfalls schon aus der Ferne zu sehen war.

Das Autoradio fand nur wenige Sender, und weil das mit schrillen Werbespots und Jingles durchsetzte Programm ihnen auf die Nerven ging, hatten sie es so leise gestellt, dass es kaum hörbar war. Doch plötzlich rief David: »Ich glaub's nicht!«, und drehte das Radio wieder auf. Zu schleppender Rockmusik krakeelte dort eine unverkennbare Frauenstimme: »What's in your hee-head ...«

Miriam sagte: »Oh nein.«

»Ich weiß genau, woran du denkst.«

Miriam lachte laut, nahm für eine Sekunde beide Hände vom Lenkrad und schlug sie sich vor das Gesicht.

»Antjes Geburtstag, die legendäre Gartenparty«, sagte David.

»Ich will nichts davon hören!«, rief Miriam, konnte aber gleichzeitig nicht aufhören zu lachen.

»Caspar außer Rand und Band«, fuhr David unbeirrt fort. »Und das in vielerlei Hinsicht.«

»Aber da war nicht nur er außer Rand und Band!«

»Oh nein. Ihr beiden wart für die nächsten Tage das Gesprächsthema in der ganzen Schule.«

Nachdem sie eine Weile schmunzelnd dem Lied im Radio zugehört hatte, sagte Miriam: »Es war eine großartige Zeit. Vor allem dank Caspar.«

Inzwischen waren sie auf eine andere Landstraße abgebogen, die ebenso kurvenarm wie die Straße zuvor über mehr plattes Land nach Norden führte. Es war schon halb sieben und durch die schräg stehende Sonne warfen die Bäume und

Häuser am Straßenrand lange Schatten. Wie jedes Mal, wenn David in diese Gegend kam, war er von der Weite des Himmels überwältigt, die automatisch ein Gefühl von Freiheit und Abenteuer in ihm wachrief.

»Das war eine ernste Sache mit euch beiden, oder?«, fragte er Miriam.

»Irgendwie schon«, antwortete sie zögernd. »Ich meine, ich hatte ja keinen Vergleich. Man verliebt sich nur einmal zum ersten Mal. Und ich war sehr verliebt.«

Nach einer Pause fügte sie hinzu: »Aber ich habe auch ziemlich gelitten.«

»Tut das nicht jeder in dem Alter, der verliebt ist?«

»Ja, aber mit Caspar, das war besonders hart.«

»Verstehe.«

Miriam sagte nichts.

»Ich weiß, wie er sein konnte«, fuhr David fort. »Einerseits war er meisterhaft darin, einem das Gefühl zu geben, man sei etwas ganz Besonderes. Andererseits war er oft so selbstverliebt und herablassend. Und unberechenbar.«

»Unausstehlich.«

»Manchmal, ja.«

David erinnerte sich, wie schlecht es seiner Schwester damals oft gegangen war. Wie sie einerseits an Caspar gehangen und andererseits über ihn geflucht hatte. Irgendwann hatte sie seine Launen nicht länger ausgehalten und ihm während eines Streits kurz entschlossen gesagt, dass Schluss sei. Das hatte Caspar erstaunlich gelassen aufgenommen und behauptet, es sei ihm egal. Miriam hatte dagegen noch Monate nach der Trennung Liebeskummer gehabt. Unter gutem Zureden ihrer Freunde und ihrer Familie hatte sie es trotzdem geschafft, Caspar im Glauben zu lassen, sie sei längst über ihn hinweg.

Um die Erinnerungen an diese Zeit bei Miriam nicht weiter heraufzubeschwören, ging David nicht mehr auf das Thema ein, sondern fragte: »Wie weit ist es denn noch?«

»Vielleicht zwanzig Minuten. Da müsste eine kleinere Straße nach links abzweigen, an der es ausgeschildert ist.«

Größere Kreuzungen hatte es länger keine gegeben. Stattdessen fuhren sie immer wieder an Wiesen vorbei, die so riesig aussahen, als könne dort neben den weit verstreuten Kühen und Schafen ein Flughafen von internationaler Bedeutung Platz finden.

»Es ist so schön hier«, sagte David. »Aber ich würde hier draußen verrückt werden.«

»Vielleicht auch nicht«, sagte Miriam. »Vielleicht würdest du zur Ruhe kommen und geradezu aufblühen.«

»Zwischen Jauchegruben und Treckern? Wohl kaum.«

Miriam lachte.

Dann kniff sie die Augen zusammen. Am rechten Straßenrand tauchte ein Wegweiser auf, im Abendlicht ohnehin schwer zu lesen und im Schatten einiger Bäume stehend, die sich um die Einfahrt zu einem Bauernhof gruppierten. Das Schild war lange nicht geputzt worden und von einem grünlich-schwarzen Belag überzogen. Nach links zweigte eine kleinere, von hohen Pappeln gesäumte Straße ab.

»Kannst du lesen, was da steht?«, fragte Miriam und drosselte das Tempo. Ein Lieferwagen, der schon länger an ihrer hinteren Stoßstange geklebt hatte, fuhr noch dichter auf.

»Nein. Es zeigt nach links, und da steht irgendein längerer Ortsname, aber ich kann nicht …«

»Idiot!«, rief Miriam, als der Lieferwagen hinter ihnen hupte.

Kurz entschlossen setzte sie den Blinker und sagte: »Die Kreuzung kommt mir so bekannt vor, es muss hier sein.«

»Wann warst du denn zuletzt hier?«, fragte David ungläubig.

Ohne zu antworten, bog Miriam nach links auf die einspurige Straße ab und beschleunigte.

5

Eine Viertelstunde später stand ihr Renault in der Einfahrt eines verlassen wirkenden Bauernhofes, die von wild wucherndem Brombeergestrüpp gesäumt war, und sie blätterten im Straßenatlas. Der Gasthof, in dem Caspar seine Feier veranstaltete, gehörte zu einem kleinen Dorf namens Jaderkoop, und Miriam war überzeugt gewesen, es direkt über die Straße erreichen zu können, auf die sie zuletzt abgebogen waren. Ein Irrtum, wie sich nun herausstellte.

»Das hier, das ist die Straße, auf der wir gerade sind«, sagte David, nachdem er eine Weile gesucht hatte. Er tippte auf die aufgeschlagene Seite und hielt seiner Schwester den Atlas vor die Nase.

»Ja, sieht so aus«, sagte sie. Sie fuhr mit dem Finger die Straße auf der Karte entlang. »Da, siehst du, wir haben vorhin die Bahnstrecke überquert. Sie ist hier eingezeichnet.«

»Und jetzt?«, fragte David.

Miriam vertiefte sich wieder in die Karten und blätterte ein paar Mal um, um sich eine neue Route zurechtzulegen.

Als David den Blick hob, sah er durch die Windschutzscheibe einen großen Hund, der über die Hofeinfahrt auf ihr Fahrzeug zutrabte. Er war kräftig, hatte kurzes, braunes Fell, und trug eine dicke, silberne Kette um den Hals. Etwa drei Meter vor dem Auto blieb er stehen, erwiderte Davids Blick durch die Scheibe und begann zu bellen.

Miriam erschrak. Auch bei geschlossenen Autotüren war der Lärm des Tieres beeindruckend.

»Wohl doch nicht so verlassen hier wie es aussieht«, sagte David.

Wie zur Bestätigung trat ein Mann in die Einfahrt und schlurfte auf sie zu, mit fettigem, grauschwarzem Haar, Stoppelbart und finsterem Blick. Er trug einen schmutzig-grauen Mantel und einen roten Plastikeimer in der Hand. Den Hund, der unbeirrt weiter bellte, beachtete er nicht.

Als der unheimliche Kerl neben Miriams Seitenfenster angekommen war, kurbelte sie es herunter und sagte: »Entschuldigung, wir haben uns ein bisschen verfahren.«

Der Mann fragte gedehnt und mit kratziger Stimme: »Wo woll'n se denn hin?«

In dem Plastikeimer, den er neben sich abgestellt hatte, sah Miriam eine trübe Flüssigkeit, die einen üblen Geruch verströmte.

»Nach Jaderkoop«, sagte sie. »Gasthaus Koldewei.« Dabei bemühte sie sich, den Hund zu übertönen, der sich immer noch nicht beruhigt hatte. »Kennen Sie das?«

»Nee.«

Miriam fragte sich, ob der Mann tatsächlich nach Alkohol roch, oder ob sie sich das nur einbildete, weil er verwahrlost aussah.

»Aber Jaderkoop kennen Sie doch bestimmt? Es kann nicht weit weg sein.«

Er nuschelte irgendetwas. Gleichzeitig kläffte der Hund lauter als je zuvor.

»Bitte?«, fragte Miriam.

»Geradeaus«, sagte der Mann mehr zu sich selbst, und machte eine undeutliche Geste.

Miriam drehte sich von ihm weg, sah ihren Bruder an und rollte mit den Augen. David musste ein Grinsen unterdrücken.

»Und dann?«, versuchte es Miriam erneut. »Wir müssen doch nochmal abbiegen.«

Jetzt schien der Mann tatsächlich nachzudenken. Er kratzte sich am Kopf. Dann sah er Miriam plötzlich zum ersten Mal direkt in die Augen und sagte laut: »Anner Kirche. Da kommt ne Kirche. Da müsst ihr rechts. Da anner Kirche, rechts.«

Er lächelte zufrieden, als hätte er soeben eine schwierige Quizfrage korrekt beantwortet.

David winkte ihm vom Beifahrersitz zu. »Super! Danke!«

Der Mann schien wie ausgewechselt. Er winkte zurück und sagte mit breitem Akzent: »Kein Ding, ihr Süßen.«

Endlich nahm er auch seinen kläffenden Hund wahr, drehte sich zu ihm um und rief: »Nu is ma gut, Fiete! Lass die Leudde in Ruh.«

Er machte eine scheuchende Handbewegung in Richtung des Hundes. Der sah ihn an, legte den Kopf schief und war still.

»Danke nochmal«, rief Miriam, kurbelte schnell ihr Fenster hoch, zündete den Motor und fuhr rückwärts auf die Straße zurück.

Der Mann hob seinen Eimer auf und schlurfte wieder Richtung Hof, ohne sich noch einmal umzudrehen. Sein Hund eilte ihm voraus.

»Wieso feiert Caspar in dieser Einöde?«, fragte David, als sie den Hof hinter sich gelassen hatten.

»Dieses Lokal gehört irgendwelchen Verwandten von ihm«, sagte Miriam. »Ich bin mal dort gewesen. Irgendein Familientreffen, und ich durfte dabei sein. Es ist ein schönes Haus. Zumindest war es das damals. Es hatte einen tollen Garten mit einem kleinen See. Aber es war anstrengend.«

»Lass mich raten. Es gab Streit.«

»Ja. Wie immer mit Caspar und seinen Eltern.«

»Die waren ja auch mindestens so ... bemerkenswert wie ihr Sohn.«

David erinnerte sich an Caspars Mutter und Vater, die auf ihn schon damals steinalt gewirkt hatten. Sie waren meist freundlich zu Miriam und ihm gewesen, aber ebenso unberechenbar wie Caspar. Ihr Leben hatte irgendwie nach anderen Regeln funktioniert und als Gast hatte David nie so richtig gewusst, ob er bei ihnen willkommen war oder nicht.

»Vielleicht feiern sie heute mit uns«, sagte Miriam.

David war damit beschäftigt, sich dieses erschreckende Szenario auszumalen, und betrachtete im Vorbeifahren eine weitere, kleine Kirche. Sie war von riesigen Kastanien und einem alten Friedhof umgeben, den eine niedrige Steinmauer von der Straße trennte. Direkt dahinter führte eine Abzweigung nach rechts, beschildert von zwei Wegweisern. Einer war ein normales Straßenschild, auf dem stand: Jaderkoop 2 km. Das Schild daneben war größer, darauf lasen sie in schnörkeliger Schrift:

Gasthof Koldewei

Hotel & Restaurant
Festsaal, Seminarräume, Biergarten

Darunter, größer als alle anderen Buchstaben und die halbe Fläche des Schildes einnehmend, ein schlichtes X. David fragte sich, ob es eine Abwandlung des allseits bekannten Restaurant-Symbols darstellen sollte: Messer und Gabel über Kreuz.

»Ein seltsames Schild«, sagte er, als sie abbogen und daran vorbeifuhren. »Warum malen sie ein großes X darauf?«

»Aus Schierschandudel.«

David musste lächeln. Das alberne Wort, das ihre Eltern früher oft benutzt hatten, hatte er ewig nicht gehört.

Während Miriam den dritten Gang einlegte, sagte sie zu ihrem Bruder: »Biete ihnen doch deine Dienste als Grafiker an.«

6

Sie erreichten Jaderkoop, wo David eine eigenartige Mischung aus Erleichterung und Beklemmung überkam. Dabei wusste er nicht, ob dies nur mit dem ungewöhnlichen Ort zusammenhing, oder auch damit, dass er keine Ahnung hatte, was ihn erwartete.

Das Dorf war nicht mehr als eine Ansammlung einiger Häuser und Höfe, die man an zwei Händen abzählen konnte. Sie sahen keine Menschenseele auf der Straße. Die einzige Bushaltestelle bestand aus nichts als dem üblichen Schild mit dem H für Haltestelle, das man leicht übersehen konnte. Niemand wartete dort.

Weiter konnte man den Trubel der Stadt kaum hinter sich lassen, was David ebenso anzog wie abschreckte.

In weniger als einer Minute hatten sie das Nest durchquert und David fragte sich, ob sie sich erneut verfahren hatten. Dann sah er, dass sie sich einer weiteren Abzweigung näherten, an der diesmal ein kleines Schild mit der schlichten Aufschrift »Gasthof« nach links zeigte. Sie folgten dem

Wegweiser und fanden eine Reihe am Weg geparkter Autos, was in dieser einsamen Umgebung umso mehr auffiel.

»Ich glaube, wir haben es endlich geschafft«, sagte Miriam, und parkte hinter einem protzigen, schwarzen BMW am rechten Wegesrand. Sie schnappte sich Jacke und Geschenk vom Rücksitz, bevor sie ausstiegen.

Als sie einige geparkte Autos passiert hatten, tauchte auf der linken Seite ein großes, weiß verputztes Fachwerkhaus auf. Das Reetdach des zum Gasthof umfunktionierten Bauernhauses war gut in Schuss, die hohe Eingangstür aus Holz war grün gestrichen und von dicken Blumenkübeln flankiert. Darüber das Schild: »Gasthof Koldewei«.

Noch weiter oben, in der Spitze des Giebels, entdeckte David das gleiche X-Symbol, das sie auf dem Straßenschild gesehen hatten. Hier kreuzten sich zwei schmale, schwarz gestrichene Bretter.

Gedämpfte Musik driftete von hinter dem Haus bis auf die Straße.

»Wahrscheinlich sind alle im Garten«, sagte Miriam.

Sie nahmen den schmalen Kopfsteinpflasterweg, der sie entlang des Hauses durch bunte Blumenbeete und an einem kleinen Teich mit Goldfischen vorbeiführte.

Idyllisch, dachte David. Wie in einem dieser Magazine, die sich zurzeit wie geschnitten Brot verkauften und die Landlust gestresster Städter stillten. Er selbst hatte als Grafiker im letzten Jahr dabei geholfen, die x-te dieser Zeitschriften aus der Taufe zu heben.

Als sie sich dem Biergarten hinter dem Gasthaus näherten, wurde es allmählich lauter. Eine helle Frauenstimme sang zur

Gitarre. Die lyrische Musik passte perfekt in diese Umgebung, in der die Zeit stehengeblieben zu sein schien.

Der Weg führte sie zwischen Obstbäumen hindurch bis zu einer Terrasse, auf der sich Tische mit weißen Decken und Korbsesseln gruppierten. Dort und im Garten an den Stehtischen erfreuten sich einige Gäste an Drinks und Snacks.

David war nervös. Aus sicherer Entfernung versuchte er auszumachen, ob er jemanden erkannte. An einem der Stehtische steckten eine kleine, leicht rundliche Frau mit langen, schwarzen Haaren und ein schlaksiger Mann mit Brille die Köpfe zusammen und stocherten auf dem gleichen Teller herum.

Die Frau blickte auf und ihr Gesicht erhellte sich.

»Miri! Da bist du ja!«

Es war Miriams Freundin Antje, die Gelangweilte von dem alten Foto.

Die Freundinnen fielen sich um den Hals. Dabei fiel Antjes Blick auf David, der hinter seiner Schwester stand und unsicher lächelte.

»Und du, du bist doch ...«

»Ganz recht«, sagte Miriam. »Mein Brüderchen.«

Antje schien beeindruckt, vor allem von seinem ungewöhnlichen Outfit.

»David«, sagte sie. »Toll, dich zu sehen. Ihr zwei seht umwerfend aus.«

Antje hatte sich wenig verändert, wie schon damals meistens war sie stark geschminkt. Den schlaksigen Typ neben ihr stellte sie als ihren Freund Peter vor. Antje, Miriam und David begannen sofort mit den üblichen Gesprächen zwischen Weggefährten, die sich lange nicht gesehen hatten, während Peter interessiert zuhörte. David war froh, dass sie die beiden gleich getroffen hatten, so dass er sich ein wenig akklimatisieren konnte. Es war angenehm unverkrampft.

Irgendwann fiel ihm ein, dass es angebracht wäre, den Gastgeber zu begrüßen, und fragte seine Schwester, ob sie sich nicht etwas zu trinken holen sollten.

Miriam willigte begeistert ein, Antje flüsterte ihnen zu: »Caspar könnt ihr kaum verfehlen. So extravagant wie eh und je!«

Durch die Terrassentür betraten sie den rechteckigen Festsaal, wo David durch dicke, dunkle Holzbalken über sich bis ins Dach sah. Das Fischgrätparkett am Boden hatte sicher schon manch rustikales Fest ausgehalten. An der langen Wand gegenüber war ein Buffet aufgebaut, auf der Bühne zur Rechten spielte die Band, die sie von draußen gehört hatten. Eine blonde Sängerin mit einem Gitarristen und einem Perkussionisten, die beide dreimal so alt wie ihre Frontfrau waren und wie Landstreicher aussahen.

Auch im Saal standen Gäste in Gruppen zusammen, viele mit Sektgläsern oder kleinen Häppchen in den Händen. Eine wild zusammengewürfelte Schar, manche in eleganter Abendgarderobe, andere leger gekleidet. Am linken Ende des Saals standen ein paar im Kreis, die wie kostümiert aussahen.

Sie erinnerten David an Mittelaltermärkte und er fragte sich, ob es sich um eine weitere Band handelte, die später auftreten würde. Dann erblickten Miriam und er mehr bekannte Gesichter und wurden wieder in Gespräche verwickelt.

Als David sich später nochmals im Saal umschaute, stutzte er. Erst jetzt fielen ihm die Bilder auf, die an allen vier Wänden des Raumes hingen. Sie waren nicht groß, doch es waren viele. Allein an der langen Seite über dem Buffet zählte er sieben. Sie waren farbenfroh, aber nicht grell. Die Motive ähnelten sich, auf allen erkannte David nur verwirrende Muster aus sich kreuzenden und parallelen Linien. Doch sie faszinierten ihn. Es fiel schwer, den Blick wieder davon zu lösen.

David betrachtete eines der Bilder genauer. Es war in dunklen Rot- und Brauntönen gehalten. Nachdem seine Augen eine Weile darauf geruht hatten, erkannte er, dass sich darin etwas farblich vom Hintergrund abhob, wie bei einer optischen Täuschung, in der plötzlich ein Teil des Motives in den Vordergrund springt – die zwei Gesichter außen oder der Kelch dazwischen. In der Mitte des Bildes schienen einige rote Linien heller. Lagen sie nur näher beieinander und erweckten so diesen Eindruck? Sie formten ein Muster in der Form des Buchstabens M.

Davids Blick wanderte von einem Bild zum anderen. Bei allen verhielt es sich ähnlich, nur die Farben und darin versteckten Muster unterschieden sich.

Eigentümliche Dekoration in einem solchen Haus, dachte er. Wahrscheinlich wollten die Besitzer beweisen, dass sie hier nicht hinter dem Mond lebten und offen waren für Modernes und Ausgefallenes. Hirschgeweihe, Wildschweinköpfe und ausgestopfte Eichhörnchen an den Wänden suchte man in diesem Raum vergeblich.

»Gefallen sie dir?«, sagte eine Stimme neben Davids linkem Ohr. Ein Arm legte sich um seine Schultern.

David erschrak leicht und drehte sich um. Erst auf den zweiten Blick erkannte er Caspar, der nun die Arme ausbreitete.

»Komm an mein Herz, David«, sagte er.

»Mensch, Caspar«, sagte David, während Caspar ihn an sich drückte. »Ich kann es kaum glauben.«

»Ihr habt es aber spannend gemacht. Ich habe euch sehnsüchtig erwartet.«

»Es tut mir leid«, sagte Miriam. Caspar umarmte auch sie, inniger und länger als zuvor ihren Bruder. »Es war schwierig zu finden, und es ist schon so lange ...«

»Es spielt keine Rolle«, unterbrach sie Caspar. »Ihr seid hier, und das ist gut.«

Die anderen Gäste, mit denen Miriam und David sich zuvor unterhalten hatten, waren in Richtung Buffet verschwunden. Nun standen die Drei beisammen und sahen sich für ein paar Augenblicke an, ohne etwas zu sagen. Jeder von ihnen war damit beschäftigt, diesen Moment mit den Erinnerungen in Einklang zu bringen, die automatisch wieder hochkamen.

David betrachtete Caspar und staunte, wie dieser erwachsen geworden und trotzdem er selbst geblieben war. Dass sein alter Freund ein ganzes Stück größer war als er, war er gewohnt. Aber er wirkte auch kräftiger, männlicher. Und er war noch immer ein Sonderling; auf den ersten Blick war David klar, dass Caspar in den letzten Jahren keinerlei Anstalten gemacht hatte, sich anzupassen. Wie damals war er ausschließlich dunkel gekleidet: ein schwarzes Jackett, das zu schwer für das warme Wetter wirkte und mit silbrig-grauen Schnörkelmustern verziert war, darunter ein schwarzes Hemd. Das offene Jackett gab den Blick frei auf eine Halskette ovalem Silberanhänger. Auch Caspars Hose und Stiefel waren schwarz.

Bei manch anderen hätte das Outfit wie eine alberne Verkleidung gewirkt, bei Caspar war es authentisch. Die braunen Haare waren immer noch lang und zu einem Zopf gebunden. Das Gesicht glattrasiert, die Züge fein, die Lippen schmal. Dunkle, schlaue Augen. An der linken Schläfe trug er eine mehrere Zentimeter lange Narbe, und David fragte sich, ob die früher schon dort gewesen war.

Er sah zu seiner Schwester hinüber. Sie und Caspar lächelten sich still zu.

Dann wandte Caspar sich an David.

»Du hast meine Frage noch nicht beantwortet.«

David guckte verständnislos.

»Die Bilder.«

»Ach«, sagte David, und dachte nach. »Ehrlich gesagt bin ich mir nicht sicher. Aber ich habe mich schon dabei ertappt, immer wieder hinsehen zu müssen.«

»Ich dachte mir schon, dass sie dich interessieren würden. Der Künstler ist ein Großonkel von mir. Er ist ein bisschen verrückt. Und du weißt, wenn ich das sage, hat es etwas zu bedeuten.«

David lachte verkrampft.

»Mein Großonkel hat mir die Bilder geschenkt, damit

sie mir Glück bringen«, fuhr Caspar fort. »Er nennt sich Gandalf. Wie der Zauberer. Und er sieht auch genauso aus.«

»Nicht dein Ernst«, sagte Miriam.

»Oh doch. Seht selbst, er hat den Namen überall ganz klein in den Bildern versteckt. Viel Spaß beim Suchen.«

»Später«, sagte Miriam. »Jetzt habe ich erstmal Hunger.«

»Natürlich«, sagte Caspar, und legte Miriam eine Hand auf die Schulter. »Wir werden noch genug Zeit zum Reden haben.«

7

Die Geschwister bedienten sich am Buffet und mischten sich unter die Leute. Die Atmosphäre war entspannt, untermalt durch die ruhigen Folksongs des Trios auf der Bühne. Kleine Grüppchen alter Schulkameraden, die sich gegenseitig ausfragten, wanderten von drinnen nach draußen und wieder zurück, zum Buffet oder in den benachbarten Raum, wo man am Tresen Getränke bestellte.

Immer wieder stießen David und Miriam dabei auf neue alte Bekannte, so dass sich Fragen und Antworten irgendwann zu wiederholen begannen. Nach dem vierten oder fünften Gespräch dieser Art merkte David, dass es ihm zunehmend gegen den Strich ging – zumindest bei den Leuten, von denen er wusste, die Unterhaltungen würden ohnehin nach dem üblichen Und-was-machst-du-jetzt-so im Sande verlaufen.

Daher vermied er weiteren Smalltalk und hielt sich an die wenigen Gäste, mit denen er sich enger verbunden fühlte. Da er sich seit der Schulzeit kaum mehr um die alten Freundschaften gekümmert hatte, konnte er diese an einer Hand abzählen.

Seine Schwester, schon immer die Kontaktfreudigere von ihnen, schien sich dagegen rundum wohl zu fühlen. Sie steckte die meiste Zeit mit ihrer Freundin Antje zusammen, beide machten gemeinsam die Runde.

Als David irgendwann wieder am Tresen stand – das Bier half ihm dabei, lockerer zu werden –, saßen dort zwei Männer, sich angeregt unterhaltend. Der eine klein, übergewichtig und mit Glatze, der Typ daneben groß, schmächtig und blond. Was sie gemeinsam hatten, waren die biederen, dunkelgrauen Anzüge, die ihnen nicht passten. David fragte sich kurz, ob sie sie aus Versehen vertauscht hatten.

Nach einigen Sekunden fielen ihm die Namen ein: Jonas und Hergen. Sie hatten zu der Sorte Schüler gehört, die sich in jedem Fach äußerst rege beteiligt hatten, immer zu spitzfindigen Diskussionen mit den Lehrern aufgelegt. Der Grat zwischen Streber- und Rebellentum war bei ihnen extrem schmal gewesen, ihre Beliebtheit unter den Mitschülern begrenzt. Caspar hatte sich ihren Debatten angeschlossen, wenn ihn das Thema interessiert hatte, David hatte dagegen meist auf Durchzug geschaltet.

Er begrüßte die beiden, da er ihnen am Tresen schlecht aus dem Weg gehen konnte.

»Der Hansen, sieh einer an!«, rief Hergen, der Schmächtige, und klopfte David auf den Rücken.

Er hatte ihn beim Nachnamen genannt, wie sie es früher mit vielen Klassenkameraden getan hatten. Es ärgerte David, weil er sich automatisch wieder wie ein dummer Schüler vorkam. Dabei mochte er seinen Nachnamen, weil er ihn ebenso an ehrwürdige norddeutsche Kaufleute erinnerte wie an die bodenständigen Menschen vom Land.

»Den hätt ich ja fast nicht wiedererkannt!«, rief Jonas, seine geringe Körpergröße mit der zu lauten Stimme kompensierend.

David rang sich ein »Schön, euch zu sehen« ab.

»Alle Achtung, du bringst richtig Farbe hier in den Laden«, sagte Hergen, während er Davids Outfit begutachtete. Zu Jonas gewandt sagte er: »Dagegen sehen wir zwei ziemlich blass aus!«, worauf dieser wiehernd lachte.

David bestellte ein Bier, und die beiden schlossen sich sofort an. Als er die Getränke entgegennahm, bemerkte er ein älteres Ehepaar, das unbeteiligt und schweigend am Tresen saß. Die Frau sah ihn kurz an, ohne zu lächeln, während der Mann nur grimmig auf das Glas vor sich starrte. Sie hatte graue Locken und ein münzgroßes Muttermal unter ihrem linken Auge. David erwiderte den Blick und vermutete, dass die beiden nicht zu Caspars Gästen gehörten und von dem Rummel genervt waren.

Jonas und Hergen stießen mit ihm »auf die Jugend« an, wobei David innerlich mit den Augen rollte. Die beiden hatten sich ebenfalls lange nicht gesehen, waren aber beide in der IT-Consulting-Branche gelandet und hatten nun ohne Umschweife und unterstützt von reichlich Alkohol begonnen, Pläne für eine gemeinsame Beratungsfirma zu schmieden.

Beide hatten Familie, und wie sich herausstellte, fuhr Jonas den dicken BMW, hinter dem Miriam ihren Wagen abgestellt hatte.

Warum mussten sich Klischees nur immer wieder bestätigen?, fragte sich David.

»Wie geht's Caspar eigentlich?«, fragte ihn Hergen.

Die Frage überraschte David.

»Das weiß ich ehrlich gesagt nicht«, antwortete er. »Ich habe noch gar nicht richtig mit ihm sprechen können.«

»Wir auch nicht«, sagte Jonas. »Ich hatte gerade zu Hergen gesagt, dass das Ganze schon ein bisschen kurios ist.«

»Wie meinst du das?«, fragte David.

»Diese Einladung aus heiterem Himmel. Damit hat wohl keiner von uns gerechnet«, sagte Jonas.

»Hattest du denn in den letzten Jahren auch keinen Kontakt zu ihm?«, fragte Hergen. »Ihr wart doch früher ziemlich dicke.«

»Nein«, sagte David. »Wir waren wohl beide zu sehr mit anderen Dingen beschäftigt.«

»Und Miriam?«, fragte Jonas.

»Auch nicht«, sagte David.

Hergen und Jonas blickten sich vielsagend an und es entstand eine Pause, in der David sich noch unbehaglicher fühlte als zuvor.

Vom Tresen aus schauten sie hinüber in den Festsaal und sahen dort Caspar im Kreis der mittelalterlich anmutenden Leute. Er schien ihnen Anweisungen zu geben. Vielleicht stand nun ihr Auftritt bevor, worin auch immer der bestehen mochte.

»Wir haben schon mit einigen anderen gesprochen«, fuhr Hergen fort. »Stefan, Simon, Hanna, … Die waren alle total überrascht. Alle hatten seit Ewigkeiten nichts von ihm gehört. Und keiner weiß genau, was er eigentlich heute macht.«

»Aber alle sind heute hier«, sagte David, eher zu sich selbst.

»Na klar«, sagte Jonas. »Waren ja alle neugierig.«

David sah weiter zu Caspar hinüber und wusste nicht recht, was er dabei empfand. Bewunderung für einen, der sich nie anpasste? Oder Mitleid für jemanden, der nicht dazugehörte? Die gleiche Verwirrung hatte er schon früher empfunden, aber sie verstärkte sich jetzt noch.

Er stieß abermals mit Hergen und Jonas an, sagte schnell »Wir sehen uns!«, und ging in den Festsaal zurück.

»Alles klar, Hansen!«, rief Hergen ihm nach.

∾

Im Saal hatte die Band aufgehört zu spielen, ein DJ schlug rockigere Töne an. Caspars merkwürdig gekleidete Freunde waren verschwunden.

Zu »Smells Like Teen Spirit« begannen prompt einige Gäste zu tanzen, darunter Miriam und Antje mit Sektgläsern in den Händen. Man merkte ihnen an, dass diese schon mehrmals gefüllt worden waren. Antje hielt in der anderen Hand ihr Smartphone, und versuchte, während des Tanzens ein Foto von Miriam zu machen. Als ihr das Gerät beinahe auf den Boden fiel, kreischte sie vor Lachen.

»Wie früher!«, rief eine große Frau mit kurzen Haaren David zu, als sie an ihm vorbei Richtung Tresen ging. Sie kam ihm bekannt vor, aber der Name wollte ihm nicht einfallen.

David fühlte sich leichter und mutiger. Er wollte endlich direkt mit Caspar sprechen, statt nur einer von vielen Gästen zu sein, die sich über ihn das Maul zerrissen und nie seine Freunde gewesen waren.

Als er Caspar im Saal nirgendwo erblickte, begab sich David durch die tanzenden Leute hindurch zur Terrassentür. Draußen war es inzwischen dunkel und kühler. Der Garten war von einigen Laternen erleuchtet, auf den Tischen strahlten Windlichter. Es sah wirklich festlich aus.

Schließlich entdeckte er Caspar neben einem Pärchen, das er nicht kannte, auf der Terrasse stehend. Er wollte sich nicht aufdrängen, also bewegte er sich langsam, eher wie zufällig, die Hände in den Hosentaschen, auf das Grüppchen zu. Beim Näherkommen hörte er, dass man sich über das Gasthaus unterhielt. Caspar gestikulierte und schien anzudeuten, wie weit sich das Grundstück erstreckte. Als er bemerkte, dass sich ihnen jemand näherte, drehte er sich zur Seite und brach seine Ausführungen ab.

»David!«, rief er und winkte ihn heran.

»Ich wollte dich nicht unterbrechen.«

»Ach was. Ich habe den beiden nur gerade gesagt, wie toll ich dieses Haus finde.«

Er zwinkerte David zu.

Das Pärchen lächelte höflich.

»Mir wird gerade etwas kühl hier draußen«, sagte die Frau. »Sollen wir tanzen gehen, was meinst du?«

Während der Mann nur mit den Schultern zuckte, sagte Caspar: »Klar, geht eure Hüften schwingen! So jung kommen wir nie wieder zusammen!«

Die Frau kicherte und sie machten sich auf den Weg. Caspar drehte sich von ihnen weg und sagte mit einem Stoßseufzer: »Danke, dass du gekommen bist. Was für Versager!«

David musste lachen. »So schlimm? Wer war denn das?«

»Unwichtig.«

»Was? Aber du hast sie doch wahrscheinlich selbst eingeladen?«

»Nur, um nett zu meiner Tante und meinem Onkel zu sein, die mich hier feiern lassen. Ihnen gehört das hier. Die Prinzessin von eben ist meine Cousine. Sie lebt irgendwo im Ausland und war seit Jahren nicht hier.«

»Apropos Verwandtschaft, wie geht's deinen Eltern? Sind die gar nicht da?«

»Nein, die mögen den Trubel nicht. Ist besser, wenn sie nicht dabei sind. Dass du hier bist, mein Lieber, ist mir dagegen eine wahre Freude! Erzähl, was aus dir geworden ist. Wenn ich dich so anschaue, bist du ja richtig aufgeblüht. Aber erstmal hole ich uns etwas zu trinken.«

Nachdem Caspar ihnen neues Bier besorgt hatte, fragte er David nach seinem Job aus, nach Kathi und dem Leben in der Stadt, das für Caspar bisher eine fremde Welt geblieben war. Unverblümt wie immer sagte er: »Ich war noch nie in Hamburg. Es interessiert mich auch nicht.«

»Und du?«, fragte David. »Was machst du? Eigentlich weiß ich gar nichts von dir.«

»Es ging mir noch nie besser«, sagte Caspar und lächelte

ihn an. »Das Leben war gut zu mir. Ich bin gesund und glücklich. Und ich weiß, wo ich hingehöre.«

Obwohl es floskelhaft klang, wirkte es ehrlich auf David. Es war Caspars Art, sich geschwollen auszudrücken.

»Das freut mich zu hören. Bist du verheiratet?«

»Nein, so war das nicht gemeint. Man könnte sagen, ich warte noch auf die Richtige. Aber alles zu seiner Zeit.« Nach einer kurzen Pause fügte er hinzu: »Ich weiß auch so, wer ich bin und was ich will.«

»Und was wäre das?«

»Etwas anstoßen. Etwas verändern.«

»Du meinst politisch?«

»So würde ich das nicht nennen. Es ist ... eine lange Geschichte. Die jetzt zu weit führen würde.«

David war nicht überrascht. Das wäre er gewesen, wenn Caspar ihm von einem Bürojob erzählt hätte, von Frau, Kind und Doppelhaushälfte.

Trotzdem wollte er mehr wissen.

»Aber was hast du *gemacht* all die Jahre?«

»Ach, es ist gar nicht so anders als bei dir. Ich bin freischaffend, in verschiedenen Bereichen. Halte Vorträge hier und da, manchmal bin ich Gastdozent an einer Universität. Ich schreibe auch, manches wird veröffentlicht. Aber immer unter Pseudonymen. Also wundere dich nicht, dass du noch nichts von mir gelesen hast.«

David nickte anerkennend.

»Außerdem erinnerst du dich vielleicht, dass meine Familie ein gewisses Vermögen besitzt.«

David konnte sich nicht erinnern, davon schon einmal

gehört zu haben. Caspar und seine Eltern hatten in einfachen Verhältnissen auf dem Land gelebt.

»Tatsächlich?«

»Wir hängen es nicht an die große Glocke, aber wir müssen uns auch keine Sorgen machen. Und ich habe Freiräume, mich um verschiedene Dinge zu kümmern. Ideen zu entwickeln. Nenne es Selbstverwirklichung, wenn du willst.«

»Immerhin ist nichts Vernünftiges aus dir geworden, das beruhigt mich.«

»Aus dir aber auch nicht! Sieh dich doch an! Wer so blaue Schuhe trägt, dem ist alles zuzutrauen.«

»Ich muss doch sehr bitten. Schauen Sie gelegentlich in den Spiegel, mein Herr?«

»Wo ich nur kann.«

Sie lachten beide, und David war erleichtert, dass das Eis so leicht gebrochen war. Ja, er hatte diesen komischen Kauz vermisst.

David nahm einen weiteren Schluck aus seiner Flasche, dann sagte er: »Es wäre schön, öfter von dir zu hören. So ein Lebenszeichen hier und da …«

»Das ist gar nicht so einfach«, sagte Caspar.

»Wieso?«

»Weil ich anders lebe als ihr alle. Ich habe kein Handy, keinen Computer und keine E-Mail-Adresse. Ich bin nicht bei Facebook, Google oder sonstwo.«

»Verstehe. Aber es gibt ja auch noch andere …«

Caspar wurde plötzlich ungehalten und fiel David ins Wort. »Ach, das sagt ihr immer. Aber kein Mensch schreibt heute mehr Briefe. Oder kommt einfach mal so vorbei, ohne vorher hunderte Nachrichten zu schreiben. Nicht einmal das normale Telefon rühren sie mehr an.«

David sagte nichts. Er kannte solche Sätze auch von anderen Menschen, hauptsächlich älteren Verwandten. Aber Caspars aggressiver Unterton überraschte ihn.

Der drehte sich um und ließ seinen Blick über die anderen Gäste auf der Terrasse schweifen. Die meisten standen dort allein – und wischten auf ihrem Smartphone herum.

»Guck sie dir an«, fuhr er fort. »Die sind abhängig wie die Raucher. Ob man nun mit Zigarette herumsteht oder mit so einem Ding, ich sehe keinen Unterschied. Die sind ferngesteuert. Willenlos. Erbärmlich.«

David versuchte, Caspars unverhohlene Wut mit Lockerheit einzufangen. »Oh«, sagte er. »Und ich wollte gerade ein Selfie von uns machen, um es Kathi zu schicken. Aber ich lasse das Ding wohl lieber in der Tasche.«

Caspar überging das. Es war ihm ernst.

»Wir sind nicht dazu gemacht, uns Maschinen und Automaten zu unterwerfen. Damit verkaufen wir uns unter Wert. Wir sind so viel mehr: Geist, Gefühle, Kreativität. Wo bleibt das alles?«

»Naja«, sagte David. »Ich habe Smartphone, Laptop und so weiter, und wage zu behaupten, dass ich noch kreativ sein kann.«

»Ja, du, David. Du bist ja auch nicht irgendwer. Um dich zum willenlosen Zombie zu machen, braucht es mehr.«

»Danke, ganz reizend.«

»Aber die allermeisten von denen hier sind hoffnungslose Fälle. Hast du Hergen und Jonas schon gesehen?«

»Ja, gerade eben am Tresen.«

»Ich wollte sie vorhin begrüßen, aber da hatten sie schon ihre Dinger in der Hand, um irgendwas auszutauschen. Ich hab mir gedacht: Vergiss es. Das sind alles wehrlose Opfer der Googles und Apples und wie sie alle heißen. Die saugen ihnen den Geist aus und machen sie zu Robotern, die von den schönen Dingen des Lebens nichts mehr wissen wollen, nichts mehr herbeisehnen als das nächste Update. Massenvernichtung ist das in meinen Augen.«

David überlegte lange, was er darauf antworten sollte, aber ihm fiel nichts ein. Er war überrumpelt und hatte wenig Lust, das Thema zu vertiefen. Auf diesen erneuten, überdeutlichen Beweis, dass sein alter Freund anders tickte, hätte er gerne verzichtet.

Caspar trank schnell einige Schlucke aus seiner Flasche und versuchte damit offenbar, sich selbst wieder zu beruhigen.

Es war still geworden, keine Musik drang mehr aus dem Saal zu ihnen nach draußen. Als David seinen Blick hob, sah er, dass im Garten einige Fackeln aufgestellt worden waren, die eine quadratische Fläche einrahmten. In deren Mitte hatte sich die in mittelalterliche Gewänder gehüllte Gruppe eingefunden. Es waren jetzt mehr als zuvor; vier Frauen und vier Männer bildeten einen Kreis, die Gesichter einander zugewandt. Sie lächelten, wirkten konzentriert und sprachen nicht.

Caspar flüsterte: »Es ist mein Geburtstagstanz. Sie haben ihn extra für mich einstudiert.«

Außerhalb des Quadrats, im roten Schein der Fackeln, sah

David zwei weitere Männer mit Trommeln und eine Frau mit einer kleinen, rundlichen Flöte. Er wollte Caspar gerade fragen, wer diese Leute eigentlich waren, als die drei zu spielen anfingen und die Gruppe in der Mitte zu tanzen begann.

Die Musik war rhythmisch und beschwingt, die Tänzer wirbelten ihre weiten Kleider herum, drehten sich im Kreis und hin und her, tanzten mal allein oder zu zweit, mal alle gemeinsam. Manchmal klatschten sie in die Hände und stießen wilde Jubelschreie aus. Oft kamen die herumwirbelnden Gewänder den Fackeln gefährlich nah, schienen gar durch sie hindurchzufliegen, aber keines fing Feuer.

Caspar und David sahen dem Spektakel andächtig zu. Einige Gäste gesellten sich zu ihnen nach draußen, von der Musik angelockt. Manche schienen angetan von dem, was sie sahen, wippten staunenden Blickes mit den Füßen im Takt. Eine dicke, ältere Dame klatschte begeistert in die Hände. Andere standen gelangweilt herum und warteten stoisch darauf, dass die normale Party weiterging. Miriam war nirgendwo zu sehen.

Zwei betrunkene Männer machten sich einen Spaß daraus, Arm in Arm zu der Musik über die Terrasse zu hüpfen und herumzugrölen. Einige der Zuschauer amüsierten sich darüber, Caspar ignorierte es. Nachdem einer der beiden zu Boden gekracht war und dabei einen Stuhl mit sich gerissen hatte, führte der andere ihn schnell ins Haus.

Der Tanz dauerte einige Minuten. Als er vorbei war, klatschten die meisten Gäste artig, hier und da waren verhaltene Jubelrufe zu hören. Ein paar flüchteten sofort in den Saal zurück, wahrscheinlich direkt zum Tresen.

Caspar war zu den Tänzern und Musikern gegangen und hatte einen jeden zum Dank kurz, aber feierlich umarmt. Dann kehrte er zu David zurück, sah ihm in die Augen und sagte: »Dass du hier bist, das bedeutet mir wirklich sehr, sehr viel.«

David war erneut überrumpelt. »Die Freude ist ganz meinerseits«, antwortete er, und kam sich albern vor.

»Wo ist eigentlich deine Schwester?«, fragte Caspar. »Sei doch so gut und hol sie her. Ich möchte mit euch beiden anstoßen.«

8

David konnte Miriam im Festsaal nicht finden, aber sie kam ihm auf dem Gang zu den Toiletten entgegen. Ihre Haare sahen noch wilder aus und sie lachte verlegen, als sie ihren Bruder sah.

Sie lehnte den Kopf gegen seine Schulter.

»Oh Gott. Ich weiß nicht, wann ich zuletzt so viel getrunken habe.« Sie nuschelte. »Was war denn das draußen für ein Theater vorhin? Ich hab so merkwürdige Musik gehört ...«

»Freunde von Caspar. Die haben einen wilden Tanz aufgeführt.«

»Einen Tanz?« Miriam lachte schallend. »Großer Gott.«

»Er möchte mit uns beiden anstoßen. Kommst du mit nach draußen?«

»Ja. Frische Luft könnte helfen.«

Als sie zurück auf die Terrasse kamen, unterhielt sich Caspar mit den Tänzern im Garten. Die Fackeln brannten dort immer noch; die Gruppe saß dazwischen verstreut auf dem Rasen. Einige von ihnen rauchten irgendetwas, andere ließen eine dickbäuchige, durchsichtige Flasche mit einer Flüssigkeit herumgehen, die im Licht des Feuers golden glänzte. Die übrigen Gäste hielten von Caspars speziellen Freunden deutlichen Abstand.

Die Geschwister ließen sich in zwei Stühle fallen. David legte den Kopf in den Nacken und sah den Sternenhimmel, so viel klarer als er es aus der Stadt kannte. Er hatte keine Ahnung, wie spät es war. Der DJ hatte drinnen wieder begonnen, Musik zu spielen, getanzt wurde nur noch vereinzelt. Scheinbar hatten einige Gäste die Feier bereits verlassen, entweder abgeschreckt von dem Tanzspektakel, oder weil sie ihre Neugier, was aus den alten Gefährten geworden war, hinreichend befriedigt hatten.

Eine ganze Weile blieben sie sitzen, führten ab und zu belanglose Gespräche mit verbliebenen Gästen.

David konnte nicht sagen, wie viel Zeit vergangen war, bis Caspar zu ihnen kam.

»Sitzenbleiben, ihr zwei«, rief er. Dann leiser, so dass es keiner der anderen Gäste hören konnte: »Ich habe noch etwas für euch.«

Er verschwand im Haus, Miriam und David sahen sich fragend an.

Während Caspar ein paar Minuten wegblieb, kamen Antje und Peter vorbei, um sich zu verabschieden. David fragte sich, wo Antjes Freund den ganzen Abend gesteckt hatte. Jetzt war er aufgetaucht, um seine angesäuselte Freundin nach Hause zu bringen.

»Ach, ihr bleibt gar nicht bis morgen?«, fragte Miriam. »Wir haben ein Zimmer hier. Das hoffe ich zumindest, sonst müssen wir hier draußen schlafen.«

»Nein, wir fahren«, sagte Peter freundlich, aber bestimmt. Antje drückte Miriam und David zum Abschied müde, Peter gab ihnen die Hand, dann waren sie verschwunden.

David sah sich um. Im Saal schwankten noch drei, vier Betrunkene zu alten Kamellen. Andere saßen beim letzten Drink. Auf der Terrasse waren sie fast allein. Auch die Tafelrunde auf dem Rasen hatte sich verkleinert, zu dritt saßen sie dort jetzt im Kreis und hielten sich bei den Händen. David runzelte angesichts dessen die Stirn und holte nun doch sein Smartphone aus der Tasche, um nach der Uhr zu sehen.

Gerade mal eins. Die Zeit der durchzechten Nächte war für sie einfach vorbei.

Miriam erriet seine Gedanken und tätschelte ihm den Arm: »Alles nicht mehr wie früher, was?«

David lächelte matt. Er wollte Kathi eine Nachricht schicken, um ihr gute Nacht zu sagen, aber sein Handy hatte keinen Empfang, also steckte er es wieder weg.

Caspar tauchte mit einem Tablett neben ihnen auf, darauf drei Cocktailgläser, die er vorsichtig servierte. David kam sich vor wie der englische Lord in einem Krimitheaterstück, der sich von seinem schrulligen Butler bedienen lässt.

»Womit haben wir das verdient?«, fragte Miriam.

»Es ist nur ein Dankeschön dafür, dass ihr gekommen seid«, sagte Caspar. »Meine eigene Kreation.«

»Das ist also dein wahrer Job«, sagte David. »Barmixer.«

»Nur ein kleines Hobby«, sagte Caspar.

»Es sieht hervorragend aus«, sagte Miriam.

Die Martinigläser waren zu drei Vierteln gefüllt. Das Getränk darin hatte einen interessanten Farbverlauf, wie David ihn schon bei vielen Cocktails gesehen hatte, nur waren die Farben ungewöhnlich. Oben war die Flüssigkeit sehr dunkel, fast schwarz, darunter ging sie in ein Violett über, das allmählich heller wurde. Das untere Drittel des Getränks war klar wie Wasser. Die Glasränder waren mit etwas Kristallinem verziert, das ebenfalls violett schimmerte.

Caspar nahm sein Glas, sagte »Auf euch!« und prostete ihnen zu. Sie taten es ihm gleich. Dabei entging David nicht, dass Caspar und Miriam sich abermals lange ansahen. Ihr Blickkontakt löste eine seltsame Unruhe in ihm aus, die er sich nicht erklären konnte. Schließlich war es kein Geheimnis, dass die beiden eine besondere Geschichte verband.

Sie nippten an ihren Cocktails, die herb-fruchtig und süß zugleich schmeckten. David konnte nicht sagen, was er da schmeckte, aber es war ein Genuss.

»Ich vermute, dass die Zutaten dein Geheimnis bleiben?«, sagte er zu Caspar.

»So ist es«, sagte dieser lächelnd.

Miriam nahm einen weiteren Schluck, schloss die Augen und säuselte: »Auf jeden Fall ist das heute mein letzter Drink. Auch wenn er himmlisch ist.«

»Bist du glücklich, Miriam?«, fragte Caspar.

David horchte auf.

Ein paar Sekunden sah Miriam Caspar nur an, mit einem leisen Lächeln auf den Lippen. Dann schlug sie die Augen nieder und antwortete mit dunkler Stimme: »Was für eine Frage.«

»Ihr seid mir wichtig«, erklärte Caspar. »Es interessiert mich.«

Miriam sagte langsam: »Ich bin gesund und ich habe eine tolle Familie. Das ist Glück, oder?«

»Wenn es das für dich heißt, ja«, sagte Caspar.

»Frag mich sowas lieber, wenn ich nüchtern bin«, sagte Miriam.

»Dann ist es langweilig«, sagte Caspar.

David sah seine Schwester an, dann Caspar. Dabei merkte er, wie der Alkohol seinen Blick verschwimmen ließ. Der fiel auf den silbernen Schmuck, den Caspar um den Hals trug. Er beugte sich vor, wobei ihm schwindelig wurde, nahm den Anhänger zwischen Daumen und Zeigefinger, drehte ihn hin und her. Als das Licht aus dem Saal hinter ihnen schräg darauf fiel, sah er, dass dort ein Zeichen eingraviert war. Es erinnerte an den Buchstaben F.

David hatte einen Gedanken, den er aber nicht ganz greifen konnte. Es fiel ihm schwer, sich zu konzentrieren.

»Ein Andenken an jemanden? Ein Glücksbringer?«, fragte er. Die Worte aus dem Mund zu zwängen, fiel unglaublich schwer.

»Etwas in der Art«, sagte Caspar. »Für heute Abend hat es mir jedenfalls Glück gebracht.«

Miriam hatte ihr Glas bereits geleert. Unbeholfen stand sie auf und sagte schleppend: »Ich glaube, ich sollte ein paar Schritte gehen, um wieder zu mir zu kommen.«

Statt dies zu tun, blieb sie einfach neben ihrem Stuhl stehen und schaute mit halb geöffneten Augen Richtung Garten, wo immer noch die drei Tänzer zwischen ihren Fackeln im Kreis saßen und sich bei den Händen hielten. Daneben gab Miriam mit ihrem Hexenhaar und dem glasigen Blick ein bizarres Bild ab.

David musste lachen. Er wollte zu ihr sagen: »Komm, Schwesterherz, ab ins Bett mit dir«, brachte jedoch die Worte nicht mehr hervor. Er konnte sich nicht erinnern, wann er zuletzt so betrunken gewesen war. Seine Augen fielen ihm immer wieder zu, aber dann drehte sich alles um ihn und ihm wurde übel, darum versuchte er, wach zu bleiben.

Nach und nach verlor David das Zeitgefühl und wusste nicht, ob er schon einmal eingenickt war oder nicht. Seine Umgebung war wie hinter Glas, über das beständig Wasser lief. Caspar saß währenddessen ruhig neben ihm am Tisch und stand nur ab und zu auf, um die letzten Gäste zu verabschieden.

In einem halbwegs wachen Moment merkte David, dass seine Schwester nicht mehr neben ihm war. Er drehte sich um und sah sie am Rand der Terrasse auf dem Steinboden sitzen, wo sie wohl eingeschlafen war, mit angezogenen Knien, verschränkten Armen und gesenktem Kopf.

Wieder fiel Davids Blick auf die drei Tänzer, und er erschrak. Irgendetwas war mit ihnen passiert. Warum sahen ihre Gesichter so merkwürdig aus? Die Augen waren große, dunkle Höhlen, die Münder zu stummen Schreien aufgerissen.

David strengte seine Augen an, die ihm immer weniger gehorchen wollten und ihm im Feuerschein offenbar Streiche spielten.

War er doch eingeschlafen und träumte?

Panisch drehte er sich zu Caspar um, der nur dasaß und ihn anlächelte. Er schien zu erkennen, was seinen Freund so erschreckt hatte.

»Es sind Masken, David. Sie tragen Masken.«

David wischte sich mit beiden Händen über das Gesicht, um Klarheit zu gewinnen. Aber er wurde das Schwindelgefühl nicht los, die leichte Übelkeit, die Schwere in seinen Armen und Beinen, sogar in seiner Zunge, die es unmöglich machte, nur ein Wort zu sprechen.

Es kam David vor, als würden sie viele Stunden dort so sitzen. Er zusammengekauert auf seinem Stuhl, Caspar schweigend neben ihm, als passte er auf ihn auf.

Mehrmals wollte David sich aufraffen und das armselige Schauspiel beenden, fand aber nicht die Kraft.

Irgendwann war er zu schwach, um die Augen wieder zu öffnen, und ließ sich im Dunkeln dahintreiben.

Teil II

Caspars Maske

9

Noch halb im Schlaf wurde David von einem Traum verfolgt, in dem er nicht er selbst war. Er war an einem unbekannten Ort, sprach eine fremde Sprache. Fühlte deutlich, dass irgendetwas nicht stimmte, dass er dort nicht hingehörte, aber ohne zu wissen, wer er wirklich war. Er sah fremde Gesichter, Männer und Frauen, die ihn verhöhnten, weil er nicht verstand, was da vor sich ging.

Trugen sie Masken? Wer waren sie? Und wer war er?

Er öffnete langsam die verklebten Augen und erwartete das erleichternde Gefühl, das sich mit der Erkenntnis einstellt, dass alles nur ein übler Traum gewesen war.

Doch das Gefühl wollte nicht kommen.

Denn wieder wusste er nicht, wo er war.

Und er brauchte mehrere Sekunden, in denen Panik in ihm hochstieg, bevor er endlich wieder wusste, wer er war. Dass der Traum vorbei war.

Die stechenden Kopfschmerzen waren keine Einbildung, daran gab es keinen Zweifel.

David fühlte mehr, als er sah, dass er in einem großen, bequemen Bett lag, in dem er noch nie gelegen hatte. Angenehm weiche Matratze. Dicke, schwere Bettdecke, großes Kopfkissen.

Sein Verstand schlief noch immer halb, mit frustrierender Langsamkeit fielen ihm ein paar mögliche Orte ein. War er bei Kathi? Bei ihren Eltern? Im Gästezimmer bei Miriam? Oder bei seinem Kumpel Jan?

Nein. Er kannte dieses Bett nicht.

Auch nicht diesen Raum.

David hob den Kopf und ließ den verschwommenen Blick durch das Zimmer schweifen. Aber obwohl er sich langsam wacher fühlte, wich die Verwirrung nicht.

Der Raum wirkte riesig und sah wie keiner aus, in dem er jemals übernachtet hatte. Die mindestens drei Meter hohe Decke war stuckverziert, in der Mitte schwebte ein Kronleuchter. Die altrosa Tapete war mit reliefartigen, floralen Mustern überzogen. Vor dem Fenster hingen farblich darauf abgestimmte, schwere Vorhänge. Der etwas dunklere Teppichboden sah nicht so aus, als würden oft Gäste darüber laufen. Ihm gegenüber an der Wand stand ein riesiger Kleiderschrank aus Holz, daneben ein altmodischer Sekretär. Kopf- und Fußteil seines Bettes waren aus dem gleichen, dunklen Holz geschnitzt wie der Schrank. Neben dem Bett stand ein runder Nachttisch mit Glasplatte und einem gusseisernen Fuß, darauf eine kleine Lampe.

Beinahe musste David lachen, während er die Details des Raumes registrierte. Es war ... pompös. Wie in einem Museum.

Jetzt erst fiel ihm auf, dass er einen schwarz-blau gestreiften, leichten Schlafanzug trug, den er ebenfalls noch nie gesehen hatte.

Was war bloß passiert?

Seine Gedanken wanderten zum Vorabend. Dort fand er Bruchstücke von Erinnerungen, die er krampfhaft festhielt, damit sie nicht gleich wieder wie die Traumbilder verloren gingen.

Die Party auf dem Land.

Caspar. Und Miriam.

Eine Menge Alkohol.

Je angestrengter er nachdachte, desto klarer wurde David: Er hatte einen gewaltigen Filmriss und nicht die leiseste Ahnung, wie er in diesen Raum gelangt war.

Zunächst war er sich sicher, dass er sich noch immer in dem Gasthof befand, in dem sie gefeiert hatten. Es musste das Zimmer sein, das für Miriam und ihn reserviert worden war.

Aber wo war seine Schwester? Hatten sie nicht ein gemeinsames Zimmer gebucht?

Ein flaues Gefühl der Sorge machte sich in ihm breit, als ihm einfiel, dass Miriam auf der Feier mindestens so betrunken gewesen war wie er. Wo hatte sie die Nacht verbracht?

David schwang die Beine aus dem Bett und stand langsam auf. Dabei verzog er das Gesicht, als sein Kopf mit heftigen Schmerzen gegen die Bewegung protestierte. Wenigstens war ihm nicht übel und er konnte sich auf den Beinen halten. Kater hatte er schon schlimmere gehabt, einen solchen Filmriss dagegen nie.

Er wagte ein paar bedächtige Schritte Richtung Fenster und zog die Vorhänge auseinander, die zuvor nur einen Spalt Tageslicht durchgelassen hatten. Er hoffte und erwartete, die Umgebung draußen wenigstens ein bisschen wiederzuerkennen. Doch als er auch die halbdurchsichtigen Gardinen beiseite und die Fensterläden aufgeklappt hatte, schaute er nur ungläubig.

Draußen gab es keine weiten Felder, kein Dorf und keine Bauernhöfe, sondern eine leicht hügelige Landschaft, nahezu komplett bewaldet. Keine Häuser, keine Straßen. Er sah auch nicht den Garten oder die Terrasse des Gasthofs, denn er befand sich in einem völlig anderen, viel größeren Haus.

Wieder überlegte David ernsthaft, ob er immer noch träumte.

Er lehnte sich hinaus. Der Wald lag tief unter ihm und reichte bis an das Gebäude heran, das drei oder vier Stockwerke hoch sein musste. Schräg unter sich sah er weitere Fenster in der Wand, die aus grauen, unregelmäßigen Steinen gemauert war. Wie seines hatten sie außen grüne Fensterläden aus Holz.

Auf der rechten Seite ging das Gebäude in einen weit ausladenden, runden Teil über.

Ein Turm.

David konnte es nicht fassen.

War er hier in einem *Schloss*?

Langsam und mit gerunzelter Stirn trat David vom Fenster zurück und schaute sich ein weiteres Mal in seinem Schlafzimmer um. Immerhin fand er seine Kleidung, sauber zusammengelegt auf dem Stuhl vor dem Sekretär. Er erinnerte sich, dass er diese Sachen auf der Party getragen hatte. Sogar sein Hut lag da. Er nahm sein Hemd in beide Hände, und es war beruhigend, auf diese Weise eine konkrete Verbindung zum gestrigen Abend herstellen zu können. Er träumte nicht mehr und hatte keine plötzliche Amnesie. Er hatte einfach nur zu viel getrunken. Und es musste einen ganz simplen

Grund dafür geben, dass er sich an diesem Ort befand. Er hatte es nur vergessen.

Neben der Tür hing ein schmaler Spiegel, und es war ebenfalls beruhigend zu sehen, dass er nun zwar in einem Schlafanzug steckte, obwohl er sonst nie einen trug, ansonsten aber annähernd so normal verschlafen aussah wie an jedem Morgen.

David öffnete den Kleiderschrank, in dem nur ein paar Hemden und eine Jacke hingen. Er fand darin aber auch den Rucksack, den er für die Übernachtung gepackt hatte.

Fein, wenigstens würde er sich die Zähne putzen können, sobald er ein Badezimmer fand. Der Geschmack in seinem Mund war grauenvoll.

Auf dem Fußboden vor dem Bett wartete ein Paar altmodischer Hauslatschen. Er schlüpfte hinein und beschloss, die angrenzenden Räume zu erkunden und seine Schwester zu suchen.

Vorsichtig öffnete David die Zimmertür und steckte den Kopf nach draußen. Dort sah er einen schmalen, langen Flur. Zwei kleine Lampen auf niedrigen Tischen spendeten nur schummriges Licht. Niemand zu sehen, nichts zu hören.

Er trat hinaus. Unter seinen Latschen spürte David den gleichen, dicken Teppich wie in seinem Zimmer; hier war er jedoch kräftig rot, die Tapete cremefarben. Nach ein paar Schritten kam er an zwei geschlossenen Türen vorbei, die sich gegenüberlagen, und fragte sich, ob das hier eine Art Hotel war. Er musste an das Overlook denken, schob diese Assoziation aber beiseite, als er sah, dass es hier keine Zimmernummern gab. Also auch kein Zimmer 237.

Etwas weiter führte eine Treppe links von ihm nach unten. Auf das wuchtige Holzgeländer gestützt blickte David hinab, konnte aber nicht erkennen, was sich im Stockwerk darunter verbarg. Ein großes Gemälde über dem Treppenabsatz zeigte eine idyllische Naturszenerie: ein Wald mit einer Lichtung, in die schräg das Sonnenlicht einfiel.

David schritt weiter den Gang entlang, an weiteren geschlossenen Räumen vorbei, stets bemüht, kein Geräusch zu machen.

Sein Blick fiel auf die kurze Wand, an der einige Meter vor ihm der Gang endete. Im Halbdunkel hingen dort drei Masken. Als David davor stehen blieb und sie einzeln betrachtete, fühlte er sich an etwas erinnert, das ihm aber nicht einfiel. Vielleicht lag es nur am spärlichen Licht, doch die Masken sahen unheimlich aus. Sie waren aus einem dunklen Material, bräunlich-schwarz. Er traute sich nicht, sie anzufassen. Die menschlichen Züge ihrer Gesichter waren verzerrt, mit schräg stehenden Augen. Gleichzeitig waren es Tierköpfe. Die oberste war gekrönt von einem Hirschgeweih. Die mittlere trug die langen, spitzen Hörner eines Steinbocks, die untere die kurzen, sichelförmigen eines Stiers.

Von dem Anblick irritiert und abgestoßen fragte sich David erneut, in was für einer Art Herberge er sich hier eigentlich befand.

Noch immer war es vollkommen still. Neben sich entdeckte

David eine weitere Tür, die nur angelehnt war. Er zögerte ein paar Sekunden, bevor er sie vorsichtig aufstieß. Dahinter fand er ein großes, geschmackvoll eingerichtetes Badezimmer, das ihm wie gerufen kam. Er holte Kleidung und Waschzeug aus dem Schlafzimmer und hoffte, dass unter der Dusche sein umnebelter Geist munter werden würde, bis ihm wieder einfiel, wie er hergekommen war.

10

Unter dem heißen, fließenden Wasser schloss David die Augen, versuchte, sich zu entspannen und an gar nichts zu denken. Das half immerhin gegen die Kopfschmerzen. Und sein Körper wurde wach genug, um mit einem Mal ein heftiges Hungergefühl zu verspüren, und den Wunsch, dass ihn unter diesem Dach irgendjemand mit einem Frühstück erwartete.

Doch kam er sich komisch dabei vor, in diesen fremden Räumen nun erstmal genüsslich zu duschen, ohne zu wissen, wer sich noch dort aufhielt. Ein anderer Teil seines Verstands war seltsam gelassen und ging mit großer Selbstverständlichkeit davon aus, dass sich alles sehr bald aufklären würde.

Schnell schlüpfte David in die frische Kleidung aus seinem Rucksack – hellgrüne Hose und ein schlichtes, weißes T-Shirt mit weitem Kragen – und zupfte sich vor dem großen Badezimmerspiegel die Haare zurecht. Der Bart sah ordentlich aus. Nur leichte Augenränder. Die Zähne waren ausgiebig geputzt, das eklig-pelzige Gefühl im Mund verschwunden. Er fühlte sich ausreichend gewappnet, seine Erkundungstour fortzusetzen, welche Überraschungen auch immer ihn dabei erwarten mochten.

Ihm fiel ein, dass er keine Ahnung hatte, wie spät es war, und dass er sein Smartphone nicht bei sich trug, das seit Jahren jede Armbanduhr ersetzte. Er schlich ins Schlafzimmer zurück, um danach zu suchen.

Auf dem kleinen Nachttisch lag es nicht. Also prüfte er die Taschen der Hose, die er am Tag davor getragen hatte. Sie waren leer, bis auf eine zerknickte Visitenkarte: Jonas Kunz, IT-Consultant. KTI Systemlösungen. Eine Firmenanschrift in Bremen. E-Mail-Adresse, Handynummer und ein QR-Code.

Stimmt, er hatte mit Jonas gesprochen. Und seinem Kumpel Hergen. Worüber, das wusste David nicht mehr.

Aber wo war sein Handy?

Als Nächstes nahm er sich seinen Rucksack vor, tastete sorgfältig alle Taschen darin ab – erfolglos. Mit der unguten Ahnung, dass er das Smartphone in seinem Rausch irgendwo liegen oder fallen gelassen hatte, schaute er unter sein Bett – nichts.

Verdammt.

Er hätte nicht nur gern nach der Uhrzeit geschaut, sondern wollte sich auch bei Kathi melden. Und er hätte Miriam auf diesem Weg kontaktieren können, anstatt sie überall im Haus zu suchen.

Das blieb ihm erspart. Als er wieder auf den Flur getreten war und die Schlafzimmertür hinter sich zugezogen hatte, kam ihm seine Schwester entgegen.

∽

Barfuß, in einem langen, weißen Nachthemd und mit zerwühlten Haaren sah Miriam aus wie ein Gespenst. Sie torkelte, fuhr sich mit einer Hand über das Gesicht, hatte ihren Bruder aber schon entdeckt.

»Gut, dass du da bist«, sagte sie leise und gähnte.

»Ich wollte dich gerade suchen gehen«, sagte David.

»Du bist ja schon angezogen.«

Sie rieb sich mit den Händen die Oberarme, als ob sie fröstelte. Dann sah sie sich um und sagte: »Mein Gott, David ... Ich kann mich an gar nichts erinnern. Wo sind wir denn hier?«

David bekam ein flaues Gefühl im Magen, denn er hatte gehofft, sie würde ihm alles erklären.

»Das wollte ich dich auch gerade fragen.«

Sie sah ihn groß an.

»Du hast auch keine Ahnung? Was ist denn das hier für ein riesiges Haus?«

»Keinen blassen Schimmer. Hast du mal aus dem Fenster geschaut?«

»Nein, ich bin gerade erst aufgewacht. Ich muss dringend aufs Klo.«

»Das Badezimmer ist da hinten.« David zeigte zum Ende des Flurs.

Miriam rannte fast den Gang hinunter und achtete dabei nicht auf die seltsamen Masken an der Wand.

Als sie zurückkam, führte David sie in sein Zimmer und sagte: »Guck mal raus.«

Sie ging zum Fenster, stützte sich mit beiden Händen an der Fensterbank ab und streckte den Kopf hinaus.

Als sie sich ihrem Bruder wieder zuwandte, waren ihre Augen ungläubig aufgerissen und sie war erstmal sprachlos. Einen Moment lang sahen sie sich nur an, dann schüttelte Miriam den Kopf und legte die Hand an die Stirn.

»Was haben wir gestern Abend bloß gemacht? Ich kann mich gar nicht erinnern, wie ...«

Sie rang nach Worten.

»Ich auch nicht. Wir haben ein bisschen übertrieben, schätze ich.«

Als sie sich wieder ansahen, mussten beide lachen. Die Situation war absurd und ein bisschen peinlich. Hier standen sie, zwei Mittdreißiger, die hatten es nochmal richtig krachen lassen und waren bitterböse abgestürzt.

»Irgendjemand hat uns hergebracht«, sagte David. »Vielleicht Caspar. Selber gefahren sind wir ganz sicher nicht.«

»Nein, auf keinen Fall.«

»Ich glaube, mein Handy ist weg. Ich hab schon überall gesucht. Weißt du, wo deins ist?«

Er begleitete seine Schwester zu ihrem Schlafzimmer ein paar Türen weiter. Es war ganz ähnlich eingerichtet wie seines, aber etwas kleiner. Tapeten und Teppich waren hier blassgrün, und statt eines Sekretärs stand ein weißer Schminktisch neben dem Kleiderschrank.

Miriam hob ihren Koffer auf das große Bett und kramte darin nach ihrem Mobiltelefon, während David ohne Ergebnis das Zimmer absuchte.

»Wir rufen später im Gasthof an«, sagte Miriam. »Bestimmt sind sie dort gefunden worden.«

»Ich wette, wir sind nicht die einzigen, von denen gestern etwas liegen geblieben ist«, sagte David.

»Oder es war ein Taschendieb dort unterwegs.«

David sah seine Schwester finster an und fragte: »Und hat uns gleich mitgenommen?«

Dann sagte er: »Ich halte das nicht länger aus. Ich gehe jetzt nach unten und schaue, ob ich jemanden treffe.«

Miriam nickte.

»Du kannst ja erstmal duschen gehen und dich anziehen. Ich komme dann wieder rauf und hole dich ab, OK?«

»OK.«

David sah seiner Schwester an, dass sie zögerte. Doch dann sagte sie noch einmal »OK«, lächelte ihn an, nahm ihre Sachen und verschwand ins Bad.

David ging in die andere Richtung, stieg die Treppe hinab und war selbst überrascht, wie stark ihm dabei das Herz klopfte.

Bei den ersten Schritten bis zum Treppenabsatz unter dem Gemälde gab David sich große Mühe, leise zu sein. Dann fiel ihm ein, dass es dazu eigentlich keinen Grund gab. Es war hell draußen, also störte er niemanden bei der Nachtruhe. Und wer immer hier wohnte, würde schon wissen, dass er hier war und ihn erwarten. Er versuchte, sich locker zu machen, nahm die restlichen Stufen aufrecht und zügig, fast so, als würde er selbst hier wohnen und diese Treppe an jedem Morgen hinunterschreiten.

Ein Stockwerk tiefer sah er einen ähnlichen Flur wie oben. Doch auch hier waren alle Türen geschlossen und er hatte nicht die Absicht, in Räumen herumzuschnüffeln. Nur kurz sah er sich in diesem Gang um und bemerkte weitere eigentümliche Gegenstände an den Wänden, darunter Pfeile und Bögen. Und mehr Masken.

Auf dem nächsten Treppenabsatz kam David an einer etwa ein Meter großen, aus Holz geschnitzten Figur vorbei. Er glaubte, dass man so etwas einen Faun nannte: ein koboldartiges Männlein mit kleinen Hörnern und einem langen Schweif, das auf einem Baumstumpf hockte und sein Gegenüber verschlagen angrinste.

Eine weitere Etage tiefer war der Flur deutlich breiter. Die Treppe endete hier, aber David war sicher, dass es mehr Stockwerke darunter gab, und ging ein Stück den Gang entlang. Er war mit einem langen Orientteppich ausgelegt. Die steinernen Wände waren unverkleidet, so dass es aussah wie in einem mittelalterlichen Schloss. Große, alte Landkarten hingen an den Wänden zwischen kleineren Bleistiftzeichnungen von Pflanzen, Pilzen und Insekten.

Als der Flur einen Knick nach rechts machte, gelangte David zu einer breiten Treppe, die gerade nach unten führte, in das Erdgeschoss und den Eingangsbereich. Hier oben im ersten Stock führte eine Galerie um die Treppe herum. David ging sie langsam entlang, die rechte Hand stets auf dem dunklen Holzgeländer, und schaute dabei nach unten in die Eingangshalle. Außer einem schwarzweißen Marmorfußboden sah er dort zunächst nichts. Dann, als er die Galerie zu drei Vierteln umrundet hatte, erblickte er drei silberne, gut erhaltene Ritterrüstungen an der Wand.

Während David sie lange betrachtete, stiegen wieder die Fragen in ihm hoch, die ihn seit dem Aufwachen beschäftigten. Was für Leute kannte er bloß, die ein solches Gebäude besaßen? Wen hatten sie gestern getroffen, der sie hergebracht haben konnte?

Hatte Caspar etwas damit zu tun?

David erinnerte sich, dass er länger mit ihm gesprochen hatte. Aber die Einzelheiten des Gesprächs hatte er vergessen, als wäre es Monate oder Jahre her.

Er vollendete seine Runde auf der Galerie und stieg die Treppe hinab. In der Eingangshalle war niemand zu sehen. Doch hörte er zum ersten Mal Geräusche: Geklapper von Töpfen und Tellern.

Er ging dem Lärm nach. Im Gegensatz zu den oberen Stockwerken waren unten die meisten Türen geöffnet. David durchquerte einen kleinen Raum, der an die Eingangshalle angrenzte und wie ein gemütliches Lesezimmer aussah, mit Bücherregalen bis an die Decke und zwei Sesseln. Dahinter folgte ein deutlich größerer Raum, ein Speisezimmer, wo David eine beeindruckend lange Tafel umrunden musste, an der locker 20 Personen Platz finden konnten. Hier und da zierten auch im Erdgeschoss Gemälde, Zeichnungen oder

Karten die Wände. Die übrige Einrichtung war wie in den Schlafzimmern altmodisch, aber geschmackvoll und absolut passend zu diesem Ort.

Der Küchenlärm war nun deutlich zu hören. Neben dem Speisesaal betrat David einen kleinen, achteckigen Raum mit drei weiteren, geschlossenen Türen. Die Küche lag gegenüber, die Geräusche kamen eindeutig von dort.

David hörte sogar eine Frauenstimme, die, so glaubte er, jemanden rief, aber den Namen verstand er nicht. Er zögerte noch einen Moment, dann griff er nach dem glänzenden, vergoldeten Knauf und zog die Tür langsam auf.

Vor sich sah er eine Küche, die weniger groß war, als er es angesichts der übrigen Räume und der gewaltigen Tafel erwartet hatte. Aber dafür blieb hier kein Winkel ungenutzt. Über Herd und Ofen in der Mitte des Raumes schwebte ein breiter Abzug, daneben erstreckte sich die großzügige Arbeitsfläche. Auf dem Herd dampfte es aus drei Töpfen, an den Wänden hingen Pfannen und allerhand Küchengeräte, in Kommoden stapelten sich Teller und Tassen.

David hatte erwartet, hier auf jemanden zu treffen, doch die Küche war leer, die Mahlzeit auf dem Herd unbeaufsichtigt. Auf der Arbeitsfläche lagen benutzte Messer und Schneidebretter herum. Wer hier bis eben noch gearbeitet hatte, konnte nicht weit sein, war nur kurz etwas holen gegangen.

Er durchschritt die Küche, die in eine Art Vorbau hineingequetscht worden war. Auf der gegenüberliegenden Seite blickte man durch ein großes Fenster auf den leeren Hof; die Wände links und rechts daneben verliefen ein Stück diagonal.

Eine kleine, unscheinbare Tür in der rechten Wand führte nach draußen.

Eine schmale Zufahrt führte aus einem Wald heraus, in einem Kreis über den Hof und wieder zurück. Das Haus war also mindestens von zwei Seiten von einem Wald umgeben.

David stand am Fenster und sah verloren nach draußen, irgendwelche Anhaltspunkte suchend, die er wiedererkannte, als sich die kleine Tür auftat. Eine ältere, grauhaarige Frau stand draußen und bemerkte ihn, noch bevor sie die Küche betrat.

Sie keuchte kurz vor Schreck und rief: »Du liebe Güte! Was machen Sie denn hier?«

Beinahe wäre ihr die kleine Kiste heruntergefallen, die sie mit einem Arm umklammerte, während sie mit der anderen Hand die schwere Tür offenhielt.

»Es tut mir leid«, sagte David, und wusste nicht, wie er erklären sollte, warum er hier war. »Ich wollte nur nachsehen, ob ... Also, ich hatte Geräusche gehört und wollte nur nachsehen, wer hier ist.«

»Ich«, sagte die Frau.

Jetzt erst kam sie herein und schloss die Tür. Die Kiste, die sie trug, war gefüllt mit Äpfeln, Birnen und Pflaumen.

Als sie sich David wieder zuwandte, betrachtete sie ihn mit zusammengekniffenen Augen.

Er kam sich wie ein Einbrecher vor.

»Es tut mir wirklich leid«, wiederholte er. »Das Problem ist, dass ich gar nicht weiß, wo ich hier bin. Meine Schwester und ich wurden wohl gestern Abend von jemandem hergebracht, aber wir können uns beide an nichts erinnern.«

Während er dies erklärte, noch dazu einer völlig fremden Person, merkte er, wie irre es sich anhören musste.

Aber die Frau nickte nur und lächelte dabei schief.

»Jaja«, sagte sie gedehnt. »Ich hab schon gehört, dass wir Gäste haben.«

»Ach. Und von wem?«

»Keine Sorge. Ich sag ihm gleich Bescheid.«

»Wem denn?«

Aber sie schien keine Lust zu haben, David alles zu erklären. Sie ging vorbei und tätschelte ihm halbherzig die Schulter, wie um zu sagen: »Wird schon wieder.«

Sie sah ihn nicht an. Doch David fiel ein rundes Muttermal unter ihrem linken Auge auf.

Ihn überkam das Gefühl, diese Frau schon einmal gesehen zu haben.

»Entschuldigung, kennen wir uns?«, fragte er.

»Nein«, sagte sie, ohne sich umzudrehen.

Dann machte sie eine Geste in die Richtung, aus der David gekommen war, und sagte: »Holen Sie doch Ihre Schwester und nehmen Sie drüben im Speisezimmer Platz. Sie bekommen Frühstück. Der Hausherr wird Ihnen sicher Gesellschaft leisten.«

Der Hausherr. War das ironisch gemeint oder die übliche Bezeichnung an diesem Ort?

Sie ließ ihn stehen und verschwand in einem dunklen Flur, der an den kleinen, achteckigen Raum neben der Küche angrenzte.

»Gut«, rief David ihr hinterher, weil ihm nichts Besseres einfiel. Es fuchste ihn, dass die Alte so barsch gewesen war.

Er machte sich wieder auf den Weg nach oben und fand dort Miriam in ihrem Zimmer, die sich vor dem Spiegel die Haare kämmte. Sie hatte ausgewaschene Jeans und eine rosafarbene Bluse angezogen.

»Wir werden unten erwartet«, sagte er.

»Von wem?«

»Das weiß ich nicht. Aber es gibt ein Frühstück mit dem Hausherrn.«

Miriam schüttelte nur ungläubig den Kopf.

»Unten in der Küche war eine Frau, die mir irgendwie bekannt vorkam«, fuhr David fort. »Aber besonders freundlich war sie nicht.«

»Das ist doch unheimlich«, sagte Miriam. »Außerdem weiß ich nicht, ob ich imstande bin, etwas zu essen. Mir schlägt das hier auf den Magen. Erst recht nach so einem Abend wie gestern. Sind da irgendwelche Drogen kursiert?«

»Ich glaube nicht. Ich weiß es nicht.«

»Und hast du diese Masken da draußen gesehen?«

David nickte nur.

»Das ist doch nicht normal.«

»Lass uns runtergehen. Dann sehen wir weiter.«

Auf der darunterliegenden Etage ertönte der tiefe, glockenartige Schlag einer Standuhr. David sah sich um und entdeckte das aufwändig verzierte Exemplar am Ende des Flurs, den er beim ersten Mal nur flüchtig in Augenschein genommen hatte. Er ging ein paar Schritte auf die Uhr zu und war überrascht.

»Erst halb elf«, sagte er zu seiner Schwester. »Ich fühle
mich, als hätte ich den halben Tag verschlafen.«

Auf dem Weg ins Speisezimmer bestaunte Miriam die gleichen Dekorationsgegenstände wie ihr Bruder zuvor. Aber
sie nahm sich viel mehr Zeit, sie zu betrachten, als könnte sie
allein dadurch das Geheimnis lüften, wo sie sich hier befanden. David kam es so vor, als würde sie die Begegnung mit
ihrem Gastgeber so lange wie möglich hinauszögern wollen,
aus einer diffusen Angst vor einer bösen Überraschung.

Er konnte sie verstehen, ihm selbst war auch mulmig.
Aus irgendeinem Grund verspürte er immer noch eine Art
Schuldgefühl, als wären sie unerwünscht in dieses Haus eingedrungen. Oder als hätten sie am Abend zuvor im Rausch
irgendetwas Dummes angestellt, für das sie nun bestraft werden sollten.

Gerade weil ihn diese Ungewissheit so fertigmachte, wollte
David die Situation so schnell wie möglich aufklären.

Als sie das Speisezimmer endlich erreichten, saß dort Caspar
vor einem reichlich gedeckten Frühstückstisch und lächelte
ihnen erwartungsvoll entgegen.

»Da seid ihr ja endlich«, rief er. »Ich habe einen Bärenhunger.«

Miriam und David blieben stehen und sahen ihn mit großen Augen an.

Er sah bestens erholt aus, dabei musste auch er eine lange Nacht hinter sich haben. Er trug die langen Haare offen, aber ordentlich gekämmt, und ein schlichtes, weißes Hemd.

Die verdutzten Blicke der Geschwister brachte Caspar zum Lachen.

»Nun setzt euch doch«, bat er und deutete mit einladender Geste auf die Stühle links und rechts von sich.

Sie folgten seiner Bitte, wobei David zu seiner Schwester sagte: »Es hätte uns klar sein müssen. Wer sonst hätte der Hausherr sein können?«

Miriam lachte nervös und sagte: »Ja. Wer sonst.«

»Wie darf ich das verstehen?«, fragte Caspar.

»Naja«, begann Miriam. »Wir haben beide keine Ahnung, wie das alles ... Wie wir hierhergekommen sind. Und was gestern überhaupt passiert ist.«

»Und wo wir hier überhaupt sind«, sagte David.

»Ich verstehe«, sagte Caspar lächelnd. »Ja, ihr beiden wart gestern nicht mehr ganz bei Sinnen, das kann man wohl so sagen.«

Miriam und David tauschten einen kurzen Blick.

»Es ist mir ziemlich peinlich«, sagte Miriam. »Haben wir irgendwas Schlimmes angestellt?«

Caspar winkte ab.

»Keine Sorge. Es ist alles in Ordnung.«

»Aber wo sind wir dann hier?«, fragte David. »Gehört dir das hier etwa?«

»Nicht mir direkt, aber meiner Familie.«

Wieder sah David ihn ungläubig an.

»Erinnerst du dich nicht, dass ich gestern erwähnt habe, wir hätten ein gewisses Vermögen?«

David schüttelte den Kopf.

»Dieses Anwesen ist ein Teil davon. Meine Eltern haben es vor ein paar Jahren geerbt. Und jetzt leben wir hier.«

David fiel die unfreundliche Person aus der Küche ein.

»Die Frau, die ich vorhin getroffen habe, das war aber doch nicht ...«

»Meine Mutter? Nein. Das war Thea, unsere Haushälterin. Meine Eltern leben auf einem anderen Teil des Grundstücks.«

»Und du hast uns hergebracht, weil es uns gestern so schlecht ging?«, fragte Miriam.

»Also«, sagte Caspar beschwichtigend. »Ich dachte mir einfach, es sei eine schöne Wiedergutmachung, euch hierher einzuladen. Schließlich war ich nicht ganz unschuldig an eurem Zustand. Wir haben das eine oder andere Glas gemeinsam geleert.«

»Aber dir ging es nicht so schlecht?«, fragte David.

»Nein. Vielleicht war ich ein wenig vorsichtiger. Als Gastgeber will man ja einen guten Eindruck machen.«

»Was man von uns beiden wohl nicht behaupten kann«, sagte Miriam.

»Lassen wir das Thema«, sagte Caspar. »Ich freue mich, dass ihr meine Gäste seid. Ihr könnt bleiben, so lange ihr möchtet. Es ist mir eine große Ehre. Und nun esst!«

Während Miriam sich zunächst nur einen Orangensaft eingoss, langte David kräftig zu. Er fühlte sich, als hätte er seit Tagen keinen Bissen gehabt.

Als Caspar ihm Kaffee einschenkte, fragte David: »Und wer hat uns hergebracht? Du konntest doch auch nicht mehr fahren.«

»Johann, mein Chauffeur.«

»Du hast einen Chauffeur?«

»Thea und er sind ein Paar. Sie sind seit über 40 Jahren verheiratet. Sie wohnen und arbeiten beide hier und kümmern sich um alles, was meine Eltern und ich nicht selbst schaffen. Sie waren schon hier, lange bevor wir das Haus geerbt haben.«

An Miriam gewandt fügte er hinzu: »Übrigens waren wir so frei, mit deinem Auto zu fahren. Der Schlüssel war in deiner Jacke.«

»Oh«, sagte Miriam. Sie schien nicht recht zu wissen, wie sie darauf reagieren sollte. »Und wo sind wir nun genau? Wie weit sind wir heute Nacht gefahren?«

»Keine Sorge, wir sind nicht aus der Welt.«

David dachte sich, dass es schon praktischer sei, das eigene Auto in der Nähe zu haben.

Die Sache mit dem Schlüssel hatte ihn auf eine Idee gebracht.

»Dann habt ihr wahrscheinlich auch unsere Handys mitgenommen?«, fragte er. »Wir können sie beide nicht finden.«

»Eure Handys?«, fragte Caspar, und sah überrascht aus. »Nein, das tut mir leid. Die sind dann wohl im Gasthof liegen geblieben.«

»Scheiße«, sagte Miriam.

»Die Dinger funktionieren hier sowieso nicht«, sagte Caspar. Als er merkte, dass dies nicht der springende Punkt war, fügte er hinzu: »Sie sind schon nicht weggekommen. Meine Tante hütet Fundsachen in ihrem Gasthof wie einen Goldschatz.«

»Ich würde nur gern Ethan Bescheid sagen, wo wir sind«, sagte Miriam.

»Das kannst du später machen«, sagte Caspar.

»Der wird sowieso denken, dass wir noch schlafen«, sagte David.

Sie frühstückten noch eine Weile, wobei David dreimal Kaffee nachgeschenkt bekam. Hin und wieder schaute Thea vorbei, sah wortlos nach dem Rechten, brachte benutztes Geschirr weg oder füllte Kaffeekanne und Brotkorb wieder auf. Miriam konnte sich jedoch nur mühsam zu einer Scheibe Toast mit Butter durchringen.

Caspar war offensichtlich sehr daran gelegen, dass sie sich besser fühlte. Mehrmals machte er Miriam Komplimente, wie gut und frisch sie doch aussähe. David musste an seine Vermutung denken, dass Miriam auf Caspar Eindruck machen würde.

Als sie mit dem Frühstück fertig waren, sagte Caspar: »Was haltet ihr von einem Rundgang?«

David fand das eine hervorragende Idee. Miriam war weniger angetan, weil sie sich noch nicht fit genug fühlte, ließ sich aber dann von der Neugier ihres Bruders anstecken.

Caspar führte sie zunächst durch das Erdgeschoss, zu dem neben den Räumen, die David bereits betreten hatte, ein großer Salon und ein Billardzimmer gehörten. Außerdem gab es eine beeindruckende Bibliothek mit viel mehr Büchern als in dem kleinen Lesezimmer neben dem Speisesaal.

Anschließend schlenderten sie durch die oberen Stockwerke, wo Caspar ihnen nur ausgewählte Zimmer zeigte. Zwei enthielten Sammlungen, mit denen sich verschiedene seiner Vorfahren beschäftigt hatten: Antiquitäten und Kunstgegenstände, aber auch Mineralien, getrocknete Pflanzen, sogar tote Schmetterlinge und Käfer, fein säuberlich in Glaskästen aufgereiht und mit Nadeln befestigt.

»Deine Familie war wohl schon immer naturbegeistert«, sagte David, während er einige enorme Käferexemplare mit Abscheu und Faszination näher betrachtete.

»Vollkommen richtig«, sagte Caspar. »Vor allem mein Urgroßvater mütterlicherseits. Ich glaube, er hat den größten Teil zu dieser Sammlung beigetragen. Aber angefangen hat es schon viel, viel früher.«

»Es liegt euch in den Genen«, sagte Miriam. »Ich erinnere mich gut, wie oft wir beide Ausflüge in den Wald oder an den Fluss gemacht haben …«

Caspar sah sie an, sie grinste.

Von einem Raum wurden sie zum nächsten geführt und wechselten mehrmals die Etage, David verlor bald die Orientierung. Es gab mehrere Treppenhäuser, und nach ihrem Rundgang im obersten Stockwerk kletterten sie eine

Wendeltreppe hinab, die David in dem Turm verortete, den er vom Fenster aus gesehen hatte.

»Es ist einfach gewaltig«, sagte Miriam zu Caspar, während sie hinter ihm vorsichtig die Stufen hinabstieg und durch ein schmales Fenster nach draußen sah. »Kommt man sich auf Dauer hier nicht verloren vor?«

»Im Gegenteil«, sagte Caspar. »Ich habe mich hier sofort zuhause gefühlt und kann mir nichts Großartigeres vorstellen. Die hohen Räume, die weite Landschaft drumherum ... Es ist, als würde das alles auch meinen Gedanken Weite geben. In jedem anderen Haus würde ich mich eingesperrt fühlen.«

»Habt ihr manchmal Gäste?«, fragte David. »Oder gibt es Führungen für Besucher außer uns?«

»Niemals. Stell dir vor, hier würden ständig Reisebusse vor der Tür stehen und Herden von Touristen ausspucken, die dann herumschnüffeln und alles anfassen. Ein Albtraum.«

»Kann ich verstehen«, sagte David. »Andererseits wäre so ein bisschen Tourismus vielleicht ein netter Nebenverdienst.«

»Brauchen wir nicht. Glaub mir, wenn hier fremde Leute herumlaufen würden, die würden ihren Besuch nicht so schnell wieder vergessen. Für sie würde sich das Wort ›Spukschloss‹ mit ganz neuem Leben füllen.«

Miriam drehte sich zu ihrem Bruder um und sah ihn irritiert an, doch David lachte nur.

Typisch Caspar, dachte er.

Sie stiegen die Wendeltreppe weiter hinab bis ans Ende eines langen, dunklen Ganges – den Schlosskeller. Hier zeigte Caspar ihnen karg eingerichtete Räume, in denen zu früheren Zeiten Personal gewohnt hatte. Heute waren sie unbenutzt. Thea und Johann bewohnten, als einzige Angestellte, Zimmer in einem abgetrennten Bereich im zweiten Stock. Zum Untergeschoss gehörten außerdem Lagerräume mit allerhand Lebensmitteln, eine weitere Küche, Hauswirtschaftsräume und ein Weinkeller, den Caspar stolz präsentierte.

Als Miriam und David zugaben, keine guten Weinkenner zu sein, sagte er: »Wer weiß, vielleicht ergibt sich die Gelegenheit für eine Verkostung.«

»Gerne«, sagte Miriam. »Wenn du für uns einige deiner Schätze preisgeben möchtest ...«

»Für euch tue ich alles«, sagte Caspar.

David lächelte ihn an, aber fühlte sich unbehaglich. Er fragte sich, warum sein alter Freund sich nach all den Jahren so für sie ins Zeug legte. Dann ärgerte er sich über sein eigenes Misstrauen. Caspar war schon immer unberechenbar gewesen. Warum sich nicht freuen, dass sie sich wiedergefunden hatten?

Am Ende des langen Ganges öffnete Caspar eine Tür, die nach draußen führte. Sie erklommen die äußere Kellertreppe an der schmaleren Seite des Gebäudes. Daneben verlief ein Feldweg vom Hof an der Hausseite vorbei in den Wald.

Es war deutlich kühler und grauer als am Tag zuvor, zwischen den Bäumen hingen Nebelschwaden.

Der Weg schlängelte sich mehrere hundert Meter durch dicht stehende Buchen und Eichen. So war das Schloss längst nicht mehr zu sehen, als sie an ein weiteres Gebäude gelangten, ein kleines, graues Haus mit spitzem Dach. Vielleicht hatten auch hier einst Bedienstete gewohnt; es war das komplette Gegenteil zum unbescheidenen Hauptgebäude. Das Häuschen war nahezu vollständig von Bäumen umgeben. Wer immer darin wohnte, bekam kaum Tageslicht zu sehen. Davor, am Wegesrand, war ein leicht verrosteter, alter Opel geparkt.

Ohne weitere Erklärungen holte Caspar einen Schlüssel aus seiner Hosentasche und schloss die Haustür auf. Als Miriam und David zögerten, ihm zu folgen, sagte er: »Kommt! Ich glaube, sie wollen euch Hallo sagen.«

12

Die Geschwister betraten hinter Caspar einen dunklen Flur, in dem dicke Jacken an der Garderobe hingen. Drunter standen mehrere Paar Schuhe, allesamt alt und dreckig. Es roch modrig und war kaum wärmer als draußen.

Von oben hörten sie eine Stimme rufen: »Caspar?«

»Ich habe Besuch mitgebracht.«

Eine alte Frau kam mit fragendem Blick die enge Treppe

herunter. David hatte Caspars Mutter als Jugendlicher nicht oft gesehen, aber er erkannte die große, durchaus kräftige Frau mit dem leicht humpelnden Gang, die mühsam die Stufen hinabstieg; sie hatte schon damals Probleme mit der Hüfte gehabt. Sie trug bunte, weite Kleidung und die glatten, fast weißen Haare offen.

»Wer ist das?«, fragte sie. David sah ihr an, dass sie auf Besuch absolut nicht vorbereitet war und fragte sich, wie oft sich überhaupt andere Menschen hierher verirrten.

»Komm schon, Ruth«, sagte Caspar. »Du kennst die beiden.«

Caspar hatte seine Eltern schon früher mit ihrem Vornamen angesprochen. David hatte das immer merkwürdig gefunden. Aber vielleicht hätte ein braves »Mama« oder »Papa« aus Caspars Mund noch seltsamer geklungen.

Ruth sah die Geschwister unverwandt an, dann nahm sie die Hand vor den Mund und sagte: »Du liebe Güte, ihr zwei! Entschuldigt, es ist so lange her.«

Zu ihrem Sohn gewandt sagte sie: »Hättest du mir doch Bescheid gesagt. Dann hätte ich etwas vorbereitet!«

»Lassen Sie nur«, warf Miriam ein. »Es war ja nicht geplant, dass wir kommen.«

Sie lächelte Caspar zu und ergänzte: »Es hat sich so ergeben.«

»Wo ist Friedrich?«, fragte Caspar.

»Draußen«, sagte Ruth. »Er kommt sicher gleich.«

Sie führte sie in ein Wohnzimmer, das David nach dem Aufenthalt im Schloss bedrückend klein vorkam. Das lag auch daran, dass überall etwas herumstand. Regale, Kisten, Töpfe mit Zimmerpflanzen und Stapel von Büchern. David erkannte Bände über Naturkunde, Heilkunde und Mythologie. Unterschiedliche Gefäße aus Glas oder Ton waren in den Regalen aufgereiht. In den Gläsern irgendetwas Vertrocknetes, wahrscheinlich Kräuter. Ein wenig fühlte er sich in das Haus seiner Urgroßmutter versetzt, die er als kleiner Junge noch kennengelernt hatte. Auch sie hatte auf dem Land gelebt und dort alles Mögliche gesammelt und gehortet.

Das Schloss und dieses bescheidene Haus hatten genau eine Gemeinsamkeit: Überall schien die Zeit stehengeblieben. Es gab weder Fernseher noch Telefon, noch sonst irgendwelche modernen Geräte. Das war auch im früheren Zuhause der Familie so gewesen. Caspar und David hatten nie zusammen ferngesehen oder Computerspiele gespielt, nur einen Plattenspieler hatte es gegeben. Aber die meiste Zeit hatten sie sich draußen in der Wildnis herumgetrieben.

Ruth ging in die Küche und setzte Tee auf. Wenig später gesellte sich Caspars Vater hinzu, auch ihn hätte David nicht gleich erkannt. Er hatte fast so lange, graue Haare wie seine Frau und behielt seinen Hut im Haus auf dem Kopf.

Schnell kamen sie auf das Schloss zu sprechen.

»Natürlich ist es bequem, sich keine materiellen Sorgen machen zu müssen«, sagte Friedrich, als er mit von der Gartenarbeit schwarzen Fingern nach seinem Teebecher griff. »Und es ist ja auch ein beeindruckendes Gebäude. Wir bemühen uns, es für die Nachwelt in Schuss zu halten, was keine einfache Aufgabe ist.«

»Aber wir beide hängen nicht sonderlich daran, jedenfalls nicht so wie Caspar«, sagte seine Frau.

»Immerhin gehörte es deinen Vorfahren«, sagte Caspar zu seiner Mutter, fast ärgerlich.

»Ja, sicher«, antwortete Ruth.

Sie las die Neugier in den Blicken von Miriam und David und fuhr fort: »Mein Großvater wuchs hier auf, mit seinen Eltern und sechs Geschwistern. Als Kind war ich oft hier zu Besuch. Ich habe meinen Großvater sehr gemocht. Und wie ihr sehen könnt, ist es ein ... besonderer Ort.«

»Ein Abenteuerspielplatz für Kinder«, sagte Miriam. »Mein Sohn wäre begeistert, er liebt Ritter.«

Ruth lächelte matt.

»Aber später kamen Sie nicht mehr hierher?«, fragte David.

»Nein. Meine Eltern haben sich von der Familie entfernt. Sie wollten mit alldem hier nichts zu tun haben.«

»Und trotzdem haben Sie das Schloss schließlich geerbt«, sagte David.

»Mein Großvater wollte es so. Es gab ein längeres Hin und Her um das Erbe, kein Wunder bei der großen Familie. Aber sein letzter Wille war eindeutig.«

»Aber Sie wollten nie selbst im Schloss wohnen?«, fragte Miriam.

»Uns reicht das hier«, antwortete Ruth knapp.

Ihr Tonfall weckte in David die Ahnung, dass es dabei auch darum ging, dass Eltern und Sohn sich nach wie vor nicht besonders gut verstanden und lieber unter getrennten Dächern lebten.

Es entstand eine Pause, in der sie alle in ihre Becher starrten. Der Kräutertee schmeckte bitter, David mochte ihn nicht.

Ruth fügte etwas fröhlicher hinzu: »Jedenfalls könnt ihr sicher sein, dass Gäste wie ihr hier eine absolute Seltenheit sind! Wir kennen nicht viele Leute, und Caspar ist da sehr wählerisch. Aber das mit euch dreien, das war ja schon immer etwas Besonderes.«

David lächelte unsicher. So wie Caspars Mutter das sagte, hatte es einen seltsamen Beiklang.

13

Nachdem sie sich eine Weile bei Caspars Eltern aufgehalten hatten, streiften sie weiter über das Grundstück, das zum größten Teil von dichtem Wald bedeckt war. Der Rest war eine parkähnliche, offene Landschaft, die den Blick freigab auf die Rückseite des Schlosses. Von außen war es ein schlichtes Gebäude, mehr eine trutzige Burg oder Festung. Zum Grundstück gehörte außerdem ein großer Nutzgarten, den Caspar ihnen stolz zeigte, mit Obstbäumen, Gemüse- und Kräuterbeeten.

Sobald die Burgmauern aus seinem Blickfeld verschwanden, verlor David die Orientierung. Der Weg schlängelte sich weiter in Kurven durch die Bäume. So war es unmöglich, zu schätzen, wie viel Land zu dem Anwesen gehörte.

Während des Spaziergangs fielen ihnen kuriose Geschichten von früher ein. Partys, merkwürdige Mitschüler und verhasste Lehrer. David war überrascht, dass Caspar sich an vieles genau erinnerte. Auch Miriam war sehr gut darin, er selbst hatte dagegen viel vergessen oder nur zusammenhanglose Bilder im Kopf.

Nur eine Assoziation ließ ihn auf dem Waldweg nicht los.

»Erinnerst du dich an die Brandners?«, fragte er Caspar. Dieser nickte eifrig.

»Ja, vor allem an ihre Hunde!«

Die Brandners waren ein wohlhabendes Ehepaar gewesen, die unweit von Caspars Elternhaus auf einem großen Grundstück im Wald gelebt hatten. Man hatte die beiden nie zu Gesicht bekommen, weil man sich ihrem Anwesen nicht nähern konnte, ohne dass ihre drei Schäferhunde einem mit einem Affenzahn laut kläffend entgegengerannt kamen. David hatte höllische Angst vor ihnen gehabt. In der Zeit, als sie sich gerade angefreundet hatten, war es für Caspar und ihn eine regelmäßige Mutprobe gewesen, sich der Brandnerschen Villa so weit wie möglich zu nähern und dann vor den Bestien wegzulaufen.

»Du lebst jetzt ein bisschen wie sie«, sagte David.

»Ja, aber ich hetze keine Hunde auf die wenigen Gäste, die herkommen«, sagte Caspar.

»Nett von dir«, sagte Miriam.

Als das Schlossdach wieder zwischen den Baumkronen zu erahnen war, erkannte David, dass sie sich in einem weiten

Bogen darauf zubewegt hatten. In der Mitte einer Wegkreuzung vor ihnen ragte ein Baum mit gewaltigem Stamm und ausladenden Ästen auf. Zu seinen Füßen ruhte ein riesiger, teilweise von Moos bedeckter Findling.

David ging darauf zu und sah er eine Markierung auf dem Gestein. Auf den ersten Blick hätte es ein Riss an der Oberfläche sein können, aber dafür war die Form zu regelmäßig. Das eingravierte Zeichen erinnerte an den Buchstaben Z, nur verkehrt herum. Er wollte Caspar darauf ansprechen, doch der war im Gespräch mit Miriam vertieft, die beiden waren schon weitergegangen.

Als David sie so vertraut nebeneinander sah, musste er lächeln. Er bemühte sich nicht, sie einzuholen, folgte ihnen in seinem eigenen Tempo. Nicht nur räumlich fühlte er sich desorientiert. Nach wie vor hatte er kein Zeitgefühl, und es kam ihm vor, als ob die Zeit schon seit ihrem Aufbruch zur Feier außer Kontrolle geraten war, wie bei einem schlimmen Fall von Jetlag. Die völlig fremde Umgebung, das Wiedersehen mit dem alten Freund, die Gedächtnislücke vom Abend zuvor, der Alkoholrausch, der ihm noch in den Gliedern steckte – das war zu viel auf einmal. So locker er sich auch gerne gab, er brauchte wenigstens ein paar geregelte Abläufe in seinem Leben, an denen er sich festhalten konnte. Jetzt war da nichts, und wenn er sich einzureden versuchte, dieses kleine Abenteuer zu genießen, gelang es ihm nur oberflächlich.

Sie betraten das Schloss wieder durch den kleinen Seiteneingang, der in den Keller führte. Oben angekommen sanken sie alle drei erschöpft in die unerhört bequemen Sessel im Salon.

Dann verkündete Caspar, während er ihnen abwechselnd direkt in die Augen sah: »Ich möchte euch um etwas bitten. Es fällt mir nicht ganz leicht, aber es würde mir sehr viel bedeuten.«

Er wartete auf eine Reaktion.

»Schieß los«, sagte Miriam, der der Spaziergang gutgetan hatte. Sie hatte richtig Farbe bekommen.

»Bleibt noch ein wenig hier. Wenigstens bis morgen.«

Er machte eine Pause, in der die Geschwister sich überrascht ansahen.

»Ich weiß, das war nicht geplant. Aber es ist einfach großartig, euch hier zu haben, und es würde sich irgendwie … falsch anfühlen, euch jetzt wegzuschicken. Ich weiß, dass ich mich hinterher sehr darüber ärgern würde. Hier ist so viel Platz, und wie ihr gehört habt, kommen selten Gäste her. Lasst uns noch ein bisschen zusammen das Wiedersehen feiern.«

Wieder sahen sich Miriam und David an, wieder sagten keiner von ihnen etwas.

Caspar fuhr fort: »Keine Angst, es wird schon nicht so schlimm wie gestern. Heute passe ich besser auf euch auf. Thea und Johann können ein großartiges Abendessen zaubern. Vielleicht spendiere ich ja sogar einen guten Wein dazu. Nur ein Glas!«

Er setzte sein charmantestes Lächeln auf.

»Das klingt wirklich verlockend«, sagte Miriam, schaute David aber zweifelnd an.

»Also ich wäre dabei«, sagte dieser. »Wann schlafen wir jemals wieder unter so einem Dach?«

Ihm war heute ohnehin nicht nach einer längeren Autofahrt zumute. Kathi würde ihn in Hamburg noch nicht zurückerwarten. Und er musste Caspar zustimmen: Es würde sich nicht richtig anfühlen, jetzt schon wieder zu verschwinden. Dazu hatten sie sich zu lange nicht gesehen.

Caspar nickte eifrig und sagte: »Wunderbar!«

»Was ist mit Vincent?«, fragte David seine Schwester.

»Der ist nicht das Problem«, sagte Miriam. »Ethan bringt ihn morgen zum Kindergarten.«

Nach einer Pause ergänzte sie: »Und Vinnie ist sowieso ein Papa-Kind.«

David stutzte. Eine solche Bemerkung hatte er von seiner Schwester nie gehört. Warum sagte sie das?

»Ich müsste ihnen nur irgendwie Bescheid sagen«, fuhr Miriam fort. »Sie denken doch, dass ich heute Abend wieder nach Hause komme.«

»Wir haben ein Telefon hier«, sagte Caspar. »Ob du es glaubst oder nicht! Es steht im ersten Stock im Flur, auf dem kleinen Tisch rechts in der Ecke.«

Caspar war begeistert, dass sein Vorschlag so gut angekommen war. Er sprang geradezu aus seinem Sessel und sagte zu Miriam: »Geh du telefonieren, ich sage währenddessen Thea und Johann, dass sie sich heute Abend mal richtig mit dem Essen ins Zeug legen sollen.«

»Und ich?«, fragte David.

»Du darfst ausnahmsweise in der Kommode da hinten wühlen und das Unterhaltungsprogramm gestalten«, sagte Caspar. »Du findest dort einen Plattenspieler und eine Schallplattensammlung von mindestens drei Generationen. Da bleiben keine Wünsche offen.«

David war längst in die Musiksammlung vertieft, als die beiden gleichzeitig wieder den Raum betraten. Doch Miriam sah unzufrieden aus.

»Es funktioniert nicht«, sagte sie zu Caspar. »Bist du sicher, dass das da oben das richtige Telefon ist? Es ist uralt!«

»Natürlich ist es das richtige Telefon«, antwortete Caspar. »Es hat seine Tücken, wie jede Technik, aber ich habe es tatsächlich schon selbst benutzt. Auch wenn es lange her ist.«

David sah ihn mit gerunzelter Stirn an. Caspar war einfach nicht von dieser Welt.

»Ich würde wirklich gern mit meinem Mann sprechen«, sagte Miriam. »Kannst du bitte einmal nachsehen, was da nicht stimmt?«

»Das hat keinen Zweck, ich verstehe nichts davon«, sagte Caspar. »Ich werde Johann bitten.«

Miriams Blick verriet ihre Sorge, aber sie ahnte wohl, dass es nichts brachte, weiter zu diskutieren.

»Und sonst habt ihr wirklich gar nichts hier, keinen Computer, Laptop, …?«, fragte David, obwohl er die Antwort erahnte.

Caspar schüttelte den Kopf.

»Haben deine Eltern Telefon im Haus? Oder haben Thea und Johann ein eigenes?«, fragte Miriam.

»Nein.«

Miriam lachte und sah gleichzeitig ärgerlich aus.

»Also wirklich«, sagte sie. »Erst gehen unsere Handys verloren, jetzt das. Soll das hier so eine Art Experiment werden? Ob wir wie im letzten Jahrtausend leben können?«

Caspar legte ihr eine Hand auf die Schulter und sagte: »Es tut mir leid. Johann wird gleich mal nach dem Telefon sehen. In der Zwischenzeit entspannt euch doch bitte. Ich bringe euch einen Aperitif.«

14

Caspar hatte nicht zu viel versprochen. Es wurde ein Festmahl. Als sie im Speisezimmer Platz genommen hatten, öffnete er eine Flasche Wein, die bereits auf dem Tisch gestanden hatte, nicht ohne exakt Ursprungsort und Vorzüge von dessen Rebsorte zu erklären. Während sie das erste Mal anstießen, servierte Thea eine kalte Vorspeise. Anschließend gab es als Hauptgang einen Wildschweinbraten, und Caspar ließ es sich nicht nehmen, den Geschwistern jeweils persönlich ein großzügiges Stück abzuschneiden, wobei er das scharfe Messer routiniert führte.

Nachdem sie zum zweiten Mal die Gläser erhoben hatten,

probierte David skeptisch das Fleisch. Es war lange her, dass er Wild gegessen hatte, aber es war köstlich.

»Es schmeckt hervorragend!«, sagte Miriam.

Caspar nickte und lächelte.

Nach einigen Momenten, in denen sie schweigend genossen, fragte Miriam Caspar: »Womit verbringst du deine Zeit? So schön es hier ist, ich kann mir nicht vorstellen, dass du den ganzen Tag herumsitzt und dich bedienen lässt.«

»Ich kann mir das sogar sehr gut vorstellen«, sagte David und lachte.

Caspar stimmte in das Lachen ein, dann sagte er zu Miriam: »Wie ich David gestern schon erzählt habe, habe ich keinen festen Job, sondern verschiedene Projekte. Bücher schreiben, Vorträge halten, und so weiter.«

»Du hast mir davon erzählt?«, fragte David.

»Du hast es vergessen?« Caspars Gegenfrage kam wie aus der Pistole geschossen.

»Ja ...«

David dachte angestrengt nach, aber die Erinnerung blieb verschwunden.

»Spannend«, sagte Miriam. »Und worum geht es da? In deinen Büchern und Vorträgen?«

Caspar schien zu zögern. Schließlich rückte er heraus: »Im Grunde geht es um die Zukunft der Menschheit.«

Miriam sah ihn groß an. Das brachte Caspar erneut zum Lachen.

»Komm schon. Was hast du denn von mir erwartet?«

Sie zuckte mit den Schultern und sagte: »Auch wieder wahr.«

Dann fuhr Caspar fort: »Es geht darum, wie wir in Zukunft leben wollen. Um das Verhältnis zu der Welt, die uns umgibt. Wie wir *sie* verändern und sie *uns* verändert.«

»Wir sind wieder beim Thema Natur«, sagte David.

»Wie könnte sie jemals kein Thema sein? Sie ist unsere Lebensgrundlage. Aber ein Großteil der Menschen hat das längst vergessen. Sie tun so, als hätte die Natur nichts mit ihnen zu tun.«

»Dann geht es dir um einen sorgsameren Umgang mit unseren Ressourcen«, sagte David.

»Natürlich auch das. Aber auch um die Frage, was den Menschen auszeichnet. Wie er all das nutzen sollte, was er weiß und was er kann. Und welche Werte ihn dabei leiten.«

»Welche Rolle wir in der Welt spielen«, sagte Miriam.

»Ja, das könnte man so sagen«, sagte Caspar.

»Lange Zeit war das wohl eher die des Bösewichts«, sagte David. »Das hat sich in den letzten Jahrzehnten doch wenigstens ein bisschen verändert, wenn man an den Umweltschutz denkt ...«

»Das reicht bei weitem nicht«, sagte Caspar. »Nur weil es gerade ein bisschen dem Zeitgeist entspricht, ein paar Tiere zu schützen, ändert sich der Mensch noch nicht grundlegend. Er kreist viel zu sehr um sich selbst. Die eigene Sicherheit, den eigenen Wohlstand. Sein Glück, Erfolg, Profit und so weiter.«

»Das würde ich unterschreiben«, sagte David.

»Ich bestreite nicht, dass der Mensch intelligent ist, im Gegenteil«, fuhr Caspar fort. »Aber was er mit seinem Verstand anfängt, ist zum größten Teil erbärmlich.«

»Wenn er ihn überhaupt benutzt«, sagte Miriam.

»Richtig«, sagte Caspar.

»Du willst sagen, es fehlt der Weitblick«, sagte David. »Die Vorstellung davon, was aus uns und der Welt werden soll, wenn wir so weitermachen.«

»Wenn der Mensch so weitermacht, wird er ein Sklave bleiben«, sagte Caspar.

»Sklave? Von wem?«, fragte David.

»Seiner eigenen Beschränktheit«, sagte Caspar. »Die Menschen, die ihren Verstand benutzen, entwickeln die neusten Computer, Handys, Autos und so weiter. Und das ist alles, worauf der Rest wartet. Mehr erwarten sie nicht vom Leben, als an diesem so genannten Fortschritt möglichst viel teilzuhaben.«

»Das gilt nicht für alle«, sagte Miriam.

»Aber für zu viele. Manche haben vielleicht das vage Gefühl, dass das auf Dauer eigentlich nicht so weitergehen kann. Dass sie damit ihre eigene Lebensgrundlage zugrunde richten. Aber sie sind zu schwach, diesem Kreislauf zu entkommen, dieses stetige Anhäufen von materiellen Dingen, die sie geradezu vergöttern«, sagte Caspar.

»Konsumkritik also«, sagte David.

»Das ist auch nur ein kleiner Teil. Nur der Anfang.«

Caspar wurde unruhig, er wollte nicht missverstanden werden. Das kannte David von früher. Gleichzeitig hatte er es einem nie leicht gemacht, ihm gedanklich zu folgen.

»Aber was sollte denn die Vision sein?«, fragte Miriam. »Alle Errungenschaften wieder rückgängig machen, auch die guten? Moderne Medizin zum Beispiel?«

»Teufelszeug«, sagte Caspar. »Die Natur hat Heilkräfte, die frühere Zivilisationen vielleicht teilweise kannten, die wir aber noch nicht einmal begonnen haben zu erahnen. Und wenn die nicht reichen, ist das ebenfalls der Lauf der Natur.«

»Also alle zurück auf die Bäume?«, fragte David.

»Solche Sprüche führen doch zu nichts, David«, sagte Caspar, die Stirn in Falten. »Es muss möglich sein, sachlich und ernsthaft über alternative Lebensweisen nachzudenken.«

»Es ist doch kaum möglich heutzutage, sich von alldem abzuschotten«, sagte Miriam.

»Doch, ist es«, sagte Caspar. »Ich lebe schließlich auch noch. Und meine Eltern ebenfalls. Von ihnen habe ich gelernt, mit dem auszukommen, was die Natur uns bietet. Und bevor ihr protestiert« – er hob seine rechte Hand – »ja, ich habe Zugeständnisse gemacht. Wir haben Elektrizität, Licht zum Beispiel und einen Herd in der Küche. Aber das war alles schon da, bevor wir herkamen. Und ich will es meinen Mitmenschen ja auch nicht unnötig schwer machen. Aber ich weiß, dass ich auch ohne das alles leben kann. Ich habe es schon getan.«

»Inwiefern?«, fragte David.

»Auf Reisen. Auf Wanderschaft. Ich habe schon diverse Länder zu Fuß erkundet.«

»Aber du hattest immer Geld«, sagte Miriam. »Nicht jeder kann sich eine Auszeit leisten und einfach wandern gehen, wenn ihm danach ist.«

»Ja, leider. Aber viele Menschen haben sehr viel Geld.

Darum geht es mir ja auch um die Frage, was man damit anstellt. Vielmehr, ob man es überhaupt braucht.«

»Spontan würde ich sagen, nein«, sagte David.

»Du meinst, jeder arbeitet das, was er kann, und man hilft sich gegenseitig«, sagte Miriam, und Caspar nickte. »Nur wer übernimmt dann all die dreckigen Jobs, die keiner machen will?«

»Ich sehe, wir sind sehr schnell bei den entscheidenden Fragen angekommen«, sagte Caspar zufrieden. »Ich denke, dass sich in einer Gesellschaft, in der nicht jeder nur in erster Linie an sich selbst denkt, dafür schon eine Lösung finden würde.«

Er öffnete eine weitere Flasche Wein und schenkte ihnen nach. David wollte protestieren und ließ es.

»Aber eine richtige Lösung hast du auch nicht?«, fragte er.

»Natürlich nicht«, antwortete Caspar. »Leider habe ich selbst auch noch nie in einer Gesellschaft gelebt, die nicht auf Geld und technischen Fortschritt fixiert war.«

Nach einer Pause fügte er hinzu: »Aber ich kenne bereits mehrere Menschen, die meiner Ansicht sind, dass sich grundlegend etwas verändern muss. Dass eine Form von Innehalten und Rückbesinnung passieren muss.«

Thea kam erneut herein, räumte den Hauptgang ab und kehrte mit dem Dessert zurück. Für jeden gab es ein Stück eines himmlischen Obstkuchens – offenbar Theas Ernte, die sie am Morgen in die Küche gebracht hatte – und ein kleines Glas Fruchtlikör.

David fragte Caspar: »Und du triffst dich regelmäßig mit

diesen ... Gleichgesinnten?« David wollte gar nicht, dass es abfällig klang, aber es ließ sich kaum vermeiden. Wenn es bei Caspar so angekommen war, ließ der es sich jedoch nicht anmerken.

»Ja, wir haben einen Arbeitskreis«, antwortete er. »Sie kommen gelegentlich hierher.«

»Wie viele denn?«, fragte Miriam.

»15 derzeit«, sagte Caspar, ohne nachdenken zu müssen. »Und es ist eine sehr spannende Gemeinschaft mit den unterschiedlichsten Charakteren. Da sitzen Akademiker, Künstler, Unternehmer und Politiker an einem Tisch. Ihr wärt überrascht.«

»Ernsthaft?«, fragte David. »Unternehmer, die eine Abkehr von Geld und technischem Fortschritt planen?«

»Warum nicht?«, sagte Caspar. »Teil des Systems zu sein, heißt ja nicht, dass man es nicht kritisch hinterfragen kann. Diese Leute sind für uns strategisch sehr wichtig.«

»Dein Anhänger«, sagte Miriam, und zeigte auf die silberne Kette an Caspars Hals. »Hat der etwas damit zu tun? Wofür steht das Zeichen?«

»Das hat dein Bruder mich gestern auch schon gefragt«, sagte Caspar. »Du warst dabei, aber ihr habt es wohl beide vergessen. Nein, das hat damit nicht direkt zu tun. Es ist ein Glücksbringer.«

»Von deiner Freundin?«, fragte Miriam, und ergänzte schnell: »Wenn es denn eine gibt?«

David merkte, wie seine Schwester sich auf die Zunge biss. Die Frage war ihr herausgerutscht.

»Nein«, sagte Caspar. »Es gibt keine Freundin.«

Nach einer kurzen Pause ergänzte er: »Da müsste schon jemand ganz Besonderes kommen.«

Alle drei nippten an ihrem Wein, Caspar und Miriam lächelten sich zu. David fürchtete schon, Caspar würde gleich zu ihr sagen: »Jemand wie du.«

Aber vielleicht brauchte er es gar nicht zu sagen. Die beiden verband etwas, das über eine Jugendliebe hinausging und all die Jahre überdauert hatte. David fragte sich, ob sie das jetzt erst merkten oder immer gewusst hatten.

Plötzlich fiel ihm etwas ein.

»Was ist denn nun mit dem Telefon?«, fragte er Caspar.

»Ach, daran hab ich ja gar nicht mehr gedacht ...«, sagte Miriam. Sie hielt sich die Hand vor den Mund und kicherte. Der Anruf zuhause schien ihr nicht mehr sonderlich wichtig zu sein.

Caspar stand auf und sagte: »Ich werde Johann suchen gehen und ihn danach fragen. Bitte bedient euch so lange beim Wein. Es ist noch reichlich da.«

David schenkte ihnen nach und merkte dabei, dass die ersten Gläser ihre Wirkung längst getan hatten. Aber es fühlte sich gut an. Es nahm ihm das bedrückende Gefühl der Orientierungslosigkeit. Kein Wunder, dass auch Miriam plötzlich so sorglos war.

Sie sah ihren Bruder an und sagte: »Das ist alles so ... verrückt.«

David nickte nur langsam.

Nachdem sie eine Weile schweigend am Tisch gesessen hatten, kam Thea herein. Ohne die beiden anzusehen, räumte sie die letzten benutzten Teller weg und verschwand wieder.

15

David stand auf und ging hinüber in den Salon, um eine neue Schallplatte aufzulegen. Nach einigen Alben von The Cure und Joy Division, die sie früher schon oft gehört hatten, stand ihm der Sinn nach Fröhlicherem. Er musste nicht lange suchen, bis ihm etwas Passendes in die Hände fiel. ›Pet Sounds‹. Das Plattencover zeigte die Beach Boys beim Ziegenfüttern.

Bei den ersten Klängen von ›Wouldn't it be nice‹ forderte David Miriam zum Tanzen auf.

»Los komm«, sagte er. »Wir wollen doch feiern.«

Miriam ließ sich nicht zweimal bitten. Sie gingen hinüber in den Salon, wo Thea ein Feuer im Kamin entzündet hatte.

Auf kostbaren Teppichen unter einem gewaltigen Kronleuchter sprangen sie wild herum, David fühlte sich so großartig und befreit wie schon lange nicht mehr. Plötzlich hielt er diesen unverhofften Besuch für das Beste, was ihm seit langem passiert war.

Sie schnappten sich ihre Gläser und tranken sie leer, während sie weitertanzten.

Als der Hausherr zurückkam, legte er Miriam einen Arm um die Schultern und sagte: »Es tut mir leid, ich kann Johann gerade nicht finden.«

Das schien Miriam nicht weiter zu kümmern, sie rief lachend: »Gibt es diesen Johann überhaupt? Wir haben ihn noch gar nicht gesehen.«

Caspar ignorierte die Frage.

Miriam nahm seine Hand und begann, mit ihm zu tanzen.

David, beschwingt und voller Tatendrang, sagte: »Ich guck mir das mit dem Telefon jetzt selber mal an.«

∽

Während die Beach Boys »Sloop John B« jubelten, ließ David die beiden im Salon zurück. Er durchquerte die Eingangshalle, wo die Musik durch die offene Salontür flutete und laut widerhallte. Vorbei an den Ritterrüstungen, dann die Treppe hinauf. Die fröhlichen Klänge aus einer anderen Zeit bildeten mit diesen Räumen eine interessante Kombination. Es passt nicht – und irgendwie doch.

Was hatte Caspar gesagt, wo sie telefonieren konnten? Im ersten Stock rechts? David war fast sicher.

Dort angekommen fand er in einer Nische in der Wand einen niedrigen Tisch, darauf eine Lampe und einen Stapel Bücher. Aber kein Telefon darauf oder in der Nähe. Er prüfte sogar unter dem Tisch und an den Wänden, ob es einen Telefonanschluss gab, aber entdeckte nichts dergleichen.

David ging den Flur bis zum Ende, kehrte um und suchte auf der anderen Seite, ohne Erfolg. Er erreichte die Treppe, die in die oberen Stockwerke führte. Im Laufschritt erklomm er die Stufen. Noch immer war von unten die Musik zu hören, wenn auch deutlich leiser. Er schritt die Flure im zweiten und dritten Stock ab, doch ein Telefon gab es nirgendwo. Die Etage darüber konnte er sich sparen. Dort waren sie am Morgen aufgewacht und er hatte sich umgesehen.

Als David sich wieder auf den Weg nach unten machen wollte – von dort war jetzt undeutlich Brian Wilsons verschrobenes ›I just wasn't made for these times‹ zu hören – fiel sein Blick auf die Wand neben ihm. Dort hing die große Bleistiftzeichnung eines üppigen Baumes. Nach einigen Momenten erkannte David den Baum von der Wegkreuzung, an der sie Stunden zuvor vorbeigekommen waren. Der Findling lag davor, und auch auf der Zeichnung war die Markierung zu erkennen: ein spiegelverkehrtes und leicht schiefes Z. David nahm sich vor, diesmal wirklich der Sache nachzugehen und Caspar danach zu fragen.

Er ging die Treppen nach unten, jetzt langsam. Ihm war leicht schwindelig vom Wein, und er dachte, dass es am Abend zuvor ähnlich, aber schlimmer gewesen sein musste. Seine Euphorie war jedoch verflogen, die Verwirrung zurückgekehrt.

»I just wasn't made for these times«, hörte er erneut von unten.

David kam zurück in den Salon und fand ihn verlassen vor. Der Plattenspieler lief. Auf dem Tisch standen die Weingläser und zwei leere Flaschen, eine dritte war angebrochen. Das Feuer im Kamin war erloschen.

War er so lange weg gewesen? Waren Miriam und Caspar ihn suchen gegangen?

Nachdem er sich ein weiteres Glas eingegossen hatte, setzte er sich in einen Sessel. Er hatte keine Lust, weiter allein nach einem Telefon zu suchen. Wie spät es war, wusste er nicht, und er nahm an, dass man um diese Uhrzeit niemanden mehr anrief.

Er schloss die Augen und hörte weiter den Beach Boys zu.

Einige Minuten später verstummte der Plattenspieler und drehte nur noch endlose Runden.

Thea kam herein, um ihn abzuschalten und Gläser und Flaschen wegzuräumen, wobei sie den schnarchenden David keines Blickes würdigte.

16

Caspar ging voran. David hatte Mühe, ihm zu folgen. Aber die Silhouette seines Freundes war das Einzige, was er im Dunkeln erkennen konnte. Um sie herum war alles schwarz.

Es mochte die völlige Leere sein. Abgründe an beiden Seiten. Oder ein Tunnel tief unter der Erde. Davids Füße spürten festen Grund, und er verließ sich darauf, dass das so blieb, wenn er nur mit Caspar Schritt hielt.

Dann war es plötzlich heller. Der Weg, auf dem er seinem Freund folgte, ein schmaler Gang in einem alten Haus.

Mit einem Mal wusste David, dass er es eilig hatte. Er musste dringend dort heraus, und ihm blieb nichts Anderes übrig, als Caspar zu folgen. Denn er selbst kannte den Weg nach draußen nicht.

Doch Caspar verschwand immer wieder. Um die nächste Biegung, dann hinein in eines der Zimmer, hinüber in das nächste. Gab es denn keinen anderen Weg nach draußen?

Caspar scherte sich nicht darum, ob David ihm folgen konnte. Wusste vielleicht nicht einmal, dass es ihn gab.

Und irgendwann war er ganz verschwunden.

Davids Beine wurden schwer, er konnte kaum weiterlaufen. Er hätte ohnehin nicht gewusst, wohin.

Dann bemerkte er neben sich ein Fenster in der Wand. Was dahinter lag, konnte er nicht erkennen. Aber es musste doch nach draußen führen.

Er öffnete es und hievte sich auf die Fensterbank. Er zog die bleiernen Beine hoch und schwang sie mühsam auf die andere Seite. Dort war es dunkel. Einen Augenblick blieb er erschöpft sitzen und schloss die Augen.

Als er sie wieder öffnete, saß er nicht mehr auf einer Fensterbank, sondern auf einer Treppe, die in einen großen, schwach erleuchteten Saal hinabführte. Er war vollkommen leer. Die grauen Wände kahl.

Nur in der Mitte hing eine Reihe riesiger Bilder von der Decke herab. Oder vielleicht schwebten sie einfach so im Raum. Sie wurden von irgendwo her angestrahlt. Oder vielleicht leuchteten sie aus sich selbst heraus.

David ging auf die Bilder zu und zwischen ihnen hindurch. Es waren abstrakte Motive in kräftigen Farben. Jedes zeigte ein Gewirr aus Linien, die mal parallel verliefen, mal sich kreuzten und dabei überlagerten.

Erst beim dritten oder vierten Bild fiel David auf, dass sich in der Mitte jedes Motivs ein Muster vom Rest abhob. Es war nur zu erkennen, wenn er nicht direkt davorstand. Manche erinnerten an Buchstaben wie R, P oder Y.

David wusste, dass er diese Bilder nicht zum ersten Mal sah. War er schon einmal in diesem Raum gewesen und konnte sich nur nicht erinnern?

Als er das letzte Bild passierte, verschwand der schummrige Saal und er stand auf einem Waldweg. Unweit vor ihm ein großer Baum, von Nebel fast komplett verhüllt. David ging darauf zu. Vor dem Baum lag ein runder Felsen, in den ebenfalls ein Zeichen eingeritzt war. Ein Z, aber gespiegelt.

Er lief um den Baum herum und traf auf der anderen Seite auf Caspar und Miriam. Hatten sie dort auf ihn gewartet?

Sie waren in eine Unterhaltung vertieft, bemerkten ihn kaum. Als David sich zu ihnen stellte, hob Miriam gerade die Hand und berührte zärtlich den silbernen Anhänger, den Caspar an einer Kette um den Hals trug.

Sie fragte ihn: »Was bedeutet das?«

David sah hin.

Das Zeichen auf dem Anhänger erinnerte an den Buchstaben F.

David hob den Blick, sah Caspar in die Augen …

… und öffnete seine eigenen.

Er saß noch immer in seinem Sessel im Salon. Obwohl es dunkel war, wusste er diesmal, wo er war.

Schnell sah er sich um, aber er war allein. Caspar und Miriam mussten längst schlafen gegangen sein und hatten ihn nicht wecken wollen.

Für einen kurzen Moment fragte David sich, ob die beiden inzwischen mehr getan hatten als nur miteinander zu tanzen. Doch er verwarf den Gedanken wieder. Er konnte sich nicht vorstellen, dass seine Schwester so weit gehen würde, Ethan zu betrügen.

Mit überraschender Klarheit erinnerte er sich an seinen Traum. Die Bilder mit den Zeichen hatte er wiedererkannt. Und nun erinnerte er sich auch, dass sie auf Caspars Feier im Festsaal gehangen hatten. Im Rausch der Nacht zuvor hatte er sie völlig vergessen.

Der Baum und der Stein.

Caspars Anhänger.

Und noch etwas fiel ihm ein: Das Kreuzsymbol auf dem Schild, das sie zum Gasthof geführt hatte. Das gleiche Zeichen in dessen Giebel.

Zeichen, die zusammengehörten. Wie ein Alphabet.

Langsam und in Gedanken versunken stand David aus seinem Sessel auf und schlich durch das dunkle Haus, nach oben in sein Schlafzimmer. Nirgendwo war etwas zu hören.

Er schloss die Zimmertür und legte sich ins Bett. Vor dem Einschlafen fasste er den Entschluss, am nächsten Morgen abzureisen. Der Besuch in Caspars sonderbarer Welt hatte für ihn lang genug gedauert.

17

Der nächste Morgen war weniger verwirrend als der vorige, doch wieder erwachte David mit Kopfschmerzen. Er verfluchte sich selbst dafür, Caspar nicht gebremst zu haben in seiner Rotwein-Spendierlaune. Dabei war es ein schöner Abend gewesen. Nur hatte er ein seltsames Ende genommen.

Während David duschte und sich anzog, dachte er über seinen Traum nach. Selten hatten sich Traumbilder so in sein Gedächtnis eingebrannt, selten war ihm so klar gewesen, dass im Schlaf sich das Unterbewusstsein seinen Weg bahnt und dabei Dinge an die Oberfläche holt. Wie diese Zeichen, die in den letzten zwei Tagen ständig überall aufgetaucht waren. Sein Verstand war nur zu benebelt gewesen, es zu merken. Es passte zu allem, was zuletzt geschehen war, dass er nun im Schlaf Botschaften erhielt, die sich aus geheimnisvollen Symbolen zusammensetzten.

Was er von den Zeichen halten sollte, wusste er nicht. Wenn er auch nichts Schlechtes daran sah, fand er es doch befremdlich. Es war nicht nur ein weiterer Beweis für Caspars Verschrobenheit; es vermittelte David das Gefühl, dass ihr Freund – bei all der Vertraulichkeit, die er sich so sehr bemüht hatte, zwischen ihnen Dreien zu erzeugen – etwas Wichtiges verschwieg.

Zügig packte David seinen Rucksack, schulterte ihn und verließ das Schlafzimmer mit dem Vorhaben, es für eine unbestimmte Zeit nicht wieder zu betreten.

»David, hast du es eilig?«, fragte Caspar, als David mit seinem Rucksack das Speisezimmer betrat. Caspar und Miriam saßen dort beim Frühstück. Miriam lächelte ihrem Bruder kurz zu und sagte nichts.

»Ich nehme noch einen Kaffee«, sagte David. »Aber danach möchte ich mich zügig auf den Weg machen. Was sagst du, Miriam?«

Seine Schwester hielt sich an ihrem Becher fest und zuckte mit den Schultern. Wahrscheinlich fühlte auch sie sich nicht sonderlich fit.

»Ihr wart gestern Abend so schnell verschwunden«, sagte David, während er sich setzte.

»Du warst so lange weg«, antwortete Miriam leise. »Und wir waren müde.«

»Ich habe übrigens das Telefon nicht gefunden«, sagte David.

»Wahrscheinlich hat Johann es mitgenommen, um es reparieren zu lassen«, sagte Caspar.

»Wenn wir sowieso gleich fahren, ist es auch egal«, sagte David.

Er überlegte, ob er etwas essen sollte, aber seinem Magen war nicht danach. Außerdem hatte sich die Stimmung unter den dreien verändert, und das verdarb ihm zusätzlich den Appetit. Sie waren es nicht mehr gewohnt, so viel Zeit zusammen zu verbringen.

»Eine Frage, Caspar«, sagte er. »Gestern Abend habe ich endlich etwas kapiert. Das Zeichen auf deinem Anhänger.

Das draußen auf dem Stein. Und die auf den Bildern im Gasthof. Das sind Runen, oder?«

»Mensch, David«, sagte Caspar. »Ein echter Schnellmerker, so kenn ich dich.«

Er lachte laut.

David fand den hämischen Tonfall unangebracht.

»Ich hätte es schneller kapiert, wenn ich keinen Filmriss gehabt hätte«, sagte David, und ärgerte sich sofort darüber, dass er sich überhaupt rechtfertigte.

Dann fragte er: »Und was hat es damit nun auf sich?«

»Es ist das Futhark«, sagte Caspar. »Die germanische Runenreihe. Aber ich weiß nicht, ob ich dir das überhaupt erklären muss?«

»Die Bezeichnung ›Futhark‹ sagt mir nichts.«

»Aber du wirst sicher schon gehört haben, dass man Runen als Glücksbringer einsetzt.«

»Mag sein.«

»Nichts Anderes tue ich auch. Ich bitte damit um den Beistand höherer Mächte. Oder andere bitten für mich. So wie mein Großonkel, der diese wunderbaren Bilder gemalt hat.«

»Du glaubst also tatsächlich an höhere Mächte?«

»Ich weiß, dass es sie gibt.«

»Das liegt wohl in eurer Familie. Der Stein im Wald liegt da schließlich schon länger. Und auch dein Onkel und deine Tante haben ihren Gasthof mit einer Rune markiert.«

»Scharf kombiniert, David. Die Rune draußen auf dem Stein ist der Weltenbaum. Sie schützt uns. Wir glauben, dass die Germanen sie vor knapp 2.000 Jahren eingraviert haben.«

Caspar lächelte spöttisch, meinte es aber wohl trotzdem ernst.

Er fuhr fort: »Und das X, das ihr am Gasthof gesehen habt, zeigt – ihr werdet es nicht glauben –, dass Gäste willkommen sind.«

David überlegte kurz, Caspar nach der Rune auf seinem Silberanhänger zu fragen, aber er wollte das Thema lieber beenden.

Miriam saß apathisch neben ihm und schien sich weder für das Frühstück noch für Caspars Glaubensfragen besonders zu interessieren.

»Bist du startklar?«, fragte er sie. »Ich kann auch fahren, wenn es dir nicht gut geht.«

Sie lächelte matt. »Es geht schon, danke.«

»Es besteht wirklich kein Grund zur Eile«, sagte Caspar. »Wie ich schon sagte, seid ihr hier herzlich willkommen und könnt bleiben, so lange ihr möchtet.«

David versuchte, sich seine Ungeduld nicht allzu sehr anmerken zu lassen.

»Das ist wirklich nett von dir. Und ich bin sehr dankbar, dass du dich um uns gekümmert hast. Aber wir können nicht einfach so tagelang verschwinden, wenn niemand Bescheid weiß. Außerdem möchte ich jetzt gerne nach Hause.«

Er hatte das Gefühl, für Klarheit sorgen zu müssen, zumal seine Schwester gerade so tat, als würde sie das alles nichts angehen.

»Das geht nicht«, sagte Caspar.

David runzelte die Stirn und schüttelte den Kopf, als wären seine Ohren verstopft.

»Was?«, fragte er.

»Ihr könnt jetzt nicht einfach nach Hause«, sagte Caspar, jedes Wort betonend.

David wusste nicht, was er sagen sollte. Er war sich sicher, dass Caspar ihn auf den Arm nahm.

»Ich habe noch viel mit euch vor«, sagte dieser.

»Das ist ja sehr schön«, sagte David. »Aber für das nächste Festmahl müssen wir ein anderes Mal wiederkommen.«

»Ich rede nicht von einem Festmahl«, sagte Caspar. »Ich meine durchaus wichtigere Dinge.«

»Wichtigere Dinge? Was soll denn das sein?«

»Ich brauche euch in meiner Gruppe. Euch beide. Der Arbeitskreis, von dem ich erzählt habe. Wir müssen weiter an meiner Idee arbeiten, meiner Vision. Und ich weiß, mit euch beiden können wir das schaffen. Ihr seid Teil meines Plans, das ist mir schon lange klar. Und jetzt ist endlich der Tag gekommen, an dem wir gemeinsam neu anfangen können.«

Caspar sagte das alles mit einem Leuchten in den Augen und mit dem vollen Brustton der Überzeugung.

David sah ihn fassungslos an.

»Wir? Warum ausgerechnet wir? Was haben wir mit deinen ... Visionen zu tun?«

»Ich kenne euch. So lange schon. Ich wusste, ihr würdet dafür brennen. Und gestern Abend habe ich es euch angemerkt. Ihr habt den Willen und die Kraft dafür, das mit mir durchzuziehen.«

David konnte nicht glauben, was er da hörte. Er hatte Mühe, all die Gedanken in seinem Kopf zu sortieren, die gegen das sprachen, was Caspar sagte.

»Aber was genau willst du denn durchziehen?«, fragte er. »Du hast uns doch noch nicht einmal gesagt, was du vorhast. Ganz abgesehen davon haben Miriam und ich tatsächlich auch ein Leben. Vielleicht ist dir das entgangen. Wir können nicht alles für dich stehen und liegen lassen.«

Musste er das Caspar wirklich erklären?

Der lächelte sanft, legte David eine Hand auf den Arm und sprach leiser. »Na, so aufgeregt kenne ich dich ja gar nicht. Ich will euch doch nichts wegnehmen. Aber ihr müsst verstehen, dass es hier um etwas Großes geht. So viele Menschen glauben, dass sich etwas verändern muss. Doch keiner handelt. Ich schon. Und ich bin nicht allein. Ich habe Mitstreiter, sehr einflussreiche sogar. Das wird euch bald klar werden. Trotzdem brauche ich euch. Ich brauche Menschen an meiner Seite, die mich kennen und denen ich bedingungslos vertrauen kann.«

Caspars Blick wanderte zu Miriam. David sah seine Schwester ebenfalls an und fragte sie: »Hast du davon gewusst? Habt ihr gestern darüber gesprochen?«

»Ja, vielleicht, ein bisschen«, sagte sie. »Oder ... Ich weiß nicht mehr.« Sie sah Caspar an. »Haben wir das?«

David konnte sich nicht erklären, was mit Miriam los war. Scheinbar hatte sie erneut einen kompletten Aussetzer und stand völlig neben sich. In einer schwierigen Situation keinen Beistand von seiner Schwester zu bekommen, war er nicht gewohnt.

Was er jetzt von Caspar halten sollte, wusste er ebenfalls nicht. Sicher kannte er ihn als unberechenbar und ein wenig verrückt. In den vergangenen Jahren musste er aber völlig den Bezug zur Realität verloren haben. Nahezu allein in einem Schloss zu wohnen, war ihm nicht bekommen.

Caspar las seine Gedanken.

»Es mag dir alles verrückt vorkommen, David. Aber du verstehst noch nicht, von was für einer großen Sache wir hier sprechen. Ich« – er lehnte sich vor, sah David mit seinen dunklen Augen an und legte sich eine Hand an die Brust – »Ich bin auserwählt worden!«

»Auserwählt? Von wem? Wofür?«

»Die Menschen auf einen neuen Weg zu führen. Ein Weg, an dessen Ende sie wieder Eins werden mit der Welt, in der sie leben, und von der sie leben.«

»Auserwählt von wem, Caspar?«

»Von der Welt selbst.«

David schüttelte den Kopf. Dieses Gerede war zu viel. Er wollte nichts mehr davon hören, Caspar schon gar nicht darin bestärken. Er überlegte angestrengt, wie sich Miriam und er möglichst elegant dieser Situation entziehen könnten.

»Das kommt alles ein bisschen plötzlich«, sagte er. »Vielleicht können wir über diese Dinge ein anderes Mal sprechen. Jetzt würde ich gerne nach Hause fahren. Miriam, was ist mit dir?«

»Ja«, antwortete sie. Es war eher ein Flüstern.

»Ihr könnt nicht fahren«, wiederholte Caspar.

David spürte, wie Wut in ihm hochstieg.

»Doch, das können wir. Das müssen wir sogar. Wir werden sonst gesucht, verstehst du das nicht?«

Auf einmal fiel ihm etwas ein und sein Magen zog sich zusammen.

»Die Handys«, sagte David. »Das ist schon komisch, dass sie beide verschwunden sind, seit du uns hierhergebracht hast.«

Caspar sagte nichts.

David zögerte.

»Ich will dir ja nichts unterstellen, Caspar, aber falls du sie zufällig doch irgendwo bei dir hast, dann gib sie uns bitte jetzt zurück.«

»Das kann ich nicht. Ich habe sie längst nicht mehr.«

»Nicht mehr? Was soll denn das heißen? Aber du hattest sie?«

»Ja, aber nicht lange. Ich will diese Dinger nicht in meiner Nähe haben, das wirst du verstehen.«

»Ich verstehe gar nichts! Was hast du denn damit gemacht?«

»Sie zerstört.«

Er sagte das mit großer Selbstverständlichkeit.

Das weckte sogar Miriam aus ihrer Lethargie.

»Du hast was gemacht?«, fragte sie gedehnt und mit kratziger Stimme. Sie hatte Mühe, überhaupt zu sprechen.

»Du liebe Zeit«, sagte Caspar. »Ihr tut ja geradezu, als hätte ich eure Eltern umgebracht. Dieses Zeug muss weg! Wenn ihr nicht einmal auf ein Handy verzichten könnt, wie könnt ihr dann Teil eines Neuanfangs werden?«

David wollte darauf nicht antworten. Er war nicht sicher, ob Caspar nur herumspann, um sie aus der Fassung zu bringen. Er wollte nur noch verschwinden. Nicht nur war er entsetzt über die Wandlung seines Freundes, sondern machte sich auch Sorgen um seine Schwester und wollte, dass sie möglichst bald wieder in ihrer vertrauten Umgebung befand, damit sie zu sich kam.

»Miriam, schaffst du es, deine Sachen zu holen?«, fragte David.

Sie nickte nur, dann stand sie Gott sei Dank langsam auf und ging Richtung Treppe.

Zu Caspar sagte David: »Was ist mit den Autoschlüsseln? Wo sind die?«

Caspar breitete nur die Arme aus, wie um zu sagen: »Was weiß ich?«

David wurde schwindelig.

Er dachte an ihren Spaziergang und ihm fiel auf, dass er dabei Miriams Auto nirgendwo gesehen hatte.

Trotzdem versuchte er, die Ruhe zu bewahren. Ein Teil von ihm setzte noch immer darauf, dass Caspar im nächsten Augenblick alles als großen Scherz auflösen würde. Zuzutrauen war ihm auch dies allemal.

»Lass den Mist, Caspar«, sagte er. »Wir wollen nach Hause. Du siehst doch, dass Miriam sich nicht wohl fühlt. Wo sind die Schlüssel? Und wo ist das Auto?«

»Ihr müsst dringend lernen, euch von Dingen zu verabschieden«, sagte Caspar ruhig.

Wieder wollte David nicht glauben, was er hörte. Er musste eine Entscheidung treffen und handeln, durfte nicht länger mit Caspar sprechen. Er spürte, wie ihm das trotz allem, was er gehört hatte, widerstrebte. Ihm, der doch immer auf der Suche nach Einigkeit war, nach friedlichen Kompromissen.

Einem Impuls folgend sprang er auf, ließ Caspar sitzen und lief in die Eingangshalle. Zum ersten Mal öffnete er die große Zweiflügeltür aus Holz, die den Haupteingang bildete. Er ließ sie offen und lief nach draußen.

18

David sah sich auf dem Hof um. Kein Auto weit und breit.

Sicher gab es irgendwo Garagen oder einen Unterstand. Im Laufschritt umkreiste er das Hauptgebäude, wobei ihm feiner Nieselregen ins Gesicht wehte und seine Schuhe im nassen Gras feucht wurden. Es war noch kälter als bei ihrem Spaziergang am Vortag.

An eine Burgseite grenzte ein großer Holzschuppen mit Vordach. Als David ihn von weitem sah, schöpfte er Hoffnung. Aber dort waren nur Gartengeräte gelagert.

Er lief den Waldweg zum Haus von Caspars Eltern. Dort hatte gestern deren alter Opel gestanden. Aber der war verschwunden. Er klopfte an die Haustür, aber niemand öffnete.

Zurück auf dem Hof sah David den Zufahrtsweg, der dort endete. Er wusste nicht einmal, wie weit es von hier zur Straße war. Vielleicht hatten sie Miriams Auto aus irgendeinem Grund dort stehen gelassen. Er betete, dass es so war, und hoffte, dass die Schlüssel steckten, denn er hatte keinen blassen Schimmer, wie man den Wagen ohne Schlüssel zum Laufen bekam.

David folgte der Zufahrt, die sich geradeaus durch den

Wald zog, für mehrere Minuten, wobei ihm immer mulmiger wurde. Ihm fiel auf, dass er gar keine Ahnung hatte, wo und wie weit von zuhause sie sich befanden. Sie hatten Caspar nicht danach gefragt.

Überhaupt hatten sie wenige Fragen gestellt.

Sie hatten einfach einem alten Freund vertraut.

David erreichte ein hohes, gusseisernes Tor, hinter dem eine schmale Straße entlangführte. Das Tor war mit einem dicken Vorhängeschloss zugekettet. Weder davor noch dahinter war ein Auto zu sehen.

Einige Sekunden blieb David ratlos stehen. Einerseits wollte er zurück zu seiner Schwester, andererseits die Suche nach dem Auto nicht aufgeben, sich noch ein wenig auf dem Grundstück umsehen, vielleicht Caspars Eltern doch noch treffen. Er würde ihnen erzählen müssen, was ihr Sohn getan hatte.

Davids Blick fiel auf die Mauer, die das Areal begrenzte. Außer dem verschlossenen Einfahrtstor war darin von hier aus keine weitere Öffnung zu sehen. Die aus unregelmäßigen Steinen errichtete, trotzdem fast glatte Wand zog sich zu beiden Seiten durch den Wald. Sie war über einen Meter dick, mindestens vier Meter hoch und gekrönt von Stacheldraht.

David begann, an der Mauer entlangzulaufen, in der Hoffnung, einen zweiten Weg nach draußen zu finden. Hier im Wald war der Untergrund leicht wellig, er lief immer wieder auf- und abwärts. Zudem war der Boden von einer dicken Laubschicht bedeckt, in die er einsackte. Als er sich einige Minuten vorwärts gekämpft hatte, die Mauer immer zu seiner Linken, sah er durch die Baumkronen das Schloss von der Seite. Er hatte also ein Viertel des Grundstücks umrundet – vorausgesetzt, das Hauptgebäude bildete ungefähr dessen Mitte –, aber keinen weiteren Weg nach draußen gefunden.

Ein paar Meter entfernt formten einige Steine in der Wand einen Bogen, alle darunterliegenden waren heller. Offenbar hatte es hier einmal einen kleineren Durchgang gegeben, der zugemauert worden war.

Es war höchste Zeit, diese sinnlose Suche zu beenden.

David machte kehrt – und erschrak, weil ihm jemand entgegenkam. Eine dunkel gekleidete, große Gestalt stapfte etwa 50 Meter vor ihm zwischen den Bäumen herum und hielt nach etwas Ausschau.

Caspars Vater?

Er lief auf die Gestalt zu und winkte kurz.

»Hallo, Entschuldigung, sind Sie ...«

Die Gestalt sah auf. Es war ein älterer Mann, den David nie zuvor gesehen hatte. Zwar trug er einen Hut wie Caspars Vater, hatte aber keine langen Haare und war deutlich größer. Unter dem Hut erkannte David ein faltiges Gesicht mit klaren Augen. Die Lippen waren zusammengepresst. Der Mann sah erschrocken aus, und gleichzeitig, als ob er jemandem drohen wollte.

David blieb in ein paar Metern Abstand stehen.

»Sie müssen Johann sein«, sagte er und versuchte ein Lächeln.

»Und Sie … sind der Besuch«, sagte Johann. Er war außer Atem und stieß die Worte mit tiefer und lauter Stimme hervor. Sein irritierender Gesichtsausdruck blieb.

»Ja«, sagte David.

Hatte Johann ihn gesucht? War er von Caspar geschickt worden?

»Und was haben Sie dann hier allein zu suchen?«

Johanns Stimme wurde noch lauter, schien David wirklich drohen zu wollen.

»Ist es verboten, sich hier draußen aufzuhalten?«

»Sie sind hier Gast! Schnüffeln Gäste etwa überall herum?«

Er fuchtelte wütend mit den Armen, während er das sagte. In einer anderen Situation hätte David sich über so einen Kotzbrocken amüsiert. Hier, wo er sich ohnehin mehr als unwohl fühlte, fiel es ihm schwer, dessen Wut an sich abprallen zu lassen. Caspar hatte seine Gründe gehabt, ihnen diesen Mann nicht persönlich vorzustellen.

»Wir wollten gerade aufbrechen«, erklärte David, und hoffte, das würde Johann den Wind aus den Segeln nehmen. »Ich weiß nur leider nicht, wo unser Auto steht.«

Nun grinste der Alte, sagte aber nichts.

»Wie ich gehört habe, haben Sie uns damit hergebracht«, sagte David.

»Ja. Eine ziemlich unschöne Angelegenheit.«

»Wieso?«

»Glaubst du, es macht Spaß, volltrunkene Idioten wie dich stundenlang durch die Gegend zu kutschieren?«

Jetzt brüllte er.

»Einen schönen Ton haben Sie Ihren Gästen gegenüber.«

Johann winkte ab. »Ach, halt die Klappe. Du bist nicht mein Gast.«

»Es ist mir egal, ob Sie mich anbrüllen oder beleidigen. Wir wollen hier sowieso nur noch verschwinden. Also, wo ist jetzt das Auto?«

»Vergiss es, Bürschchen.«

»Was soll das heißen?«

Als Johann nicht antwortete, verlor David die Geduld. »Bin ich hier plötzlich nur noch von Verrückten umgeben? Was spielt ihr hier alle für ein Theater?«

Johann kam näher und grinste wieder.

»Pass mal auf«, sagte er, jetzt leise, aber nicht weniger drohend. »Es ist eigentlich ganz einfach, aber vielleicht bist du zu dämlich, es zu kapieren. Der Hausherr möchte nicht, dass ihr fahrt. Also fahrt ihr nicht. Also gibt es auch kein Auto mehr. Verstanden? Geht das in deinen arroganten, kleinen Großstadthippie-Schädel?«

Er hob die Hand, als würde er Davids Kopf tätscheln wollen. David wich ihm aus, ging ein paar Schritte rückwärts. Er wusste nicht, ob er das glauben sollte, was Johann gerade gesagt hatte. Gleichzeitig wusste er, dass es nichts brachte, weiter mit ihm zu reden.

»Er hat es verstanden!«, höhnte der Alte, als David sich umdrehte und ihn stehenließ.

19

David beeilte sich, zurück zum Schloss zu gelangen. Das ungute Gefühl, Caspar mit Miriam allein gelassen zu haben, wuchs bei jedem Schritt. Es wurde ihm immer klarer, dass Caspar für den Zustand seiner Schwester direkt verantwortlich war. Er musste ihr gestern Abend irgendwelche Drogen gegeben haben.

Daran, was womöglich noch alles passiert war, während er weggegangen und auf dem Sessel im Salon eingeschlafen war, wagte David nicht zu denken. Aber wie hätte er wissen sollen, was Caspar im Schilde führte? Es war doch alles in Ordnung gewesen, gestern Abend.

Und was war mit dem Tag davor? Mit der Party und seinem eigenen Zustand am nächsten Morgen? Dort musste es genauso gelaufen sein. Caspar hatte sie beide k.o. gesetzt und dann hierhergebracht.

Hierher *entführt*. So musste man das nennen.

Caspar hatte sich absolut nichts anmerken lassen, bis heute Morgen. Er hatte ihnen ein überzeugendes Schauspiel geboten. Bis auf die Sache mit den Handys und dem Telefon. Sie hätten längst hellhörig werden müssen.

Hätten sie das müssen? Sofort einem alten Freund misstrauen, nur weil etwas verloren gegangen war?

Die Fragen schwirrten David im Kopf herum, während er, fröstelnd vom anhaltenden Nieselregen, den Hof überquerte.

Sein Herz klopfte heftig, als er die Eingangshalle wieder

betrat und Richtung Speisezimmer ging. Dort eingetroffen sah er Caspar immer noch am Tisch sitzen.

»Wo ist Miriam?«, fragte David.

»Das fragst du mich?«

Caspar setzte sein freundlichstes Lächeln auf. »Du hast sie doch vorhin selbst weggeschickt, bevor du nach draußen gestürmt bist. Wahrscheinlich ruht sie sich aus.«

»Ich habe Johann getroffen und mich von ihm anbrüllen lassen. Dein Personal ist wirklich wahnsinnig nett.«

»Ach. Kümmer dich nicht darum. Er meint es nicht so. Hat er dir geholfen, euer Auto zu finden?«

»Er sagt, dass das Auto nicht mehr da ist. Stimmt das etwa?«

»Ehrlich gesagt kann ich dir diese Frage nicht beantworten. Ich habe das Auto seit der Nacht, in der wir hierherkamen, nicht mehr gesehen.«

David musste sich dazu zwingen, sich von Caspars Unschuldsmiene nicht wieder verwirren zu lassen. Sein alter Freund hatte das alles präzise geplant. Warum, das war David noch immer nicht klar. Vielleicht ging es Caspar sogar hauptsächlich darum, Miriam zurückzuerobern.

»Was genau ist auf deiner Feier eigentlich passiert?«, fragte David. »Waren da außer Alkohol noch irgendwelche Drogen im Spiel?«

»Ich weiß nicht, was ihr alles eingeworfen habt.«

»Ich meinte, ob du uns etwas gegeben hast.«

Caspar zuckte mit den Schultern.

»Bis auf den Schwarzen Samt wüsste ich nicht …«

»Den Schwarzen Samt?«

»Ach, natürlich. Du hast es vergessen. Mein selbst kreierter Cocktail.«

»Aha. Und was war da drin?«

»Ich verrate keine Rezeptgeheimnisse, mein Lieber. Aber es war kein Gift drin, versprochen.«

In diesem Moment kam Miriam zurück.

Sie sah jetzt besser aus, wacher.

Sie sah David an und sagte: »Sorry, ich hab mich vorhin nicht so gut gefühlt. Musste mich ein wenig hinlegen.«

»Wir können sowieso noch nicht fahren«, sagte David. »Wir haben kein Auto.«

»Wie bitte?«

»Ich habe Johann draußen getroffen, und er hat mir ziemlich unmissverständlich zu verstehen gegeben, dass das Auto nicht hier ist. Oder nicht mehr. Und Caspar sagt, er weiß von nichts.«

»Moment mal«, sagte Miriam. »Wir reden hier von meinem Auto, richtig?«

David nickte.

»Ihr wollt mir sagen, dass es einfach weg ist?«

»Ich war draußen, habe es gesucht und nirgendwo gefunden. Und dann habe ich Johann getroffen.«

»Was genau hat er gesagt?«, fragte Miriam.

»Dass der Hausherr nicht möchte, dass wir gehen. Also gäbe es auch kein Auto mehr.«

Miriam sah Caspar ungläubig an.

»Das ist doch alles ein Scherz, oder?«

»Johann hat recht«, sagte Caspar. »Ich möchte nicht, dass ihr geht.«

Während Caspar weiter den guten Freund spielte, stieg Davids Gewissheit, dass alles nur Maskerade war. Ihm ging nur eine Frage im Kopf herum: Wie konnten sie diesen Ort verlassen?

Miriam setzte sich neben Caspar.

»Ich weiß nicht, was plötzlich hier los ist«, sagte sie zu ihm. »Was ich weiß ist, dass wir gestern Abend zu weit gegangen sind. Und dass ich jetzt zurück zu meiner Familie möchte.«

Caspar hatte den Blick gesenkt und schüttelte nur langsam den Kopf, wie um zu sagen: »Du hast es immer noch nicht verstanden.«

»Wenn du mir und David einen Gefallen tun willst«, fuhr Miriam fort, »und wenn du willst, dass wir Freunde bleiben, beendest du jetzt dieses Theater und lässt uns gehen.«

Caspar sah Miriam lange an.

Dann sagte er: »Selbst, wenn ich es wollte. Ich kann euch nicht gehen lassen. Ihr seid Teil des Plans. Alle wissen das.«

Miriam lachte. Es war ein hilfloses Lachen.

»Was redest du da nur?«, fragte sie.

»Komm mal bitte«, sagte David zu seiner Schwester, und berührte sie an der Schulter. Caspars Gefasel machte ihn wütend, aber er wollte vor ihm nicht die Beherrschung verlieren.

Miriam stand auf und folgte ihrem Bruder aus dem Zimmer. Sie gingen durch die Eingangshalle hinüber in den Salon, wo David alle Türen schloss.

»Ich weiß nicht, was hier los ist«, wiederholte Miriam.

»Caspar ist völlig durchgedreht«, sagte David. »Ich bin mir sicher, dass er uns auf der Feier Drogen gegeben und uns dann hierhergebracht hat. Das nennt man Entführung.«

Miriam legte eine Hand an die Stirn.

»Dabei hat er unsere Handys gestohlen«, fuhr David fort. »Und dann haben Johann und er dein Auto verschwinden lassen.«

»Ich weiß nicht, David«, sagte Miriam. »Übertreibst du nicht ein wenig? Ich kann das alles nicht glauben.«

»Du hast den verrückten Alten da draußen nicht gesehen. Außerdem hast du doch gehört, was für wirres Zeug Caspar redet! Er hält sich für einen Heilsbringer oder sonst irgendwas. Und will uns da mit reinziehen!«

Miriam schien angestrengt nachzudenken und schwieg.

»Was hast du vorhin gemeint, als du gesagt hast, ihr wärt gestern zu weit gegangen?«

Wieder schüttelte Miriam nur den Kopf.

Daraufhin sagte David: »Ich will es lieber nicht wissen.«

»Ich erinnere mich nicht an alles«, sagte Miriam. »Aber wir sind zusammen ... im Bett gelandet.«

Sie sah ihren Bruder an und zog eine Grimasse.

David sagte nichts; es war ihr peinlich genug.

»Ich hatte schon wieder viel zu viel getrunken«, ergänzte sie.

»Oder er hat dir nochmal irgendwas gegeben. In den Wein gemischt.«

»Ich kenne ihn doch, David.« Miriams Stimme zitterte. »Er ist ... anders. Ja, das stimmt. Aber er ist doch nicht ... bösartig.«

»Kennst du ihn wirklich? Wie lange hast du ihn nicht gesehen? Was weißt du darüber, was er in den letzten Jahren getrieben hat? Außer dass er sich offenbar in einem

Schloss verschanzt hat? Und dabei größenwahnsinnig geworden ist?«

Beide versuchten, die Fassung zu bewahren und nachzudenken.

»Lass mich nochmal mit ihm reden«, sagte Miriam dann. »Er hört mir zu. Ich finde einen Weg, ihn zur Vernunft zu bringen.«

David sah seine Schwester skeptisch an.

»Mir ist nicht wohl dabei, wenn er überhaupt in deiner Nähe ist.«

»Er ist nicht bösartig«, wiederholte sie.

Nochmal sahen sie sich in die Augen.

»Ich hab mir überlegt: Ich werde Thea suchen und versuchen, mit ihr zu reden«, sagte David. »Nach der Begegnung mit ihrem Mann kann ich mir zwar nicht vorstellen, dass sie uns hilft, aber wer weiß …«

»OK.«

»Bist du sicher, dass du alleine mit ihm reden willst?«

»Ja.«

20

Miriam drückte David kurz am Arm und lächelte ihm zu, bevor sie sich trennten. Er fühlte sich besser, weil es auch seiner Schwester besser ging. Und weil er nicht mehr allein nach einem Ausweg aus dieser absurden Lage suchen musste.

Zunächst suchte er Thea in der Küche, fand diese jedoch verlassen vor. Von dort ging er kurz nach draußen, um im Garten nachzusehen. Als er sie auch dort nicht fand, kehrte er sofort ins Schloss zurück. Der Regen war stärker geworden, die dunkelgraue Wolkendecke hing dick und schwer über dem Wald.

David musste an Kathi denken, das versetzte ihm einen Stich. Es kam ihm vor, als hätte er sie und sein Zuhause in der Stadt seit Wochen nicht gesehen. Sicher war Kathi inzwischen von ihrer Messe in Leipzig zurückgekehrt und genoss ihren verdienten, freien Montagnachmittag – vorausgesetzt, sie machte sich nicht schon Sorgen, weil David sich seit zwei Tagen nicht bei ihr gemeldet hatte.

Wo konnte Thea sein?

Er ging die Treppen nach oben in den zweiten Stock. Caspar hatte ihnen die Tür gezeigt, hinter der Johann und sie ihren privaten Wohnbereich hatten. Sie lag ganz am Ende des linken Flurs. David klopfte und erhielt keine Antwort. Er drückte die Klinke, aber die Tür war verschlossen.

David fluchte innerlich. Er hatte sich an die Hoffnung geklammert, dass Thea die Spielchen ihres Hausherrn nicht mitspielen und ihnen helfen würde. Vielleicht hatten sie und ihr Mann doch ein Telefon. Oder sogar ein Fahrzeug, und sie würden sie von hier wegbringen.

Dann fiel ihm der Keller mit den vielen Vorratsräumen ein. Die Wahrscheinlichkeit war nicht groß, Thea jetzt dort anzutreffen, doch David wollte nichts unversucht lassen.

Der einzige Weg in den Keller, den er kannte, war die Wendeltreppe. Nach einigem Suchen fand er eine unverschlossene Tür im gleichen Stockwerk, die dorthin führte. Trotzdem war er nicht sicher, ob es diese Treppe gewesen war, die sie mit Caspar hinabgestiegen waren. Weil es draußen nicht richtig hell wurde und die Turmfenster nur schmal waren, drang kaum Licht in das Treppenhaus.

Nach gut zwanzig Stufen erreichte er einen Absatz, zu dem eine weitere Tür führte. Daneben hingen drei Bilder an der Wand, abstrakte Gemälde der Art, wie er sie in seinem Traum wiedererkannt hatte. Eines war in goldenen und braunen Tönen gehalten, eines silbrig-grau, das dritte blau und türkis. Die darin gezeigten Runen ähnelten den Buchstaben R, F und I.

Ob dieselben Kunstwerke im Festsaal gehangen hatten, wusste David nicht mehr. Aber er war sicher, dass er sie beim letzten Mal neben dieser Treppe nicht gesehen hatte.

Wieder blieb er eine Weile vor den Bildern stehen und spürte die Faszination, die von ihnen ausging.

Er folgte den verwirrenden Linien mit seinen Augen.

Es hatte etwas Hypnotisches.

Die kräftigen Farben strahlten, obwohl es hier so dunkel war, mit ihrer eigenen Leuchtkraft.

Noch während er vor den Bildern innehielt, nahm David ein Geräusch wahr: ein lang anhaltendes Brummen, das in unregelmäßigen Abständen die Tonhöhe wechselte. Zunächst war er sich nicht sicher, ob er es sich nur einbildete. Doch es wurde lauter, als er weiter hinabstieg.

Der Wind, der um das Haus wehte? Alte Wasserleitungen, die rauschten und summten?

David erreichte den Keller. Das Geräusch kam eindeutig von dort, mal lauter, mal leiser, aber stetig. Er schlich den Gang entlang, wo es deutlicher zu hören war. Jetzt hatte er den Eindruck, dass es eine Stimme war, die summte oder sang. Oder sogar mehrere?

Und er nahm noch etwas anderes wahr: einen starken, würzigen Duft. Es roch angenehm, doch er konnte nicht erkennen, wonach. Kein Weihrauch, aber auch nichts, das ihm bekannt war. Möglich, dass jemand gerade im Keller irgendwelche Vorräte aufgefüllt hatte.

David kam an den Räumen vorbei, in denen die Lebensmittel lagerten, doch da war niemand. Das Brummen ließ nicht nach. Kurz glaubte er, dass in einem der alten Angestelltenzimmer ein Radio oder Fernseher lief. Aber nein – das war hier, in Caspars Schloss, äußerst unwahrscheinlich.

Er kam an einem schmalen Flur vorbei, der vom Hauptgang abzweigte. Der Gesang – es war tatsächlich eine Art Gesang – kam von dort. Ohne erkennbare Worte, nur langanhaltende Töne.

Der enge Flur war dunkel, aber David fand einen Lichtschalter. Eine schmale Neonröhre an der Decke flackerte widerwillig auf, spendete für ein paar Sekunden kaltes Licht.

Dann gab sie ihren Geist ganz auf.

Der fremde Duft wurde intensiver. Es roch nicht nur nach Kräutern, sondern auch nach Rauch. David musste an brennende Zweige denken, an leuchtende Osterfeuer auf weiten

Feldern, und an das Biikebrennen, das er vor vielen Jahren einmal am Strand von Amrum miterlebt hatte.

Am dunklen Ende des Gangs gelangte David an eine Tür, die nur angelehnt war. Durch einen Spalt drang schwaches Licht. Der seltsame Singsang kam von einer Frauenstimme. Aber da waren noch andere Geräusche, andere *Stimmen*.

David wollte schon umkehren, als ihm bewusst wurde, dass er keine Wahl hatte. Er brauchte jemandem, der ihm sagte, wie er hier fort gelangen konnte. Und das nicht erst morgen oder irgendwann.

Er riss sich zusammen und klopfte leise an.

Durch sein Klopfen geriet die Tür in Bewegung, darum schob er sie langsam weiter auf.

Das erste, was David wahrnahm, war der Geruch, schlagartig um ein Vielfaches stärker. Das kleine Zimmer war von ein paar Kerzen erhellt, deren Licht von einem feinen Rauch in der Luft gedämmt wurde.

Eine Frau mit grauen Locken stand mit dem Rücken zu David in der Mitte des Zimmers. Das Klopfen hatte sie scheinbar nicht wahrgenommen. Als die Tür mit einem lauten Quietschen aufging, fuhr sie herum und stieß einen kurzen Schrei aus. Im gleichen Moment hörte der eigenartige Singsang auf.

Es war Thea.

Als David ihr Gesicht sah, wusste er sofort, dass es ein Fehler gewesen war, die Tür zu öffnen statt unbemerkt zu verschwinden.

Wieder war er der Eindringling, wieder hatte er sie erschreckt. Theas Augen und Mund waren aufgerissen. Ihr Blick erinnerte David an ein wildes Tier, aufgescheucht und drohend zugleich. Den gleichen Blick hatte er bei Johann im Wald gesehen.

Sie war allein hier. Woher waren die anderen Stimmen gekommen?

Einen Moment standen sie sich regungslos und stumm gegenüber. Als David seinen Blick senkte, verschlug ihm erst recht die Sprache.

In ihrer rechten Hand hielt Thea ein großes Messer. Blut lief daran entlang und tropfte auf den Boden. Es musste von ihrem linken Arm stammen, denn von diesem rann ebenfalls Blut herab. Sie hatte sich mehrere Schnitte kreuz und quer über den Arm zugefügt.

Auf dem grauen Betonboden des Kellerraums sah David aber nicht nur Blutstropfen, sondern auch ein weißes Pulver. Es bildete ein kreisförmiges Muster, in dessen Mitte Thea stand.

»Sie sind verletzt«, sagte er, um irgendetwas zu sagen. »Brauchen Sie Hilfe?«

»Was ... Was erlauben Sie sich?«, stammelte Thea. »Sie laufen hier herum ... Sie stören mich ...«

Ihr Körper war angespannt, in einer Abwehrhaltung, und David merkte, dass sie geistig nicht ganz anwesend war. Er hatte sie aus einer Trance gerissen.

»Es tut mir leid«, sagte David. »Aber ich hatte Sie gesucht und Geräusche gehört. Meine Schwester und ich möchten gerne abreisen. Aber wir wissen nicht, wo ...«

Als er das sagte, schnellte blitzartig, wie beim Angriff einer Raubkatze, der verwundete, linke Arm der Alten nach vorne und packte seinen eigenen mit erstaunlicher Kraft. Sie blieb in ihrem Kreis stehen, aber zog ihn zu sich heran, hob mit der anderen Hand das Messer und hielt es an Davids Hals.

Er kniff die Augen zusammen, hielt die Luft an. Einen Moment lang war er überzeugt, Caspars verwirrte Haushälterin würde ihm die Kehle durchschneiden.

Als er merkte, dass sie das nicht tat, sondern still verharrte, öffnete er die Augen.

»Was machen Sie denn?«, presste er hervor. »Ich habe Ihnen nichts getan!«

»Sie ... Sie sind hier hereingeplatzt! Sie haben hier unten nichts verloren!«

»Wir sind doch sowieso nicht freiwillig hier.«

»Und ihr könnt auch nicht freiwillig wieder gehen. Das schlag dir aus deinem hübschen Schädel, du hochnäsiger Bengel.«

So überrumpelt David war – er war sicher, dass die Alte ihn nicht überwältigen konnte, egal was sie da gerade ritt. Sie hielt seinen Unterarm umklammert, aber er nahm seine Kraft zusammen und stieß sie ebenso unvermittelt von sich, wie sie ihn gepackt hatte.

Thea taumelte zurück, doch nicht so weit, wie David gehofft hatte. Sofort hob sie erneut das Messer. Dabei sah sie so entschlossen aus, dass er keinen Augenblick zögerte, sich umzudrehen, den Raum zu verlassen und die Tür hinter sich zuzuschlagen.

Von drinnen schrie Thea irgendetwas – »Ihr könnt nicht gehen!«, glaubte er zu verstehen – und er hielt im Gang inne, um zu sehen, ob sie die Tür wieder öffnen und ihm folgen würde. Aber sie blieb in ihrer Kammer.

Einen Moment stand David im Dunkeln, die Augen auf den schmalen Lichtschein unter ihrer geschlossenen Tür gerichtet.

Er zitterte. Zwang sich, zwei-dreimal tief ein- und auszuatmen.

Caspars Schloss war ein Irrenhaus.

Teil III

Die Gefolgschaft

21

Ethan hatte nur zwei Stunden geschlafen, als er gegen halb vier in der Nacht schon wieder wach lag.

Wo war Miriam? Warum war sie nicht nach Hause gekommen? Und wieso hatte sie nicht angerufen?

Es war nicht ihre Art.

In einem Moment sagte Ethan sich, dass er sich zu früh unnötig Sorgen machte. Wie stets gab es ein Problem mit ihrem Handy, dem Akku, mit was auch immer. Gleich am Morgen würde sie sich melden oder direkt nach Hause kommen.

Im nächsten Moment sagte er sich, dass er schon längst die Polizei hätte rufen sollen.

Die Unruhe trieb ihn aus dem Bett.

Was konnte er jetzt tun, um diese Zeit? Bei Davids Freundin Kathi anrufen? Hatte er überhaupt ihre Nummer?

Er sah auf dem Handy nach und fand Kathi in der Kontaktliste des Kurznachrichtendienstes, dachte kurz nach und schrieb ihr dann: »Hallo Kathi, hast du etwas von Miriam und David gehört? Miriam ist gestern nicht wie geplant nach Hause gekommen und hat sich nicht gemeldet, ich mache mir langsam Sorgen. Melde dich doch bitte kurz! Danke, Ethan.«

Er schickte die Nachricht ab und sah, dass sie zwar empfangen wurde, aber vorerst ungelesen blieb.

Kein Wunder um diese Uhrzeit.

Ziellos lief er durch die Wohnung, spähte kurz bei Vincent ins Zimmer, der aber fest schlief, trank ein Glas Wasser und scrollte sinnlos auf seinem Smartphone herum.

In der Küche lag auf einem Stapel Zeitungen die Einladung zu Caspars Feier. Darauf las Ethan die Adresse des Gasthofes, in dem Miriam und David hatten übernachten wollen. Es würde nichts bringen, dort mitten in der Nacht anzurufen. Das musste bis morgen früh warten.

Ethan las die Einladung erneut. Sie klang freundlich, aber auch ziemlich blasiert.

»In vehementer Zuneigung, Dein Caspar.«

Wer war dieser Typ eigentlich?

Er selbst hatte ihn nie getroffen. Miriam hatte nicht oft von ihm gesprochen, aber wenn, dann hatte sie keinen Zweifel daran gelassen, dass Caspar nicht einfach irgendeine Jugendliebe gewesen war. Hin und wieder hatte Ethan zugehört, wenn Miriam und ihr Bruder sich Geschichten von früher erzählt hatten. Caspar war dabei meist nicht besonders gut weggekommen. Klar, er hatte die beiden mit seiner unkonventionellen Art beeindruckt und sie hatten prägende Jahre miteinander verbracht. Aber Ethan war der Überzeugung, dass er vor allem ein Angeber gewesen sein musste. Und dass alle drei irgendwann endgültig die Brücken abgebrochen hatten.

Umso erstaunlicher jetzt diese Einladung.

Ohne wirklich darüber nachzudenken, ging Ethan in den unordentlichen Raum neben ihrem Schlafzimmer, den sie mal als Arbeits- und mal als Gästezimmer nutzten. Eine mickrige, abgenutzte Schlafcouch stand darin und ihre beiden alten Schreibtische. Außerdem ein wahllos vollgestopftes Bücherregal, in dem sich Miriams zerfledderte Lexika auf Ethans Archäologie-Bänden stapelten.

Wer war Caspar?

Die Frage ließ ihn plötzlich nicht mehr los.

Er ging zu Miriams Schreibtisch. In der mittleren der drei Schubladen bewahrte sie eine überschaubare Sammlung alter Briefe auf, das wusste er. Einmal hatte sie ihm einen herzzerreißenden Brief gezeigt, den ihre Eltern ihr geschrieben hatten, während sie als Zwölfjährige zum allerersten Mal allein in ein Ferienlager gefahren war.

War da etwas von Caspar dabei?

Normalerweise war Ethan gelassen und selbstsicher. Die Unruhe, die er jetzt verspürte, ließ ihn an allem zweifeln. Neugier auf den mysteriösen Unbekannten wuchs in ihm ebenso wie Eifersucht.

Er musste wissen, wo Miriam war. Ob sie bei ihm war. Musste versuchen, zu Caspar Kontakt aufzunehmen, statt weiter tatenlos zu warten.

Ethan zog die Schublade auf, nahm den Stapel Papiere heraus, legte ihn auf den Schreibtisch, sah ein Blatt nach dem anderen durch.

Wichtige Dokumente waren nicht darunter, die bewahrten sie in Aktenordnern ganz unten im Regal auf. Das hier waren Erinnerungsstücke aller Art: Urlaubskarten von Freunden. Ihre Heiratsanzeige und weitere Zeitungsausschnitte. Ein Artikel über den renovierten Kindergarten mit einem Foto von Vincent und seinem besten Freund Ismail. Die Todesanzeige von Miriams Großvater. Ein gemeinsames Tagebuch, dass Miriam und Antje während ihrer Schulzeit geschrieben hatten, voller Aufkleber und Kritzeleien.

Und ja, Briefe. Darunter auch welche von Caspar. Die

große, geschwungene Handschrift glich der auf der Einladungskarte.

Ethan nahm die Briefe und schaltete die alte Tischlampe mit dem vergilbten und verstaubten Schirm an, die neben dem kleinen Sofa auf dem Fußboden stand. Dann setzte er sich mit einem Stoßseufzer und begann – halb widerwillig – zu lesen.

Das Geschriebene stammte aus der Zeit, in der die beiden ein Paar gewesen waren. Caspar beteuerte, wie wichtig Miriam ihm sei. Dass er sie vermisse, wenn sie nicht bei ihm sei. Was verliebte Jungs eben so schreiben, sagte sich Ethan, um die Eifersucht zu besänftigen.

Caspar schrieb von gemeinsamen Unternehmungen, Ausflügen in die Natur, langen Wanderungen und Wochenenden im Zelt am See. Ethan erinnerte sich, dass Miriam Caspars Naturverbundenheit erwähnt hatte.

»Dass du das mit mir teilst, bedeutet mir alles«, schrieb Caspar.

Ethan stutzte, weil er diese Seite von Miriam nicht kannte. Hatte sie das nur aus Liebe zu Caspar mitgemacht? Oder steckte eine Abenteurerin in ihr? Eine Seite, die sie während ihrer Beziehung zu ihm, Ethan, völlig vernachlässigt hatte?

In einem anderen Brief las er, dass es Streit gegeben hatte, dass Caspar Miriam verletzt und sie sich bei ihm tagelang nicht gemeldet hatte.

»Du fehlst mir«, las Ethan. »Du weißt das. Und du weißt auch, dass ich dir nie ernsthaft weh tun könnte. Dich mir zu entziehen, was bezweckst du damit?«

Was war vorgefallen? Streit hatte es zwischen den beiden

oft gegeben, auch das wusste Ethan. Aber während Caspar seine Zuneigung beteuerte, hatten seine Zeilen einen seltsam herablassenden Unterton. Mit Entschuldigungen schien er sich schwerzutun. Mit Vorwürfen dagegen weniger.

Wer war dieser Kerl bloß?

Ethan suchte in Miriams Sachen nach Hinweisen, wie man ihn kontaktieren konnte, fand aber weder Telefonnummern noch E-Mail-Adressen, nicht einmal einen alten Umschlag mit einer Postanschrift.

Im Moment konnte er gar nichts tun, und das frustrierte ihn.

Er nahm sich ein Bier aus dem Kühlschrank, setzte sich vor den Fernseher, ließ die Liveübertragung eines Tennisturniers laufen, aber stellte den Ton leise, um Vincent nicht zu wecken.

Die letzten Stunden bis zum Morgen lagen vor ihm wie ein langer, dunkler Tunnel.

22

Miriam kehrte zu Caspar zurück. Allein.

»Wo ist dein Bruder?«, fragte Caspar.

»Er will dich nicht sehen«, wich Miriam ihm aus.

Sie spürte, wie Caspar in sie hineinsah. Sie hatten diese fast telepathische Verbindung immer gehabt. Jahrelang hatte sie tief in ihnen geschlummert; jetzt war sie stärker als je zuvor.

Ein Teil von ihr wollte dagegen ankämpfen. Sie ließ sich

doch nie unterkriegen. War der Fels in der Brandung. Für Vincent, für Ethan, für David.

Aber bei Caspar war alles anders. Dieser andere Teil von ihr würde ihm, wenn es drauf ankam, immer vertrauen und alle anderen vergessen. Die vergangene Nacht war der beste Beweis dafür gewesen.

»Soso, er will mich nicht sehen«, sagte Caspar. »So endet es, wenn man einen alten Freund zu sich einlädt.«

»Caspar, du verstehst doch, dass er verwirrt ist. Dass *wir* verwirrt sind. Das fühlt sich hier alles an wie ein Traum. Kein guter.«

Caspar sah sie traurig an.

»Ich wollte mit euch Wiedersehen feiern. Ein Wiedersehen, dass unserer Freundschaft angemessen ist.«

»Indem du uns bestiehlst?«

Miriam ließ sich von der Traurigkeit in Caspars Blick anstecken, das drängte ihre Wut zurück.

»Ich wollte nicht nur Wiedersehen feiern. Sondern etwas ganz Neues beginnen.«

Miriam seufzte.

»Aber davon wollt ihr nichts hören.«

Sie schüttelte langsam den Kopf.

»Ich weiß, dass es euch verrückt erscheint. Aber ich verspreche dir, du wirst es bald verstehen. Ich helfe dir, es zu verstehen.«

Er legte eine Hand an ihre Wange und streichelte sie.

Sie sah ihn an, legte ein Flehen in ihren Blick. Dann nahm sie seine Hand in ihre und strich über seine Finger. An seinem Daumen steckte ein breiter, silberner Ring, den sie zum ersten Mal sah. Darin war eine Rune eingraviert, die an ein großes D erinnerte, nur dass dessen senkrechter Strich oben und unten etwas länger war.

»Thurisaz«, sagte Caspar. »Sie hilft, zwei Menschen zu vereinen, die füreinander bestimmt sind.«

Wieder strich er ihr über die Wange.

»Caspar ... Wir müssen damit aufhören. Wir machen alles kaputt.«

Er strich ebenso zärtlich über die Rune auf seinem Silberring.

Miriam wand sich, sie empfand körperliche Schmerzen. Kämpfte innerlich. Etwas ging vor sich, das sie sich nicht erklären konnte, dem ein Teil von ihr hilflos ausgeliefert war.

»Wir machen nichts kaputt. Im Gegenteil.«

Caspar schob seine Hand in ihren Nacken, zog sie zu sich heran und küsste sie. Zunächst blieb sie erstarrt. Ein Teil von ihr wollte nicht noch einmal nachgeben.

Dann erwiderte sie seinen Kuss.

Als sie sich nach mehreren Minuten voneinander lösten, liefen Miriam Tränen über die Wangen. Sie wischte sie energisch weg und bemühte sich um Fassung, während Caspar sie still anlächelte.

Als David zurückkam, sah Miriam ihm an, dass etwas passiert war. Er war nicht nur durcheinander. Etwas hatte ihn zutiefst erschreckt.

»Caspar, vielleicht solltest du nach deiner Angestellten sehen«, sagte David. »Sie ist im Keller. Sie hat sich verletzt.«

»Das wird schon wieder«, sagte Caspar schlicht. »Setz dich hin und trink etwas. Du bist völlig aufgelöst.«

»Nein. Ich bleibe keine Sekunde länger. Ich nehme jetzt meine Sachen und gehe. Miriam, kommst du mit?«

»Was ist denn mit Thea?«, fragte Miriam. »Wieso ist sie verletzt?«

»Sie ist genauso verrückt wie alle hier«, antwortete David. »Ich weiß nicht, was sie da unten gemacht hat, aber sie hat sich selbst mit einem Messer verletzt. Absichtlich.«

Miriam konnte ihrem Bruder nicht folgen.

»Ich sagte doch, das wird schon wieder«, sagte Caspar.

Aber David ließ sich nicht beruhigen.

»Miriam, du solltest wirklich mit mir kommen«, sagte er. »Ich will dich nicht allein mit denen lassen.«

Caspar sah sie an, sie sah ihren Bruder an und fühlte sich zerrissen.

Doch dann sagte sie: »Ich kann nicht einfach so gehen, David. Ich will nicht.«

»Wieso kannst du nicht?«

»Wir können so nicht auseinandergehen. Wir sind doch keine Kinder mehr, die beleidigt abziehen, wenn irgendwas schiefläuft.«

»Irgendwas schiefläuft?? Hör mal, er hat dein Auto verschwinden lassen!«

David schrie fast. Miriam konnte sich nicht erinnern, wann sie ihn zuletzt so aufgeregt gesehen hatte.

»Es bringt doch nichts, jetzt die Nerven zu verlieren«, sagte Miriam zu ihm. »Wir müssen miteinander reden und eine gemeinsame Lösung finden.«

Caspar lächelte.

Dann legte er einen Arm auf Miriams Rückenlehne.

»Ja, setz dich, David«, sagte er. »Reden wir.«

23

David wurde übel. Die zwei saßen da und sahen ihn erwartungsvoll an, als wären sie seit vielen Jahren eine Einheit. Schon wieder war er der Eindringling. Und er war wütend auf seine Schwester, die nicht klar denken konnte und jetzt mit ihm redete, als wäre er nur ein aufmüpfiger kleiner Bruder.

Für einen Moment fragte er sich trotzdem, ob er nicht derjenige war, der hysterisch reagierte. Dann dachte er an Thea, und daran, wie Caspar ihr Verhalten herunterzuspielen versucht hatte.

Nein, Caspar wusste genau, was hier vor sich ging, und weigerte sich, ihnen die ganze Wahrheit zu sagen. Doch das, was er wusste, weil er es mit eigenen Augen gesehen hatte, reichte David.

Deshalb würde er jetzt endgültig von hier verschwinden. Ohne Miriam. Er wusste noch nicht, auf welchem Weg, aber es würde sich einer finden.

»Reden bringt nichts mehr«, sagte er, und schulterte seinen Rucksack. »Tut mir leid, Miriam.«

»David, bleib bitte hier«, rief seine Schwester, als er sich umgedreht hatte. Aber er antwortete nicht mehr.

Als David den Raum verlassen hatte, fühlte er sich sofort besser. Er würde einen Weg finden, diesen Wahnsinn zu beenden. Der Irre würde schon auf dem Boden der Tatsachen ankommen – wenn nötig, auf unsanfte Weise.

David drückte die breite, geschwungene Klinke der Eingangstür, doch es tat sich nichts. Die Tür, durch die er das Haus vor nicht allzu langer Zeit – war es eine Stunde her? Zwei? Drei? – verlassen hatte, war verschlossen.

Er versuchte es nochmal, erfolglos, untersuchte die Tür näher, schaute in der Umgebung nach einem Schlüsselschrank oder einem geeigneten Versteck, fand jedoch nichts dergleichen.

Ihm fiel der Seiteneingang zur Küche ein. Der Nachteil daran war, dass er auf dem Weg dorthin nochmal das Speisezimmer würde durchqueren müssen, in dem er Caspar und Miriam zurückgelassen hatte. Den schlauen Spruch, den er dann von Caspar kassieren würde, würde er an sich abprallen lassen müssen.

Doch als er in das Speisezimmer zurückkam, waren die beiden verschwunden. Wohin, darüber wollte David jetzt nicht nachdenken.

Er ging in die Küche, die ebenfalls leer war, und zur Tür. Drehte den runden Knauf ein paar Mal hin und her, doch auch dieser Ausgang war verriegelt.

Es hatte System, dessen war sich David schnell gewiss. Caspar und seine Gehilfen hatten sie eingesperrt.

Er prüfte die Fenster in der Küche. Nur der obere, wesentlich kleinere Teil ließ sich von unten über einen Hebel öffnen. Unmöglich, auf diesem Weg hinaus zu gelangen.

Blieb noch der Kellereingang. Weder hatte er große Lust, sich abermals hinunter zu begeben, noch machte er sich viele Hoffnungen, dass die Tür nach draußen dort unverschlossen war. Aber er musste es versuchen.

Wie von der Küche in den Keller gelangen? Er kannte nur die Wendeltreppe, die von den oberen Geschossen bis nach unten führte. Dorthin musste es einen Zugang aus dem Erdgeschoss geben.

David betrat das Durchgangszimmer neben der Küche, von dem der Gang wegführte, in den er Thea einmal hatte verschwinden sehen. Der Zugang war unverschlossen. In dem Glauben, dort eine Verbindung zum Treppenhaus zu finden, ging er hinein.

Der Gang war düster und schmucklos, ganz und gar nicht repräsentativ. Er musste seit jeher zu den Räumlichkeiten gehören, in denen sich hauptsächlich Angestellte aufhielten. David probierte mehrere Türen, erst die dritte ließ sich öffnen. Sie öffnete einen weiteren Gang, von dem aus eine Treppe nach oben führte. Einen Weg in den Keller fand er nicht.

Ratlos stieg David die Stufen hoch. Sie mündeten in einen

weiteren Flur, der im Gegensatz zu unten wohnlich eingerichtet war, mit einer Kommode, einem Deckenleuchter und
Landschaftsbildern an den Wänden. Das musste der priva-
te Wohnbereich von Thea und Johann sein, der sich über
mehrere Stockwerke verteilte.

Drei Türen führten von hier weg. Auf einen Zugang zur
Wendeltreppe und damit zum Keller hoffend, probierte David
nervös eine nach der anderen, immer darauf gefasst, einem der
beiden verrückten Alten gegenüber zu stehen.

Als sich die dritte Tür öffnen ließ und er vorsichtig den
Raum dahinter betrat, machte er große Augen. Vor sich hatte
er ein schummriges Zimmer, erleuchtet nur von einer Reihe
wuchtiger, weißer Kerzen auf einem Tisch an der gegenüberliegenden Wand. Drei strahlten links, drei rechts, jeweils etwa
einen Meter hoch, dazwischen eine aus Holz geschnitzte Figur, die die Kerzen überragte: eine elegante Frauengestalt mit
langen, gelockten Haaren.

Der Raum war ansonsten spärlich eingerichtet. Wer sich
hier länger aufhielt, saß auf dem Boden; dort lagen bunte Per-
serteppiche und riesige, einladende Kissen in verschiedenen
Farben. An den Wänden hingen weitere Runengemälde. Ein
besonders großes hinter dem Altar zeigte in leuchtendem Gelb
eine Rune, die einem großen D ähnelte, nur dass der senkrech-
te Strich oben und unten überstand. Der Anblick der Malerei-
en war David inzwischen vertraut, aber das machte sie nicht
weniger irritierend. Im Gegenteil: Wenn er jetzt die Bilder betrachtete, fühlte er sich von ihnen beobachtet.

In zwei Vitrinen an einer Seite des Raumes waren Glas-
gefäße aufgereiht, ähnlich denen, die er bei Caspars Eltern im

Haus gesehen hatte. Manche enthielten getrocknete Pflanzen und Pilze, andere Pulver oder Flüssigkeiten.

David beugte sich nach unten, um einen größeren Behälter auf Kniehöhe näher zu betrachten. Etwas bewegte sich darin. Er war nicht sicher, ob seine Augen ihn im gedämpften Licht der Kerzen täuschten, und ging in die Hocke, um es sich näher anzusehen. Das Gefäß war aus dickem, braunem Glas. Alles, was er zu sehen glaubte, waren schlängelnde Bewegungen. Irgendetwas schien sich darin hin und her zu winden wie ein kleiner Aal. Oder war es eine Schlange? Ob Wasser in dem Behälter war, konnte David von außen nicht sehen. Vielleicht schwamm dort etwas Fischartiges. Ob es eines oder mehrere Lebewesen waren, konnte er ebenfalls nicht erkennen.

In dem Moment, als er sich aufrichtete, wurden seine Arme gepackt, nach hinten gerissen und festgehalten. Der Rucksack, den David die ganze Zeit getragen hatte, rutschte von den Schultern und wurde ihm weggenommen.

Er hörte Caspars Stimme an seinem Ohr: »Stillhalten, mein Bester.«

Er spürte, dass da eine zweite Person war, die seine Hände hinter seinem Rücken fesselte, während Caspar die Arme festhielt. David drehte sich und sah das grinsende, hochrote Gesicht von Johann.

»Was wird denn das? Ihr seid doch völlig durchgedreht!«, rief er.

»Was das wird?«, polterte Johann. »Dich endlich mal vom Rumschnüffeln abhalten!«

David versuchte, seinen Arm zurückzuziehen, aber gegen

zwei kam er nicht an. Sie hielten ihn noch stärker umklammert, drehten ihn weg von der Vitrine und schoben ihn vor sich her, hinaus aus dem Altarraum auf den Flur.

Dabei brabbelte Johann undeutlich vor sich hin: »Was ham 'se uns da angeschleppt. Noch nie was von Respekt gehört. Schleicht in privaten Zimmern rum.«

Caspar ging nicht darauf ein. Er holte einen Schlüsselbund hervor, schloss mit einer Hand die Tür zum Zimmer neben dem Altarraum auf, David wurde hineingeschoben.

Eine Kammer mit Bett, Schrank und Schreibtisch. Kein Fenster. Licht kam von einer schlichten Deckenlampe.

»Du weißt ja gar nicht, was du hier tust«, sagte David zu Caspar. Er war überrumpelt. Erschrocken. Wütend. Er versuchte, die Hände hinter seinem Rücken zu heben. »Lass das Theater und nimm mir das ab.«

»Vorerst nicht«, sagte Caspar.

Sein Gesicht zeigte kaum eine Regung, während Johann hinter ihm sich gereizt abwandte. »Ich weiß, dass du abhauen willst. Das ist so aber nicht vorgesehen.«

David schüttelte nur den Kopf.

»Ich komme später wieder«, sagte Caspar. »Dann reden wir.«

Caspar drehte sich um, nahm Johann mit hinaus und schloss die Tür von außen ab.

David ließ sich auf das Bett fallen. Erneut musste er sich zwingen, tief durchzuatmen.

Wie hatte es so weit kommen können?

24

Nachdem David sie mit Caspar zurückgelassen hatte, waren Miriam erneut die Tränen in die Augen gestiegen. Sie war erschöpft. So verwirrt. Dass ihr alles entglitt, war sie nicht gewohnt. Dass ihr sonst so friedfertiger Bruder sie wütend sitzen ließ, ebenfalls nicht.

Das Wiedersehen mit Caspar hatte sie überwältigt, viel mehr, als sie es sich jemals ausgemalt hatte. Die Sprüche hatte sie gekannt: Die erste Liebe vergisst man nie und so weiter. Aber das hatte sie für romantische Verklärung aus Schlagertexten gehalten.

Jetzt, wo sie es am eigenen Leib erfuhr, kam es ihr wie eine rohe Gewalt der Natur vor. Etwas, gegen das sie absolut machtlos war, das alles Andere, sogar die Gedanken an ihren Sohn und ihren Mann, blass und unwichtig erscheinen ließ.

Immer, wenn sie die letzten Tage zu rekonstruieren versuchte, gerieten ihre Gedanken durcheinander. Dass Caspar ihnen Böses wollte, erschien ihr völlig abwegig. Obwohl es nicht Davids Art war, hatte er maßlos überreagiert.

»Ich muss mich ausruhen«, sagte sie zu Caspar. »Ich habe letzte Nacht kaum geschlafen.«

Sie stand auf.

»In Ordnung«, sagte Caspar. »Komm mit mir.«

Statt in die Eingangshalle und über die Haupttreppe brachte Caspar sie in einen unscheinbaren Gang, von dort in einen weiteren und eine Treppe hinauf, in einen Bereich des Schlosses, der ihr unbekannt war.

»Wer wohnt hier?«, fragte sie.

»Das ist Theas und Johanns Reich«, sagte Caspar.

Er schloss eine Tür vor ihnen auf und hielt inne, als wollte er prüfen, ob sie allein waren. Dann gab er Miriam ein Signal, ihm zu folgen.

Jetzt erkannte sie den breiten Gang im ersten Stock wieder, die steinernen Mauern, die Zeichnungen und Karten an den Wänden.

Hier schloss Caspar eine weitere Tür auf, nahm sie bei der Hand und führte sie in das Zimmer dahinter.

»Na, ist das nichts?«, fragte er. »Hier habe ich noch nie einen Gast hineingelassen.«

Miriam sah sich in dem kleinen, aber unheimlich gemütlichen Schlafzimmer um. Ein großes, einladendes Bett und eine Chaiselongue. Vor dem Fenster dicke Vorhänge. Alles war in warmen, gedeckten Farben gehalten. An der Wand gegenüber dem Bett ein großflächiges Gemälde, das eine hügelige Landschaft im Sonnenuntergang zeigte. Anderswo hätte sie es kitschig gefunden. Hier konnte sie sich nichts Passenderes vorstellen.

»Schläfst du hier sonst?«, fragte Miriam.

»Nein.«

Sie dachte daran, wie sie die vergangene Nacht gemeinsam in ihrem Gästezimmer verbracht hatten. Allein der Gedanke machte sie nervös. Eine seltsame, unbekannte Mischung aus Erregung und Scham. Sie musste sich eingestehen, wie sehr sie es genossen hatte, Caspar nahe zu sein. Und dass sie sich insgeheim wünschte, es wäre nicht das letzte Mal gewesen.

»Hier wollte ich nie allein schlafen. Seit ich hier lebe, habe ich mir vorgestellt, dieses Zimmer einmal mit einem ganz besonderen Menschen zu teilen. Also biete ich es dir an.«

Er gab ihr einen Kuss auf die Stirn. Sie lächelte nur müde.

»Leg dich hin, ruh dich aus«, sagte er. »Danach sehen wir weiter.«

Caspar verließ das Zimmer und schloss die Tür hinter sich.

Miriam zog sich bis auf die Unterwäsche aus, löschte das Licht und kroch unter die dicke Bettdecke. Für ein paar Stunden wollte sie einfach ihren verwirrten Verstand abschalten.

Dass Caspar draußen so langsam und leise wie möglich den Schlüssel im Schloss umdrehte, hörte sie nicht.

Stattdessen begann sie zu träumen, von einem Neuanfang mit Caspar, hier in seiner Welt. Es war so leicht und selbstverständlich, als hätte sie nie etwas anderes gekannt. Die alten, vertrauten Gefühle für ihn waren da, als wären sie nie weg gewesen. Aber da war auch etwas Neues, das viel mächtiger war, und das sie nicht greifen konnte. Er war der Caspar, den sie schon lange kannte. Doch er war nicht nur das.

Als sie die Augen irgendwann wieder öffnete, lag er neben ihr und sah sie an.

25

Caspars Welt war für David eine Kapsel, die außerhalb von Raum und Zeit existierte, in die er auf unbegreifliche Weise hineingeraten war und mit der er nun ziellos umherschwebte.

Er hatte keine Ahnung, wie lange er schon in dem kleinen Zimmer auf dem Bett vor sich hin gedämmert hatte. Er hatte versucht, zu schlafen, um neue Kraft zu gewinnen, aber dazu war er zu aufgewühlt. Außerdem schmerzten seine Arme, die immer noch hinter dem Rücken gefesselt waren. Um sich herauszuwinden, saß der Strick zu fest.

David traute Caspar inzwischen alles zu, sogar, dass er ihn hier drinnen verhungern lassen würde. Aber so ganz glauben konnte er es doch nicht. Er nahm Caspar seine Überzeugung ab, dass er Miriam und ihn tatsächlich brauchte, wofür auch immer.

Irgendwann hörte er Schritte. Erst weit weg, dann auf dem Flur. Der Schlüssel drehte sich in der Tür und Caspar kam herein. David setzte sich auf, lehnte sich am Kopfende des Bettes gegen die Wand und sah ihm entgegen.

Caspar lächelte und präsentierte eine Flasche Wein und zwei Gläser. Das ließ David sofort an früher denken, an gemeinsame Wochenendtrips und Klassenfahrten. Da verpuffte sein Ärger und er war nur noch sehr traurig. Im Grunde war sein alter Freund eine bedauernswerte Existenz. Einsam, weil er verrückt war – oder umgekehrt.

»Wie soll ich mit festgebundenen Händen ein Weinglas halten?«, fragte er leise.

»Ist ja schon gut.«

Caspar löste den Strick, öffnete die Flasche und schenkte ihnen beiden ein.

»Du musst wirklich sehr große Pläne haben, wenn sie es wert sind, einem alten Freund Fesseln anzulegen.«

Caspar hielt sein Weinglas hoch, aber David war nicht

danach, mit ihm anzustoßen. Er trank einfach drauflos, zwei, drei, große Schlucke.

»Ich weiß, dass du mir das eines Tages verzeihen wirst«, sagte Caspar, nachdem er ebenfalls einen Schluck getrunken hatte. »Hoffentlich sehr bald schon.«

»Was du alles so weißt. Über mich, und überhaupt.«

Während David das sagte, merkte er, wie gleich wieder die Wut in ihm erwachte, die er eben noch vergessen hatte.

»Was meinst du?«

»Du und dein Weltverbesserungsplan, der noch gar keiner ist. Aber in den Miriam und ich angeblich so wunderbar hineinpassen.«

»Es ist nicht einfach nur mein Plan allein. Ich weiß, es ist für dich kaum zu verstehen. Aber ich habe Verbindungen, die nur ganz wenige Menschen jemals hatten. Die vielleicht außer mir noch nie jemand hatte.«

»Verbindungen.«

»Zu höheren Mächten. Von denen die meisten Menschen in unserer Zeit nicht einmal eine Ahnung haben, dass sie existieren. Und wenn, dann machen sie sich über sie lustig.«

»Was genau sind das für Mächte?«, fragte David im nüchternsten Tonfall, den er jetzt aufbringen konnte.

»Manche nennen sie vielleicht Geister. Aber ich sehe keine toten Menschen. Das meine ich nicht. Es sind Naturgeister. Die normalen Menschen der heutigen Zeit nehmen sie nicht mehr wahr. Dabei gibt es sehr, sehr viele, überall. Es gibt auch Menschen, die sie als Gottheiten betrachten. Sie haben keine Menschengestalt. Aber man kann sie hören. Und fühlen.«

Er machte eine Pause, dann fiel ihm etwas ein: »Ich habe

dir doch früher schon von meinen Begegnungen erzählt. Ich weiß, du hast es für Quatsch gehalten.«

»Nein, das hast du mir nicht erzählt. Daran würde ich mich erinnern.«

»Natürlich habe ich das!« Caspar wurde abrupt laut. »Ich weiß ganz genau, wie wir vor eurem Haus auf der Straße gesessen haben. Es war dunkel, wir hatten viel geraucht. Da habe ich es dir erzählt.«

Leiser fügte er hinzu: »Das war eine große Sache für mich, dir das anzuvertrauen. Als würden wir zusammen einen Schatz hüten. Und du hast es einfach vergessen.«

David atmete durch. Er konnte nicht fassen, dass er sich in dieser Situation von Caspar Vorwürfe anhören musste.

»Naturgeister also«, sagte er dann. »So wie die unsichtbaren Wesen in Island, für die sie dort ihre Straßenverläufe ändern? Darüber habe ich etwas gelesen. Sie haben dort eine Elfenbeauftragte.«

»Dort leben Menschen, die noch nicht völlig abgestumpft sind«, sagte Caspar grimmig.

Ja, es passte zu ihm, einen Hang zum Übersinnlichen zu haben, an Mythen und Märchen zu glauben. Aber nun sah er sogar sich selbst als Teil dessen, oder vielmehr: Er war die Hauptfigur.

»Deshalb Runen als Glücksbringer«, sagte David.

Caspar nickte.

»Und du bist hier nicht der einzige, der daran glaubt. Thea glaubt wohl auch, Geister beschwören zu können, indem sie sich selbst die Arme aufschneidet.«

»Sie kann es. Vorausgesetzt, sie ist ungestört.«

Caspar grinste David von der Seite an, aber der musste an ein Raubtier denken, das seine Zähne zeigt. Auch Johanns boshaftes Grinsen sah er wieder vor sich. Die beiden sahen sich tatsächlich ähnlich.

»Ich hatte mich auf unser Wiedersehen gefreut, Caspar. Und es ist mir egal, woran du glaubst. Aber du gehst einfach zu weit. Das muss ich dir hoffentlich nicht erklären. Und helfen kann ich dir bei deinen Plänen erst recht nicht. Miriam genauso wenig.«

Caspar sagte lange nichts.

Ein Funken Hoffnung glomm in David auf. Würde er endlich zur Vernunft kommen?

Doch Caspar sagte: »Du kannst es. Du willst nur nicht, im Gegensatz zu deiner Schwester.«

Er stand auf und begann, im Zimmer auf und ab zu gehen. Dann fügte er hinzu: »Du vergisst, wie gut ich euch beide kenne.«

»Aber das ist so lange her!«, rief David. »Wir sind erwachsen geworden. Und leider weiß ich überhaupt nicht mehr, wer du bist! Und ich bezweifle auch, dass Miriam das weiß, auch wenn sie noch Gefühle für dich hat.«

Caspar lief weiter hin und her, als ob ihm das half, sich zu konzentrieren.

»Deine Schwester hat viele tolle Eigenschaften«, erklärte er. »Die zwei wichtigsten: Sie ist eine Partnerin, die sich mir bedingungslos hingibt, und sie ist trotzdem jemand, der andere führen und begeistern kann.«

»Für was denn begeistern?«

Caspar ignorierte die Frage.

»Und du, David«, sagte er. »Du bist wahnsinnig klug. Der einzige Mensch, den ich kenne, der es mit mir intellektuell aufnehmen kann. Du bist reflektiert. Du kannst dich gut ausdrücken. Und dich außerdem stets beherrschen, viel besser als ich. Du bist der geborene Diplomat. So jemanden brauche ich.«

»Wow«, sagte David ohne jegliche Begeisterung und kippte einen großen Schluck Wein hinunter.

»Aber dir fehlt der Sinn im Leben«, fuhr Caspar fort. »Was willst du damit anstellen? Wo ist dein Ziel? Du bist orientierungslos. Lässt dich treiben. Du brauchst eine richtige Aufgabe im Leben, die dich ausfüllt.«

»Das ist ja interessant. Und da kommst du jetzt daher und willst mich einfach mit Gewalt zwingen, die Aufgabe zu übernehmen, die du für die sinnvollste hältst.«

»Du wirst mir eines Tages dankbar sein.«

David schwieg.

»Wenn wir mal ganz ehrlich sind, David, ist deine große Stärke, die Diplomatie, auch deine Schwäche. Du willst immer verständnisvoll sein und niemanden verletzen. Das macht dich auch manipulierbar.«

Jetzt hatte David genug gehört.

»Und das sagst du mir einfach so? Während du selbst versuchst, mir deinen Willen aufzuzwingen? Ist das nicht ein bisschen dumm?«

»Das sehe ich nicht so. Es ändert doch nichts an der Tatsache.«

David dachte eine Weile nach, was er darauf entgegnen sollte. Caspar kannte ihn sehr gut; er hatte genau gewusst,

dass er einen wunden Punkt traf. Ihm einen Spiegel vorzu-
halten und zu zeigen, wie klar er ihn durchschaute, gehörte
zu Caspars Machtspiel.

Vielleicht hätte er es früher, vor zwanzig Jahren, dabei
belassen, weil er seinem Freund das erhabene Gefühl gegönnt
hatte. Doch die Zeiten waren vorbei, in denen er sich in die
Ecke drängen ließ.

»Dein Ego ist schon gewaltig«, sagte er. »Aber so wie
ich das sehe, bist du einfach größenwahnsinnig geworden.
Du lebst in einem Schloss, mehr oder weniger allein, abgesehen von zwei Verrückten, mit denen du gemeinsame Sache
machst.«

Caspar war stehengeblieben und hob eine Hand, wie um
David zu stoppen. Aber der war noch nicht fertig.

»Von den alten Freunden kennt dich keiner mehr. Sogar
deine Eltern halten sich fern von dir. Und was machst du?
Schaust von hier herab auf alle anderen Menschen und hältst
dich für etwas Besseres. Dabei kennst du die Welt da draußen
gar nicht. Wahrscheinlich hast du einfach nur Angst vor ihr,
weil du sie nicht verstehst.«

Caspar sah ihn an, halb verletzt, halb verärgert. Er hatte es
tatsächlich geschafft, dass der Großkotz Gefühle zeigte.

»Und ob du nun Geister siehst oder nicht«, setzte David
nach, »für mich hast du sowieso völlig den Bezug zur Realität
verloren.«

Der Satz hing einen Moment lang im Raum.

Dann holte Caspar völlig unvermittelt aus und schlug
David, der immer noch auf dem Bett gesessen hatte, mit
voller Wucht die rechte Faust ins Gesicht.

David fiel nach hinten und spürte vor Schreck zunächst nichts. Sofort stand er auf, um von Caspar wegzukommen. Doch er war nicht schnell genug, so dass ihn Caspars Faust ein zweites Mal traf.

David geriet ins Straucheln und fiel zu Boden. Jetzt blühten die Schmerzen im Gesicht auf.

Caspar stellte sich neben ihn. Schnell versuchte David, sich hochzurappeln, aus Angst, Caspar würde ihm sonst Tritte verpassen. Der hatte seine freundliche Maske endgültig fallen gelassen. Sein jähzorniger Ausdruck glich dem von Johann.

»Du wirst mir folgen, ob du willst oder nicht! Ich habe dir gesagt, dass ich nicht allein bin. Du wirst dich noch wundern, wozu wir fähig sind. Und meine Verbündeten sind überall, verstehst du, überall! Auch bei deinem kleinen Neffen. Bei deiner süßen Freundin. Sie sehen alles und jeden.«

Unvermittelt drehte er sich um, stürmte aus dem Zimmer und schlug die Tür mit einem Knall zu. David war zu überrascht, um rechtzeitig zu reagieren. Schon hatte Caspar die Tür wieder von außen abgeschlossen.

David hämmerte mit der Faust dagegen und rief: »Lass mich sofort hier raus! Lass mich zu meiner Schwester!«

Während er das rief, realisierte David, dass er jetzt große Angst um Miriam hatte.

Von Caspar bekam er keine Antwort.

26

I rgendwann wurde David aus einem tiefen, traumlosen Schlaf gerissen. Jemand schüttelte ihn unsanft an der Schulter. Er öffnete die Augen und sah ein Gesicht. Brauchte ein paar Sekunden, um Caspar zu erkennen, und weitere, bis ihm einfiel, was passiert war.

Er hatte auf dem Bett in der Ecke des Raumes gesessen, war zur Seite gekippt und an die Wand gelehnt eingeschlafen. Als er seinen Kopf jetzt drehte, tat ihm alles höllisch weh. Der Nacken, weil er lange in der krummen Haltung geschlafen hatte. Sein linker Wangenknochen und seine Nase von Caspars Fausthieben. Er berührte die schmerzenden Stellen vorsichtig, zog die Finger sofort wieder zurück. Die Schläge hatten gesessen, seine Wange war geschwollen.

Niemals hätte es David kommen sehen, denn als Jugendliche hatten sie sich nie geprügelt. Wortgefechte ja, aber körperliche Gewalt hatte es zwischen ihnen nie gegeben.

Der Caspar, den er kaum wiedererkannte, stand vor seinem Bett.

»Was willst du?«, fragte David.

»Du musst mitkommen.«

Caspar griff mit einer Hand nach Davids Arm und zog ihn hoch. David protestierte nicht und folgte ihm. Ihm entging nicht, dass Caspar die andere Hand in der Hosentasche behielt. Vielleicht hatte er ein Messer. Doch egal, was sein ehemaliger Gefährte vorhatte – die Kammer zu verlassen, war eine verlockende Aussicht. Also stellte David keine weiteren Fragen.

Caspar führte ihn in den Salon, wo David einen Abend zuvor mit Miriam ausgelassen getanzt hatte. Auch das kam ihm vor, als wäre es Wochen her.

Die Fenster waren verhangen, so dass David nicht sehen konnte, ob es Tag oder Nacht war. Im Kamin brannte das Feuer. Inzwischen würden sowohl Kathi als auch Ethan sich Sorgen machen. Sicher hatten sie miteinander gesprochen und festgestellt, dass keiner etwas von seiner Schwester und ihm gehört hatte. Hatten sie die Polizei verständigt?

»Für meinen kleinen Ausfall möchte ich mich entschuldigen«, sagte Caspar. Er trug nun die Maske eines jovialen Geschäftsmannes. »Wenn du zu starke Schmerzen hast, lass es mich wissen. Thea hat gegen alle erdenklichen Beschwerden ein Mittelchen.«

»Es geht«, sagte David. Auf die Hexenarznei wollte er keinesfalls angewiesen sein. »Was jetzt?«

»Nicht so finster, mein Guter. Erstens: Es gibt gleich eine hervorragende Mahlzeit. Zweitens: Ich werde dich einigen Leuten vorstellen. Vielleicht erkennst du sogar ein paar von ihnen wieder.«

Caspar öffnete die Tür zum Speisezimmer, aus dem gedämpfte Stimmen zu hören waren. Dann machte er eine einladende Geste. »Bitte, nach dir.«

David folgte der Bitte mit gemischten Gefühlen.

Drüben bot sich ihm ein erstaunlicher Anblick. Jeder Stuhl an der festlich gedeckten, langen Tafel war besetzt. Es waren vielleicht zwanzig Gäste, mehr, als er anhand der leisen Stimmen vermutet hätte. Sofort fiel David auf, wie verschieden sie alle waren. Männer, Frauen, Alt und Jung saßen dort nebeneinander. Manche in Abendgarderobe, andere im T-Shirt.

Am Ende des Tisches entdeckte er Miriam. Im ersten Moment fiel ihm ein Stein vom Herzen, denn offensichtlich ging es ihr gut. Auf den zweiten Blick stutzte er. Genau genommen sah sie blendend aus. Sie trug eine elegante, weiße Bluse, hatte sich die Haare hochgesteckt, trug Ohrringe und roten Lippenstift.

Neben seiner Schwester war der Platz am Kopfende frei, ebenso der Stuhl ihr gegenüber. Als Miriam David sah, deutete sie auf Letzteren. Er beeilte sich, dort Platz zu nehmen.

»Wo warst du? Geht es dir gut?«, fragte David leise.

»Ja«, sagte Miriam. Sie klang wie verwundert über Davids Frage. »Dir nicht? Oh, ich sehe ... Dein blaues Auge. Caspar hat mir davon erzählt. Dass ihr euch aber auch prügeln müsst wie zwei kleine Jungs! Ihr seid doch jetzt erwachsen, oder nicht?«

»Er hat mich eingesperrt! Und später hat er aus heiterem Himmel auf mich eingeschlagen!«

»Das tut ihm ja auch leid. Aber hast du ihn nicht auch ein wenig provoziert?«

Einen Moment war David sprachlos, bevor er fragen konnte: »Und was wird das hier? Wer sind diese Leute?«

»Caspars Freunde«, sagte Miriam. »Er will sie uns vorstellen. Ist doch schön, oder nicht? Ich hoffe, es gibt gleich
etwas zu essen. Ich habe einen Riesenhunger.«

David sagte nichts mehr.

Er würde sich eine Weile anschauen, was dieses Spektakel
sollte, und sich dann davonstehlen, um erneut nach einem
Fluchtweg zu suchen. Möglicherweise einen der Gäste ins
Vertrauen ziehen und mit ihm hier verschwinden. Sicher
waren nicht alle zu Fuß hergekommen. Außerdem sahen sie
doch, dass er übel zugerichtet war und Hilfe brauchte.

Caspar stand neben einem altmodisch und fein geklei-
ten Mann mit silbernem Haar und schien mit ihm zu diskutieren. Auch die Gäste am Tisch waren in Unterhaltungen
vertieft.

Miriam beugte sich zu David hinüber und flüsterte: »Ich
muss später in Ruhe mit dir sprechen, unter vier Augen.«

David schöpfte Hoffnung. »Warum?«

Sie blickte vor sich auf den Tisch und überlegte offenbar,
wie sie sich ausdrücken sollte.

»Für mich wird sich einiges ändern. Nein, das ist untertrie-
ben. Mein Leben stellt sich gerade auf den Kopf. Ich werde
hierbleiben, mit Caspar.«

Davids Hoffnung verpuffte und hinterließ Angst.

»Das kann nicht dein Ernst sein! Was ist mit Vincent? Was
soll er ohne dich machen?«

»Der schafft das schon. Er ist doch ein Papa-Kind.«

»Er ist *dein* Kind!«

David sah Miriam flehend an.

Caspar und dieser Ort hier machten irgendetwas mit seiner

Schwester, gegen das sie sich nicht wehren konnte. Seit sie hier waren, spürte David selbst, wie ihm der Boden unter den Füßen wegrutschte. Aber er konnte es nicht einfach so geschehen lassen.

Miriam erwiderte Davids Blick. Sie sah entschlossen aus, aber auch nervös. Er wollte auf sie einreden, sie irgendwie in die Realität zurückholen. Doch dann kam Caspar zu ihnen. Er stellte sich hinter seinen Stuhl am Kopf der Tafel.

»Meine lieben Freunde«, sagte er laut und strahlend.

Er sah jedem der Anwesenden reihum in die Augen.

»Ich habe mich schon sehr lange auf diesen Tag gefreut, nun ist er endlich da.«

Thea kam herein und schenkte jedem ein Glas Wein ein. Ihre Ärmel waren hochgekrempelt; David konnte deutlich die langsam verheilenden Messerschnitte auf der Innenseite ihres Unterarms sehen.

»Ich freue mich, euch heute zwei neue Gesichter in unserem Kreis vorstellen zu können. Die beiden an meiner Seite sind Miriam und David, zwei sehr gute Freunde aus früheren Tagen, die endlich den Weg zu mir gefunden haben.«

»Willkommen«, sagten einige der Gäste wie aus einem Mund.

»Willkommen«, sagte Caspar und hob sein Glas. »Auf euch und auf uns!«

Er trank einen Schluck. Die anderen taten es ihm nach, Miriam eingeschlossen. David ließ sein Glas stehen und blickte finster vor sich auf den Tisch. Er dachte darüber nach, dass er die Lage falsch eingeschätzt hatte.

Caspar war kein einsamer Irrer.

Dieser legte ihm eine Hand auf die Schulter und sprach weiter.

»Auch wenn es für euch ungewohnt sein mag, ihr seid hier unter Freunden. Wir sind sehr stolz auf jeden, der sich uns anschließt. Und ihr werdet nicht die letzten sein, im Gegenteil: Mit jedem neuen Mitglied wächst die Kraft unserer Gruppe umso mehr. Wir werden wie ein Magnet sein, dem sich irgendwann keiner mehr entziehen kann.«

Der Mann mit dem silbernen Haar klatschte, einige andere folgten seinem Beispiel.

Thea kam erneut herein und servierte das Essen.

»Ich bin stolz, dass unsere Vision immer weiter Gestalt annimmt«, fuhr Caspar fort. »Die heutige Versammlung dient dazu, gemeinsam weiter daran zu arbeiten. Und mit Miriam und David an meiner Seite werde ich euch ein besserer und stärkerer Anführer sein.«

Wieder Applaus von einigen Anwesenden.

Miriam klatschte ebenfalls.

David sah, wie ihre Augen strahlten. Sie teilte Caspars Stolz. Sie fühlte, was er fühlte.

»Aber bevor es ans Werk geht, lasst uns essen!«

Abschließender, einhelliger Applaus. Caspar setzte sich. Dann bediente sich jeder aus den verschiedenen Töpfen und Schalen auf dem Tisch. Wieder war es ein reichhaltiges Mahl. David fragte sich, wie Thea und Johann es allein hatten bewerkstelligen können. Sicher musste es weitere Angestellte geben, von denen er nichts wusste.

Obwohl ihm überhaupt nicht nach Essen zumute war, meldete sich sein Hunger. Er musste wenigstens etwas zu

Kräften kommen, also aß er eine kleine Portion von einem exzellenten, würzigen Ragout. Zwei Gläser Wasser trank er in großen Schlucken, mit dem Wein war er vorsichtig.

Caspar und Miriam aßen schweigend. Die übrige Runde unterhielt sich während des Essens, David betrachtete sie näher. Neben seiner Schwester, ihm schräg gegenüber, saß eine junge Frau mit langen, blonden Haaren. Sie trug einen auffällig bunten Strickpullover und redete die ganze Zeit mit ihrem linken Tischnachbarn. Der war ein beleibter, ungepflegt aussehender Mann um die 60, der mehrmals so heiser und angestrengt lachte, dass man fürchten musste, er würde dabei ersticken.

Neben dem Dicken saß ein etwas jüngerer Mann mit schulterlangen, schwarzen Haaren und Schnurrbart und einem merkwürdigen, mit Mustern und Fransen verzierten Hemd. Er sah aus wie ein Cowboy aus einem Western der Siebziger. Der Cowboy war schweigsam und konzentrierte sich auf sein Essen. Hin und wieder nickte er einer älteren Frau zu, die ihm schräg gegenüber saß und ebenfalls permanent redete. Sie trug eine große Brille mit rotem Rand, war altmodisch gekleidet und erinnerte David an die tüchtige Frau Lorenz, die Chefin der Werbeagentur, für die er gelegentlich arbeitete.

Als Davids Blick zu der blonden Frau neben Miriam zurückkehrte, hatte sie wieder mit ihrem Nachbarn die Köpfe zusammengesteckt. David konnte hören, dass sie ihm leise etwas vorsang. Der Dicke lachte nicht mehr, sondern schaute andächtig ins Leere, während er zuhörte.

David wusste nicht, was für ein Lied es war. Aber er hatte es schon einmal gehört, genau von dieser Stimme.

Mit einem Mal hatte er auch die Bilder dazu im Kopf: Die Frau hatte auf einer Bühne gestanden und dort diese Melodie gesungen. Der Dicke hatte neben ihr Gitarre gespielt.

Miriam war dabei gewesen. Sie hatten dieses Lied gemeinsam gehört. Das war gar nicht lange her.

Natürlich, Caspars Party. Die Band auf der Bühne, der Festsaal mit den Runenbildern an der Wand.

»Schade, dass euer dritter Mann heute nicht da ist«, sagte Caspar zu der Sängerin. »Ich hoffe, es geht ihm bald besser.«

»Das hoffen wir auch«, sagte sie.

»Ist es etwas Ernstes?«, fragte Miriam betroffen. Aber die beiden antworteten nicht darauf.

»Wir spielen nachher trotzdem noch für euch«, sagte der Dicke. Er hob sein Weinglas und prostete Caspar zu, der die Geste erwiderte.

Auch wenn es eine kuriose Mischung von Leuten war, erschienen sie David doch jeder für sich genommen so normal. Ja, er war misstrauisch und hatte allen Grund dazu. Trotzdem konnte er sich nicht vorstellen, dass diese Menschen etwas Böses im Schilde führten.

Es gab eine Nachspeise und mehr Wein, die Runde wurde lauter und fröhlicher. David hielt an seinem Plan fest, später mit einem der Gäste zu sprechen und einfach zu fragen, ob er oder sie ihn von hier wegbringen würde. Vielleicht mit dem Cowboy, der ihm vertrauenswürdig erschien. Oder mit Frau Lorenz. Sie trank keinen Wein – möglich, dass sie später Auto fahren wollte.

Ansonsten war David vor allem darauf bedacht, nicht mit Caspar zu sprechen oder ihn auch nur anzusehen. Miriam dagegen taute immer mehr auf. Sie redete unaufhörlich mit Caspar, scherzte mit ihm und fragte ihn über die anderen Gäste aus.

Bald nach dem Dessert bat der Gastgeber die Anwesenden, hinüber in den Salon zu wechseln. Dort kam dezente Jazzmusik vom Plattenspieler, Caspar schenkte Getränke aus. Im Kamin brannte weiter das Feuer; zwischendurch kam Thea herein und legte neue Holzscheite auf.

Die Gäste verteilten sich auf Sofas und Sessel oder standen in kleinen Gruppen zusammen. Einige wirkten sehr vertraut miteinander und führten ernste Diskussionen. Der Hausherr bildete mit dem Silberhaarigen und Frau Lorenz eine Runde vor dem Kamin. Miriam unterhielt sich mit einer etwa gleichaltrigen Frau, die ein schwarzes Kostüm und eine schwarzrandige Brille trug. Sie machte einen freundlichen und intelligenten Eindruck. David schnappte auf, dass sie Soziologin war und an einer Universität unterrichtete.

Er fragte sich, was all diese Leute hier zu suchen hatten, und fühlte eine große Unruhe in sich. Er musste doch irgendwas tun, konnte nicht einfach nur das Spielchen mitspielen.

Kurz entschlossen stahl er sich aus dem Raum und betrat die Eingangshalle. Erneut versuchte er, dort die Tür nach draußen zu öffnen. Aber sie war immer noch – oder wieder – verschlossen. David bezweifelte, dass es etwas bringen würde, den Seiteneingang zur Küche erneut zu probieren.

Resigniert kehrte er um und lief ziellos umher. In der Bibliothek stieß er unvermittelt auf den Cowboy mit dem Schnurrbart, der vor einem Regal stand und in einem Buch blätterte.

Als er David bemerkte, blickte er auf und lächelte.

»Diese Sammlung ist großartig«, sagte er. Seine Stimme klang tief und voll. David vermochte nicht zu schätzen, wie alt er war.

»Was haben Sie gefunden?«

»Eine sehr alte Ausgabe von ›News from Nowhere‹ von William Morris. Ich hatte schon immer eine Schwäche für Utopien, und diese ist besonders gelungen.«

David streckte die Hand aus.

»Ich bin David.«

Der Mann ergriff sie, aber zögerlich, nicht mit dem kräftigen Händedruck, den David erwartet hatte.

»Phil«, sagte er.

»Sind Sie Amerikaner? Sie sehen ein wenig aus wie einer.«

»Nein. Phil ist ein Spitzname. Aber ich wurde schon immer so genannt.«

David hatte eine Idee und sprach sie aus, ohne darüber nachzudenken.

»Spielen Sie Billard?«

27

Sie wechselten in den kleineren Nachbarraum, in dem die zwei Billardtische standen. David war erleichtert zu sehen, dass keiner der anderen Gäste auf die gleiche Idee gekommen war.

In einer Ecke parkte ein Servierwagen, darauf Gläser und diverse Flaschen mit Hochprozentigem. Phil, offensichtlich nicht zum ersten Mal Gast in diesem Haus, schenkte ihnen Whisky ein.

Nachdem sie angestoßen hatten, begannen sie mit dem Spiel. Sonderlich gut war David nie im Billard gewesen. Zwar lag es ihm, weil es Ruhe und Konzentration erforderte, aber er hatte zu wenig Spielpraxis; sein Gegner entpuppte sich schnell als überlegen.

Während des Spiels kam der zuvor eher schweigsame Phil ins Reden. David erfuhr, dass er als Coach Menschen in schwierigen Lebenslagen beriet und ihnen half, wichtige Entscheidungen zu treffen. Die äußere Erscheinung eines Abenteurers kam trotzdem nicht von ungefähr; Phil bereiste häufig ferne Länder, sprach unter anderem Russisch und konnte sich sogar auf Tibetisch verständigen. Mehrmals schon hatte er internationale Reisegruppen durch den Himalaya geführt.

David fasste den Mut, ihn ins Vertrauen zu ziehen.

»Woher kennen Sie Caspar?«, fragte er, nachdem Phil eine dunkelrote Kugel mit einem entschlossenen Stoß diagonal über den Tisch ins Loch befördert hatte.

»Ich habe ihn zufällig bei meiner Wanderung auf dem Appalachian Trail getroffen. Wir waren beide allein unterwegs, aber wie das auf so einer Wanderung ist ... Man lernt jeden Tag neue Leute kennen, die aus der ganzen Welt kommen.«

Er versenkte eine weitere Kugel, diesmal aus kurzer Distanz.

»Caspars Ruf eilte ihm auf dem Trail voraus. Ich hatte schon mehrere Wanderer über den eigenwilligen Deutschen reden hören, bevor ich ihn traf. Er saß auf einem Felsen hoch über dem French Broad River und meditierte. Ich habe dort ebenfalls Rast gemacht, da kamen wir ins Gespräch.«

Der dritte Stoß ging daneben, David war an der Reihe, aber konnte seine Chance nicht nutzen. Stattdessen wagte er einen Vorstoß anderer Art.

»Und da hat er Ihnen gleich von seiner Gabe erzählt? Dass er mit Naturgeistern kommunizieren kann?«

»Ja«, sagte Phil, als wäre das völlig normal. »In einer solchen Umgebung ist das auch nicht ungewöhnlich. Man trifft viele besondere Menschen auf so einem Weg. Und viele entdecken und erleben unterwegs Dinge, die sie nie für möglich gehalten hätten.«

Die Stimme von Phil, der auf David zunächst so zurückhaltend gewirkt hatte, bebte vor Begeisterung.

»Stellen Sie sich vor«, fuhr er fort, »Sie laufen monatelang durch den Wald, bei Hitze, bei Kälte, ständig bergauf, bergab. Es führt Sie nicht nur an Ihre Grenzen. Sie werden eins mit der Natur und den Elementen. Es verändert Sie für immer.«

David nickte.

Phil räumte wieder zwei Kugeln hintereinander ab, während er weitersprach.

»Ich habe Caspar von meinen eigenen Erfahrungen erzählt, die seinen nicht unähnlich waren. Nicht nur auf diesem Trail, auch schon auf anderen Reisen, in denen ich lange allein in der Natur gewesen war. Ich wusste schon immer, dass da viel mehr sein muss als das, was gewöhnliche Menschen sehen. Aber ich hatte noch nie jemanden getroffen, der dieser unsichtbaren Welt so nahe steht wie Caspar.«

Er lochte eine dritte Kugel ein und hatte das Spiel damit gewonnen. David nickte erneut, diesmal aus Anerkennung. Er war erleichtert, dass Phil so ungezwungen mit ihm sprach.

Dieser war kaum zu stoppen: »Jeder von uns – damit meine ich die Gäste hier heute Abend – hat auf die eine oder andere Weise seine Erfahrungen gemacht. Aber viele, auch ich, glauben erst wirklich daran, seit wir Caspar kennen. Seitdem wissen wir, dass unsere Gabe auch einen Sinn hat. Dass wir damit tatsächlich die Welt verändern können.«

David zögerte kurz, bevor er fragte: »Inwiefern denn verändern? Was genau ist der Plan? Caspar hat mir nicht viel erzählt ...«

Phils Lächeln sah geheimnisvoll und überlegen aus.

»Ich kann Ihnen das jetzt nicht in allen Details erklären. Sie werden es bald verstehen. Aber es wird eine Phase des Umbruchs geben, in der es darauf ankommt, entschieden zu handeln. Den Menschen deutlich zu machen, dass es eine Chance ist.«

»Umbruch heißt: Weg von der Technik, zurück zur Natur?«

»Zum Beispiel.«

»Und was genau hat das mit den ... Unsichtbaren zu tun?«

»Im Grunde sind sie es, die den Umbruch herbeiführen werden. Sie werden Schritt für Schritt dafür sorgen, dass die Menschen auf sich allein gestellt sind, auf ihre Sinne und Instinkte, ohne virtuelle Netze. Ihnen wird gar nichts anderes übrigbleiben, als sich ihrer so genannten technischen Errungenschaften in einem riesigen Kraftakt zu entledigen.«

David schwieg. Ihm schwirrte der Kopf.

»Natürlich darf dann kein Chaos ausbrechen«, fuhr Phil fort. »Das ist der schwierigste Teil des Plans, daran arbeiten Caspar und wir seit Jahren. Den Menschen muss auf eine Art und Weise die Augen geöffnet werden, dass sie alle zu einem völligen Neuanfang bereit sind. Aber wenn sie erst sehen können, was wir sehen, dann werden sie es sein. Eine Trennung von der Welt der Unsichtbaren wird es dann nicht mehr geben. Wir werden die Welt gemeinsam mit ihnen neu gestalten.«

»Und dieser Umbruch soll gleichzeitig auf der ganzen Welt passieren?«

»Die Unsichtbaren kennen keine Grenzen. Und wir haben menschliche Verbündete überall. Caspar ist vielleicht der mächtigste, aber nicht der einzige Anführer. Und wir alle, die heute hier sind, spielen dabei entscheidende Rollen! Auf unsere Glaubwürdigkeit und Überzeugungskraft kommt es an. Wir müssen unseren ahnungslosen Mitmenschen erklären, warum der Umbruch geschieht und worin die Chancen bestehen.«

David dachte an die Menschen drüben im Speisesaal. Die Vorstellung, dass diese kleine Ansammlung die Welt verändern sollte, war lächerlich.

Phil erriet, was er dachte.

»Wir sind ganz normale Menschen«, sagte er. »Aber von hoher Intelligenz. Und mit dem entscheidenden Merkmal, dass wir gehört werden. Ob nun Wissenschaftler, Journalistin, Politikerin oder Künstler: Man folgt uns.«

David konnte die vielen Fragen in seinem Kopf kaum sortieren. Er sah Phil in die Augen und wusste, dass ihm die Verwirrung ins Gesicht geschrieben stand.

»Was denken Sie?«, fragte dieser.

»Ich ... Für mich ist das alles noch sehr neu. Vielleicht fehlt mir auch einfach die Fantasie. Caspar ist eigentlich nur ... ein alter Freund.«

»Aber er wollte Sie unbedingt dabeihaben. Er hat oft von Ihnen erzählt, und von Ihrer Schwester. Ich glaube, er fühlt sich dann am stärksten, wenn Sie beide an seiner Seite sind. Darum müssen Sie bleiben. Caspar wusste, dass es Ihre Bestimmung ist.«

David hatte keine Lust auf eine Revanche im Billard. Er legte den Queue ab, stützte sich mit beiden Händen auf die Tischkante und atmete tief durch.

»Meine Bestimmung?«

»Sie können ihm vertrauen.« Phil klang wie ein Therapeut. Sicher war er beliebt bei seinen Patienten, Klienten oder wie immer er sie nennen mochte.

»Sie müssen ihm vertrauen. Niemand weiß mehr darüber, was wirklich in der Welt vor sich geht.«

»Sehen Sie das?«

David blickte Phil direkt an und zeigte auf die Schwellung in seinem Gesicht, die immer noch schmerzte.

Phil sah ihn verständnislos an.

»Sehen Sie das nicht?« David wurde lauter. »Das war Caspar. Wussten Sie, dass er uns zwingt, hierzubleiben?«

Phil sagte nichts.

»Er hat mich eingesperrt und mir ein blaues Auge verpasst. Ich bitte Sie jetzt, mir zu helfen, indem Sie mich von hier wegbringen. Ich will mit alldem nichts zu tun haben.«

»Ich werde nichts dergleichen tun. Ich weiß nicht, was da zwischen Caspar und Ihnen passiert ist«, sagte Phil. »Wahrscheinlich ist da ein alter Konflikt wieder aufgebrochen. Sie sollten das überwinden.«

David schüttelte resigniert den Kopf.

»Ihre Schwester wirkt fröhlich und zufrieden. Im Gegensatz zu Ihnen scheint sie schon verstanden zu haben, dass es einen wichtigen Grund gibt, hier zu sein.«

»Meine Schwester und ich wurden von Caspar unter Drogen gesetzt und hierher verschleppt«, brüllte David. Seine Hoffnung, in Phil einen Verbündeten zu haben, hatte er verloren, damit auch die Beherrschung. »Er ist verrückt und gefährlich!«

Phil schwieg. Er blickte über Davids Schulter Richtung Tür und seine Augen weiteten sich.

David fuhr herum, doch da war es schon zu spät. Wieder hielt Caspar ihn fest. Diesmal war Johann nicht zu sehen, aber Phil war da, um Caspar zu helfen.

David wehrte sich mit Händen und Füßen. Die desillusionierende Unterhaltung mit Phil hatte ihn verzweifelt und wütend gemacht. Doch wieder kämpfte er allein gegen zwei. Caspar improvisierte schnell und band eine Kordel von einem der Vorhänge los, mit der Phil ihn fesselte.

»Verrückt und kriminell! Das seid ihr alle!«, rief David.

Sie führten ihn in die Eingangshalle. Drei weitere Gäste

kamen ihnen entgegen, angelockt von dem Tumult, darunter Miriam. Sie sah ihren Bruder nur mitleidig an, ohne das Geschehen zu kommentieren.

»Wach endlich auf!«, rief David ihr zu, als sie schon an ihr vorbei waren.

Sie antwortete nicht.

Ein weiterer Gast, den David bislang nicht wahrgenommen hatte, sprang Caspar und Phil zur Hilfe. Er war jung und hatte die hellbraune Hautfarbe und die schwarzen Augen und Haare eines Inders. Zu dritt zwangen sie David die Haupttreppe hinauf und zurück in das Zimmer, in das er schon beim ersten Mal eingesperrt worden war.

Doch diesmal war Caspar noch nicht fertig mit ihm.

»Ihr bleibt hier, ich bin gleich zurück«, sagte er zu Phil und dem Inder.

Sie bewachten David schweigend.

Nach ein paar Minuten kehrte Caspar zurück, eine Spritze in der Hand. Sie war zur Hälfte mit einer klaren Flüssigkeit gefüllt, Caspar hielt die Nadel nach oben.

»Bleib mir vom Leib damit!«, schrie David.

»Festhalten«, sagte Caspar.

Phil und der Inder gehorchten aufs Wort. David hatte keine Chance zurückzuweichen und Caspar fackelte nicht lange. David trug nur ein T-Shirt, seine Unterarme lagen bloß. Caspar packte den linken, drehte ihn um und setzte ihm die Nadel in die Armbeuge. Schon spürte David den feinen, trotzdem schmerzhaften Stich.

»Was ist das?«, fragte er, während er bereits merkte, wie ihm schwindelig wurde.

»Das sorgt für ein bisschen Ruhe und vielleicht endlich mal für Klarheit in deinem Kopf«, sagte Caspar.

Davids Knie gaben nach. Phil und Caspar hielten ihn fest und hievten ihn auf das Bett.

Caspar sagte: »Ich kann es nicht fassen, wie sehr ich mich in dir getäuscht habe. Nicht nur, dass du schlicht vergessen hast, dass ich dir einmal ein großes Geheimnis anvertraut habe. Jetzt, wo ich dir noch eine Chance gebe und dich wieder ins Vertrauen ziehe, blockierst du völlig. Aber meine Hartnäckigkeit solltest du nicht unterschätzen.«

Während Davids Blick sich vernebelte, sah er noch, wie die drei das Zimmer verließen.

Dann wurde alles dunkel.

28

Die folgenden Stunden waren die quälendsten, die David je erlebt hatte. Er pendelte zwischen verwirrenden Träumen und mal sorgenvollen, mal panischen Zuständen, wenn er wieder für ein paar Minuten wach war. Er fühlte sich kraftlos und hatte Gliederschmerzen. In langsamen Wellen kamen Übelkeitsattacken und er befürchtete, sich bald übergeben zu müssen.

Im Zimmer herrschte vollkommene Dunkelheit, aber er war zu schwach um aufzustehen und das Licht anzuschalten, wollte es auch gar nicht. Er hoffte, endlich ruhigeren Schlaf zu finden, und dass sein Körper mit dem Zeug, das Caspar ihm gespritzt hatte, bald fertig werden würde.

Es sorgt für Klarheit in deinem Kopf, hatte er gesagt. Vielleicht war es das gleiche Mittel wie in dem Cocktail, der Miriam und ihn eingeschläfert hatte, oder etwas noch Stärkeres.

Das wievielte Mal war es gewesen, dass Caspar ihn gewaltsam außer Gefecht gesetzt hatte? Drogen im Cocktail. Fesseln und Schläge. Jetzt die Injektion. Was wäre er noch bereit zu tun, um den Willen anderer Menschen zu brechen? Er hoffte wohl, dass David allein aus körperlicher Schwäche und dank bewusstseinsverändernden Substanzen irgendwann seinen Widerstand aufgeben würde. Bei Miriam hatte es schließlich funktioniert, auch wenn David sich nicht recht vorstellen konnte, wie. Da mussten ganz andere Gefühle – Mächte? – im Spiel sein.

Doch er war absolut nicht bereit, Caspars absurdes Theater mitzuspielen, nicht einmal zum Schein. Jemand musste ihm klar sagen und zeigen, dass er derjenige war, der dringend Klarheit im Kopf brauchte.

David wusste nicht, wie er das anstellen sollte. Aber es war dieses Vorhaben, an das er sich klammerte, um nicht völlig durchzudrehen.

Immerhin war er diesmal seine Fesseln losgeworden. Die Kordel vom Vorhang war zu glatt, als dass der Knoten dauerhaft hätte halten können. Er hatte seine zusammengebundenen Handgelenke immer wieder gedreht und gewunden, bis seine Haut gebrannt hatte, aber die Fessel hatte sich stetig gelockert.

Als seine Übelkeit mal wieder etwas nachgelassen hatte, raffte David sich hoch und setzte sich auf die Bettkante. Atmete tief ein und aus und stand auf. Ging vorsichtig ein paar Schritte, im stockfinsteren Raum die Arme nach vorne ausgestreckt. Fand den Türrahmen und den Lichtschalter daneben. Beim plötzlichen Schein der Deckenlampe kniff er die Augen zusammen.

Er setzte sich wieder hin und versuchte, positiv zu denken. Ja, er fühlte sich wie durch die Mangel gedreht. Aber er war gesund, weder ernsthaft verletzt noch geistig verwirrt.

Er würde einen Weg aus dieser Situation finden.

Abermals stand er auf und schaute zum ersten Mal in den Schrank neben dem Kopfende des Bettes. Darin hingen ein paar glatt gebügelte, weiße Hemden, einige Anzughosen und zwei dunkle Jacketts. Wahrscheinlich gehörten sie Johann.

David schaute in die Schubladen des Schreibtischs an der Wand gegenüber. Die oberste enthielt Krimskrams. Ein leeres Notizbuch. Eine Lupe. Ein Kartenspiel. Eine Schatulle mit Münzen, die David noch nie gesehen hatte. Zwei runde, glatt polierte Steine. Einer schwarz, einer rostrot. In der Schublade darunter lagen weißes Papier, mehrere Füllfederhalter und Bleistifte, daneben fand er ein kleines Glas mit Tinte.

David öffnete die dritte Schublade und sah einen Stapel Briefumschläge sowie eine rechteckige Metalldose mit Briefmarken aller Art. Neben der Dose lag ein Brieföffner. Ein altmodisches Exemplar mit einem hübschen, glatten Holzgriff und einer spitzen, goldenen Metallklinge.

David nahm ihn in die Hand.

Eine richtige Waffe.

Er schloss die Schublade und löschte das Licht. Dann legte er sich wieder auf das Bett und schob den Brieföffner mit der Klinge voran unter seine Matratze.

An Schlaf war nicht mehr zu denken, aber ihm war endlich nicht mehr übel.

29

Fremde Düfte waberten durch den hohen Raum. Süß und würzig. Es war sehr warm. Obwohl Miriam nur leicht bekleidet war, schwitzte sie. Im Kamin brannte ein Haufen Zweige. Die Flammen malten tänzelnde Schatten. Sie gaben ihr das Gefühl, dass sich sowohl die Wände als auch die Zimmerdecke über ihr bewegten.

Sie saßen im Schneidersitz auf dem Fußboden, auf großen, bunten Kissen aus grobem Stoff, und bildeten einen Kreis. Caspar rechts neben ihr, links neben ihr die blonde Frau. Daneben saß der dicke Mann, mit dem sie zuvor gemeinsam musiziert hatte, nachdem die Gesellschaft die übrigen Gäste verabschiedet und sich in diesen Raum zurückgezogen hatte. An Caspars Seite saß ein älterer, förmlich gekleideter Mann mit silbergrauem, gewelltem Haar. Zwischen ihm und dem dicken Gitarristen, Miriam gegenüber, hatte eine kleine Frau mit einer großen Brille Platz genommen. Ihre weiße, bis zum Hals zugeknöpfte Bluse mit riesigem Kragen sah unbequem aus.

Caspar hatte, während das Duo seine Lieder darbot, mit einem weißen Pulver ein kreisförmiges Muster auf den Boden gestreut. Die Zugeknöpfte hatte ihm dabei geholfen. Anschließend hatten sie sich alle um diesen Kreis herum gruppiert.

Nun saßen sie schon sehr lange dort und ließen eine große, kugelrunde Flasche im Kreis herumgehen. Die dunkle Flüssigkeit darin war süß und herb zugleich, duftete betörend nach Honig und schmeckte ein wenig bitter wie Holunder.

Nach jedem Schluck fühlte Miriam, wie es sie beflügelte. Es war alles so klar. So einfach, nur im Hier und Jetzt zu sein. Nur dieser Raum zählte. Er konnte irgendwo sein, auf dem Grund der See, tief im Inneren der Erde unter tausenden Kilometern Fels oder schwebend im Dunkel des Weltalls. Was draußen passierte, wie es David ging, ihrem Sohn und ihrem Mann, daran dachte sie nicht eine Sekunde mehr. Diese Gemeinschaft hier war stärker, wichtiger als alles, was sie je gekannt hatte.

Sie nahm Caspars Hand und drückte sie.

Er erwiderte den Druck, ohne sie anzusehen, lange und kräftig. Der dicke Silberring an seinem Daumen presste sich schmerzhaft gegen ihren Handrücken. Aber der Schmerz war angenehm. Er ließ sie umso mehr spüren, dass sie wirklich hier bei ihm war.

Caspar hielt die Augen die ganze Zeit geschlossen, einige der anderen ebenfalls. Nun begann er, leise zu summen. Es war kaum eine Melodie, nur eine Folge langanhaltender Töne. Nach und nach stimmten die anderen mit ein, so dass das Summen anschwoll.

Miriam traute sich nicht, einzustimmen, aber lauschte fasziniert. Sie fühlte sich wie getragen von den Stimmen. Und irgendwann wurde der volle, stetige Klang eins mit den tanzenden Schatten, dem Duft des Feuers, dem verführerischen Geschmack des Getränks. Alles wurde zu einer einzigen, überwältigenden Wahrnehmung.

»Ja«, sagte Caspar.

»Ja, ich höre dich.«

Erst wollte Miriam ihn fragen, mit wem er sprach. Aber er musste ihren Impuls gespürt haben. Er drückte ihre Hand noch fester und sie verstand das Signal.

Die anderen fuhren mit dem summenden Gesang fort, wurden sogar lauter.

»Wir sind gewachsen«, sagte Caspar. »Wir werden immer stärker. *Ich* werde immer stärker. Ich habe nun alle Menschen an meiner Seite, die ich brauche, damit wir beginnen können.«

Er sprach laut und langsam, fast angestrengt.

Miriam sah im flackernden Licht, wie ihm feine Schweißperlen auf die Stirn traten.

Dann machte er eine Pause, schien auf etwas zu horchen. Sein Mund war leicht geöffnet und seine Lippen bewegten sich fast unmerklich, als würden sie nachahmen, was er hörte.

»Das werden wir«, sagte er nun wieder laut. »Wir werden ... eure Verbündete sein, wie es von Anfang an vereinbart war. Ich halte mein Wort. Durch uns werden die Menschen ... verstehen, was ihr seid. Und wie wir alle in Zukunft diese Welt ... gestalten werden.«

Es schien ihm immer schwerer zu fallen, sich zu konzentrieren. Er drückte wieder Miriams Hand, so fest, dass sie das Gesicht verzog und Mühe hatte, nicht zu wimmern.

Dann formte er mehr stille Worte mit seinen Lippen.

»Wann?«, fragte er schließlich. »Wann wird es beginnen?« Ein dringendes Flehen in seiner Stimme.

Er hielt die Luft an, während er der unhörbaren Stimme lauschte. Jetzt bewegten sich seine Lippen nicht mehr, sondern waren fest aufeinandergepresst. Sein ganzer Körper war angespannt. Und immer noch hatte er Miriams Hand gepackt. Die Schmerzen wurden für sie beinahe unerträglich.

Dann ließ der Druck plötzlich nach. Caspars Hände sanken schlaff zu Boden, sein Kopf fiel auf seine Brust, er atmete ein paar Mal schwer ein und aus.

Die Anderen im Kreis öffneten die Augen. Der summende Klangteppich war verschwunden. Feuer und Schatten schienen sich beruhigt zu haben, das Flackern des Lichtes hatte nachgelassen.

Alle in der Runde sahen Caspar an, gütig, freudig, erfüllt von Stolz und Bewunderung.

Auch Miriam lächelte. Sie wusste nicht, was passiert war, aber sie wusste, dass es diesen Kreis noch fester zusammenschweißen würde. Das erfüllte sie ebenfalls mit Stolz.

Caspar drehte sich zu ihr, hob seine Hand und strich ihr langsam über die Wange. Dann beugte er sich hinüber und küsste sie.

30

Ein lautes Klicken weckte David. Das Geräusch des
Schlüssels in der Tür, die von außen aufgeschlossen
wurde. Irgendwann mussten ihm doch die Augen zugefallen
sein und er hatte tief geschlafen. Auf einen Schlag war er
hellwach.

Jemand kam ins Zimmer und trug etwas mit beiden Händen. Es war nicht Caspar.

David setzte sich auf und erkannte Johann, der das Tablett
auf dem Schreibtisch abstellte. Als er aufstand, fuhr Johann
herum.

»Bleib da sitzen!«, bellte er. »Wieso bist du nicht gefesselt?«

David handelte, ohne nachzudenken. Er wusste genau,
wo er den Brieföffner unter die Matratze geschoben hatte.
Bevor Johann ahnte, was geschah, hatte David die Waffe in
der Hand. Zu seinem eigenen Erstaunen zögerte er nicht,
sondern rammte sie Johann mit voller Wucht in die Schulter.

Der stolperte nach hinten gegen den Schrank und schrie
auf. Erst als David sah, wie der Brieföffner in Johanns Schulter steckte und sich sein Hemd rot färbte, begriff er, dass er
die Klinge genauso in die Brust hätte stoßen und damit viel
Schlimmeres anrichten können.

Der Alte hatte Mühe, sich hochzurappeln. David nutzte
den Moment. Er sprang fast aus dem Zimmer, griff nach
der Tür und schlug sie zu. Der Schlüssel steckte. Johann war
schon auf der anderen Seite und zog an der Klinke, doch

David konnte die Tür geschlossen halten und drehte den Schlüssel.

Ein Adrenalinschub, wie er bisher keinen gekannt hatte, durchfloss ihn, ein irres Triumphgefühl, vor dem er selbst erschrak. Er hatte einen Menschen übel verletzt. Der Drang, endlich nicht mehr eingesperrt zu sein, war stärker als jeder Skrupel gewesen.

David überlegte, ob er den Schlüssel abziehen und einstecken sollte, ließ es dann aber. Hauptsache, Johann konnte ihm nicht sofort folgen.

Er wandte sich ab von der Tür und schwor sich, kein drittes Mal in diesem Zimmer zu enden.

Davids Euphorie war schnell verpufft. Er musste feststellen, dass er sich zwar aus seinem Zimmer befreit hatte, doch trotzdem gefangen blieb. Während er erneut erfolglos probierte, Haupt- und Seiteneingang zu öffnen, war er immer darauf gefasst, Caspar oder einem seiner Gehilfen zu begegnen. Aber das Gebäudeinnere war wie ausgestorben.

Durch das große Küchenfenster sah David, dass es dämmerte. Unmöglich zu schätzen, wie viel Zeit er diesmal in der Kammer verbracht hatte. Er fror, und er fragte sich, was Caspar aus seinem Rucksack gemacht hatte, in dem sich zwei Pullover befanden.

Die Küche war sauber und aufgeräumt. Überall war es vollkommen still. Gäste waren längst keine mehr hier, auch von Thea fehlte jede Spur. Vielleicht war sie bereits auf der Suche nach ihrem eingesperrten Mann.

David überlegte, ob er das Küchenfenster einschlagen sollte. Aber die Holzstreben zwischen den Scheiben ließen zu wenig Platz, um nach draußen zu klettern. Also ging er zurück in die Eingangshalle mit dem Vorhaben, sich die übrigen Fenster im Erdgeschoss genauer anzusehen.

Als sein Blick auf die drei glänzenden Ritterrüstungen fiel, hielt er inne. Zwischen dem linken und dem mittleren Harnisch zeichnete sich ein dunkler Spalt in der Wand ab. David war sicher, dass er vorher nicht da gewesen war.

Er ging näher hin und sah, dass sich dort eine Tür nur angelehnt war, wie die Wand vollkommen von einer verschnörkelten, rotbraunen Relieftapete bedeckt, ohne Klinke oder Knauf. Wenn man sie schloss, war sie unsichtbar.

David schob einen Finger in den Spalt und zog die Tür vorsichtig weiter auf. Im Dunkeln dahinter führte eine enge Wendeltreppe nach unten.

War das der direkte Zugang zum Keller? Ihm war unwohl bei dem Gedanken, hinunterzugehen. Aber dort befand sich der einzige ihm bekannte Ausgang aus dem Schloss, den er nicht überprüft hatte.

David öffnete die Tür noch ein Stück und war dankbar, dass sie dabei nicht quietschte. Langsam stieg er die ersten drei Stufen hinab. Alles in ihm sträubte sich. Er fühlte sich wieder wie der kleine Junge, der Angst vor dem Keller gehabt und den Weg in das dunkle Unbekannte immer gemieden hatte.

Das war absurd; zumindest redete er sich dies bei jedem Schritt ein, den er weiter hinabstieg.

Nach zehn Stufen nahm er einen Geruch wahr, genau wie beim letzten Mal, als er den Keller über die andere Treppe betreten hatte. Der Duft von brennenden Zweigen. Wieder Thea, die dort unten ein Ritual vollführte?

David nahm mehr Stufen, blieb erneut stehen und horchte. Gesänge hörte er diesmal keine. Dafür machte er einen schwachen, rötlichen Lichtschein aus.

Ein weiteres Dutzend Stufen tiefer endete die Wendeltreppe auf einem Gang. Diesen Teil des Kellers hatte David bisher nicht betreten. Er war ein ganz eigenes, privates Reich, das nichts mit den pragmatischen Räumen zu tun hatte, in denen Lebensmittel gelagert wurden. Dunkelroter Teppich, Tapeten im gleichen Farbton. An den Wänden einige Lampen, deren Schirme ebenfalls rot waren, wie in einem unheimlichen, zwielichtigen Hotel.

Wieder dieser Geruch nach Feuer, deutlicher als oben an der Treppe.

Zwischen den Lampen prangten zwei riesige Bilder. Schwarze Runen auf rotem Grund. Eine sah aus wie die Spitze eines Pfeils, der nach links zeigte. Das andere Symbol erinnerte an ein umgedrehtes, schiefes U.

Der Anblick jagte David Angst ein. Selbst für jemanden der nicht an die Macht solcher Zeichen glaubte, strahlten sie nichts Gutes, geschweige denn Beschützendes aus. Wer an diesem Ort positive Energien verspürte, mit dem stimmte etwas nicht.

David bezweifelte stark, dass es hier unten einen Weg nach draußen gab. Aber was konnte er Besseres tun, als sich weiter umzusehen?

Er ging ein paar Schritte und gelangte an eine Tür. Während er überlegte, ob er sie öffnen sollte, hörte er leise die Stimme einer Frau aus dem Raum dahinter.

David legte sein rechtes Ohr an die Tür. Die Stimme war undeutlich, doch es war die seiner Schwester. Sie klang anders, sprach langsam und gedehnt, aber sie war es.

War jemand bei ihr und redete mit ihr?

Eine zweite Stimme war nicht zu hören.

So langsam er konnte, drückte David die Klinke nach unten und schob die Tür auf.

Der Raum war viel größer, als er erwartet hatte. Weil es nichts gab, das die Sicht versperrte, wirkte er riesig wie ein Saal. Die Wände waren kahl und es gab keine Möbel im Raum, nur mehrere mannshohe Kerzenleuchter verbreiteten warmes Licht.

David dachte schon, er hätte sich wegen der Stimme geirrt. Erst als er die Tür weiter öffnete, sah er Miriam in der Mitte des enormen Raumes auf dem Boden sitzen. Beim Licht der Kerzen erahnte er sie nur schemenhaft, aber er erkannte den Umriss ihres Kopfes, die Form ihrer Schultern. Caspar saß ihr gegenüber, mit dem Rücken zu ihm. Sie bemerkten nicht, dass jemand den Raum betreten hatte.

Als David sich ihnen langsam näherte, sah er, dass sie beide nackt waren. Sie saßen im Schneidersitz auf einer Decke, die Arme in den Schoß gelegt, wie Spiegelbilder einander gegenüber.

Trotz der Weite des Raumes war es darin warm und stickig. In einem Kamin glühten Holzscheite.

Miriam hatte aufgehört zu sprechen, atmete nur tief. David

sah, wie sich ihre Brust hob und senkte. Wie sie dort saß, nackt und mit gesenktem Kopf, wirkte sie verletzlich und verloren. Seine Schwester so zu sehen, verstörte David. Darum konnte er nicht einfach unbemerkt umkehren, auch wenn ihm die Situation peinlich war. Er musste wissen, was mit ihr geschah.

Caspar hob eine Hand und führte etwas Rauchendes zu seinem Mund. Im Halbdunkel glühte es auf, als Caspar kräftig daran zog. Die beiden waren bestimmt zehn Meter entfernt, aber David bemerkte eine Welle des seltsamen Duftes, als Caspar den Rauch langsam mit leicht erhobenem Kopf ausblies, so dass er sich über Miriams Kopf im Raum verteilte. Kein Gras. Oder doch – aber mit anderen Düften vermengt.

David sah, wie Caspar Miriam die Zigarette reichte, und hörte, dass er dabei etwas zu ihr sagte. Zu leise, um es auf die Entfernung zu verstehen.

Miriam lachte auf. Es war ein lautes Lachen, das aus ihrem tiefsten Inneren kam und für David fremd klang.

Sie nahm die Zigarette und zog daran.

David trat noch näher, darauf bedacht, möglichst im Dunkeln zu bleiben; doch er spürte, dass die beiden ohnehin in ihrer eigenen Welt waren.

Nun sah er, dass sie in der Mitte eines kreisförmigen Musters auf dem Boden saßen, ähnlich wie jenes, in dem Thea ihn attackiert hatte. Caspar trug zwar keine Kleidung, dafür aber seinen silbernen Anhänger um den Hals. Eine große, runde Glasflasche mit einer dunklen Flüssigkeit stand neben ihm.

Joints und Alkohol, ist das dein ganzes Geheimnis, Caspar?, dachte David. Waren es nur Drogen gewesen, die seine Schwester innerhalb weniger Tage komplett verändert hatten?

Miriam ließ den Rauch langsam aus ihrem Mund entweichen, dabei hielt sie die Augen geschlossen und lächelte genüsslich.

David hatte keine Ahnung, was er eigentlich tun sollte, und trat trotzdem näher.

Caspar nahm Miriams Hände in seine.

»Was fühlst du?«, fragte er. Er sprach langsam, als müsste er sich bei jedem Wort anstrengen.

»Ich fühle mich so ... geborgen.«

Auch Miriams Stimme klang, als wäre sie weit weg.

»Das bist du. Hier sind wir beschützt.«

»Wer beschützt uns?«

»Die Unsichtbaren. Fühlst du nicht, dass sie da sind?«

»Ich weiß nicht, was du meinst ...«

Wie zur Antwort streichelte Caspar Miriam über den Kopf.

David ertrug es nicht. Ohne nachzudenken, machte er einige schnelle Schritte auf die beiden zu.

»Miriam«, sagte er laut.

Ihr Kopf fuhr hoch, sie sah ihn an. Caspar zog seine Hand zurück und drehte sich zu ihm um.

Sie waren vollkommen überrascht und sagten einige Sekunden lang nichts, starrten ihn nur an. David war sicher, dass beide nicht auf Anhieb wussten, wer er war.

Er ging auf Miriam zu, streckte eine Hand aus, um sie am Arm zu packen und mitzunehmen, doch sie wich ihm aus.

»Lass mich«, rief sie, und ihr Gesicht sah angewidert aus. »Was machst du hier? Lass uns in Ruhe!«

Sie lallte, ihre Stimme überschlug sich.

»Wieso ... bist du hier?«, fragte Caspar. Er wollte sich aufrappeln, kam kaum auf die Füße, blieb auf Knien hocken und stierte den Eindringling an.

Jetzt erst merkte David, wie benebelt die beiden wirklich waren. Er hatte sie aus einer Trance gerissen, genau wie es bei Thea gewesen war. Dieser ganze Ort war auf einer anderen Ebene, zusammen mit allen Menschen hier – allen außer ihm. Und immer war er es, der störte.

Doch Caspar war ausnahmsweise nicht Herr der Lage, das musste David ausnutzen.

»Komm mit mir!«, sagte er zu Miriam, wobei er auf sie zuging und versuchte, sie aufzuheben. Doch sie krabbelte von ihm weg.

»Hör auf!«, schrie sie mit einem heulenden Unterton. »Du ... verstehst gar nichts! Du sollst ... verschwinden!«

Als David einen letzten Versuch unternahm, Miriam zu packen, trat sie nach ihm und traf ihn an der Schulter.

Er wich zurück und sah seine Schwester an, die sich jetzt neben Caspar zusammengekauert hatte wie ein scheues Tier. Neben Caspar, der so völlig entblößt selbst ein erbärmliches Bild abgab und nun aus unerfindlichen Gründen begann, mit einer Hand herumzufuchteln. Sollte es eine Drohgebärde sein? Oder hatte er Wahnvorstellungen?

»Euch ist nicht zu helfen«, sagte David, während er den Rückzug antrat. »Ich finde einen Weg hier raus und werde dafür sorgen, dass dieser Wahnsinn hier aufhört.«

David hatte schon fast die Tür erreicht, als er Caspars Stimme noch einmal hinter sich hörte. Ob er das undeutliche Gebrüll richtig verstand, dessen war er nicht sicher.

»Sieh dich vor, mein Bester! Da draußen ... Das könnte ... gefährlich für dich sein!«

31

David trat zurück auf den roten Flur. Wenige Meter weiter entdeckte er eine zweite Tür, die er diesmal ohne Zögern öffnete. Der Raum dahinter war kleiner und ebenfalls fast vollkommen leer. Nur in einer der gegenüberliegenden Ecken erahnte er einige Möbelstücke unter einer großen Plastikplane.

Ihm fiel auf, dass das Licht ein anderes war. Keine Kerzen, keine roten Lampenschirme. Stattdessen schien durch ein schmales Kellerfenster an der gegenüberliegenden Wand fahles Mondlicht herein. Die Öffnung war über einen Meter breit, aber weniger als 50 Zentimeter hoch.

Trotzdem: ein Weg nach draußen.

Sofort war David felsenfest überzeugt, dass er diese Chance nutzen würde. Nur – das Oberlicht befand sich in mindestens zwei Metern Höhe und er sah keine Möglichkeit, dort hinauf zu gelangen.

Sein Blick fiel auf die Abdeckplane. Er ging hinüber und hob sie an. Darunter verbargen sich mehrere, große, aus Holz geschnitzte Figuren, ähnlich wie die, die er schon an anderen Stellen im Schloss gesehen hatte. Zwei fast mannshohe Gestalten standen auf dem Boden, vier weitere verteilt auf zwei Tischen. Einige waren als weiblich, andere als männlich zu erkennen, aber alle waren nur zum Teil menschlich. Zwei Figuren trugen Geweihe, ganz ähnlich wie die Masken an der Wand im oberen Stockwerk. Es gab ein nixenhaftes Wesen mit einem Fischschwanz und langem, fließendem Haar. Eine besonders abscheuliche Erscheinung trug die halb ausgebreiteten Flügel einer Fledermaus und hatte einen grotesk langgestreckten Kopf mit Augen, die nur zwei schräge Schlitze waren.

Er musste an die Tische gelangen. Wenn er sie übereinanderstellte und darauf kletterte, würde er das Fenster erreichen.

David zog die Plane ganz herunter, schob die beiden großen, geschnitzten Figuren beiseite und hob die kleineren eine nach der anderen von den Tischen. Sie waren massiv und erstaunlich schwer. Außerdem war es ihm zuwider, sie überhaupt anzufassen, und er vermied es, in ihre Augen zu sehen.

Er zog einen Tisch bis unter das Fenster, holte den zweiten und hievte ihn darauf. Gott sei Dank waren sie unterschiedlich groß, so dass er relativ leicht auf den oberen würde klettern können.

Wie aber nach draußen gelangen?

Das schmale Fenster war nicht zum Öffnen gedacht, hatte keinerlei Griff oder Hebel an der Seite.

Also musste er es einschlagen, doch womit?

Wieder zurück und auf die Suche zu gehen, kam für David nicht in Frage. Aber bis auf die Holzfiguren gab es nichts im Raum. Eine von ihnen würde dafür herhalten müssen.

Er suchte sich die aus, die am handlichsten erschien und am leichtesten zu heben war: eine schmale Gestalt mit dürren Beinen, die in Pferdehufen endeten, während Oberkörper und Kopf die eines Mannes waren. Außerdem trug die Skulptur einen langen Schweif, der sich locker um ihre Beine wickelte. Die eigenwillige Abwandlung eines Zentauren. Das Zwitterwesen hatte die Augen geschlossen und die Arme vor der nackten Brust verschränkt.

Wenn man die Figur an ihren dünnen Beinen festhielt, war sie einem schweren Baseballschläger nicht unähnlich, und konnte sich als wirkungsvolle Waffe entpuppen.

Bevor David die gestapelten Tische erklomm, schloss er die Tür. Auch wenn Caspar und Miriam wohl noch immer nebenan im Rausch vor sich hin dämmerten, wollte er den Lärm so gut wie möglich dämpfen.

Mit der Holzfigur in einer Hand kletterte David auf den unteren Tisch, dann vorsichtig auf den oberen, um nicht das ganze Gebilde aus der Balance zu bringen. Der obere Tisch war klein und oval geformt. Es dauerte etwas, bis er auf Knien eine Position gefunden hatte, die sich sicher anfühlte.

Das Fenster hatte er direkt vor sich, aber würde er in dieser Haltung ausreichend Kraft aufbringen, es einzuschlagen, ohne dabei herunterzufallen?

Die Figur war schwer genug, daran zweifelte er nicht.

Er hatte ohne Zögern handeln wollen, aber brauchte doch einige Augenblicke, um sich zu sammeln.

David zwang sich, ein paar Mal tief ein- und auszuatmen. Dann umklammerte er die Figur fest mit beiden Händen und hob sie über die linke Schulter. Er richtete sich leicht auf. Prüfte nochmals, ob der Tisch nicht wackelte.

Wenn nicht jetzt, wann dann?

David holte weiter aus – und schwang die Figur mit aller Kraft nach vorne.

Sie knallte gegen die Scheibe und David hörte erleichtert, wie sie mit einem gewaltigen Scheppern zersprang. Er drehte den Kopf weg und klammerte sich an der Tischkante fest. Seine Konstruktion hielt.

Als er wieder hinsah, waren einige unregelmäßig geformte Teile des Glases herausgebrochen, andere waren gesprungen, aber steckten noch im Rahmen fest.

Zu wenig Platz, um sofort hinauszuklettern.

Schnell schlug er mit der Figur weitere Glasstücke aus dem Rahmen. Das machte deutlich weniger Lärm als der erste Hieb, aber David war sicher, dass Caspar – und vielleicht andere Anwesende – es hören mussten und bald kommen würden. Wenn er sich nicht beeilte, würden sie ihn an der Flucht hindern und erneut wegsperren.

Als er auf einer Seite fast das gesamte Glas entfernt hatte, steckte er den Kopf hinaus und sah lichtes Gebüsch vor dem Fenster. Er schob den Oberkörper nach vorne und stützte sich mit den Händen auf dem feuchten Erdboden ab. Obwohl er erst halb draußen war, durchfluteten ihn sofort Glücksgefühle.

Frei!

David horchte kurz, ob sich drinnen jemand näherte, aber

da war nichts. Hatten sie tatsächlich nichts gehört? Oder war ihnen inzwischen egal, was er trieb?

Er stieß sich mit den Händen ab und zog den Rest seines Körpers durch die Öffnung. Dabei schrammte sein rechtes Bein an einer Scherbe entlang, die noch im Fensterrahmen steckte. Sie schlitzte seine Hose auf und schnitt ihm in die Vorderseite seines Oberschenkels.

Doch David achtete kaum darauf. Er strampelte sich aus der Öffnung heraus und kroch ein paar Meter in das Gebüsch hinein.

Selten hatten sich frische Nachtluft im Gesicht und kühler Erdboden unter seinen Händen so gut angefühlt.

Teil IV

Die Unsichtbaren

32

Als David aus dem Gebüsch trat, wehte ihm kräftiger, frischer Wind ins Gesicht. Obwohl er nur ein T-Shirt trug, war ihm heiß. Sein Herz raste immer noch.

Er sah sich um und stellte fest, dass er sich im Park auf der Rückseite des Schlosses befand. Die wuchtigen Mauern waren im Mondschein nur undeutlich zu sehen. Nirgendwo in den Fenstern sah er Licht; auf einen zufälligen Besucher hätte das Anwesen verlassen gewirkt.

Mehr kräftige Windböen pflügten durch die Bäume und Büsche. Die Vorboten eines Sturmes. Schemenhaft konnte David Wolken über den Nachthimmel jagen sehen. Nur ab und zu blitzten dazwischen einige helle Sterne auf.

David wollte sich vom Schloss so schnell wie möglich entfernen und dabei unbedingt die freien Rasenflächen meiden, wo man ihn zu leicht von einem der Fenster aus sehen würde. Es ärgerte ihn, dass er ausgerechnet ein weißes Shirt trug. Selbst aus großer Entfernung würde er im Dunkeln damit auffallen.

Zuflucht im Haus von Caspars Eltern zu suchen, erschien ihm jetzt als einzige Möglichkeit. Aber der direkte Weg dorthin führte entweder über zu viel offenes Gelände oder um das Schloss herum. Beides war ihm zu riskant. Er musste sich durch den Wald in einem Bogen auf das Haus zu bewegen und dabei am besten dem breiten Weg fernbleiben, den er vom Spaziergang mit Caspar und Miriam kannte.

Also stahl David sich zwischen die Bäume. Dort war es

stockdunkel und seine Augen gewöhnten sich nur langsam daran. Schritt für Schritt bahnte er sich seinen Weg, immer darauf bedacht, so wenig Krach wie möglich zu machen und nicht über irgendetwas zu fallen und sich womöglich zu verletzen.

Doch Davids Füße blieben immer wieder in am Boden liegenden Ästen hängen. Er stolperte über Steine, rutschte auf dicken, glatten Baumwurzeln ab und sank in vermoderndem Laub und Matsch knöcheltief ein. Schon nach kurzer Zeit war er fast am Ende seiner Kräfte. Der körperliche und seelische Stress der letzten Tage ließen ihm kaum Reserven, abgesehen davon, dass er zu wenig gegessen und getrunken hatte.

Er hielt inne, stützte beide Hände auf die Knie und versuchte, wieder zu Atem zu kommen. Der Schnitt, den er sich durch das zerborstene Fensterglas am Oberschenkel zugezogen hatte, blutete nicht mehr, bereitete ihm aber starke Schmerzen.

Eine lang anhaltende Böe, heftiger als alle zuvor, fegte durch den Wald. Sie wirbelte Laub auf und schlug David die Zweige eines nahen Baumes ins Gesicht, den er im Dunkeln mehr fühlte als sah.

Er ging immer weiter und fragte sich, ob er das Haus auf diese Weise überhaupt im Wald finden konnte. Sicher würde er daran vorbeilaufen, ohne es zu merken. Vielleicht war es doch besser, dem Weg zu folgen. Aber wo war der jetzt?

David kam an eine abschüssige Stelle, die von Geröll übersät war. Hier kam er noch langsamer voran, krabbelte teilweise rückwärts auf allen vieren, um sich auf den losen, glatten Steinen nicht die Knöchel zu brechen.

Trotz des kühlen Windes, der allmählich zu einem Sturm wurde, brach David der Schweiß aus. Sein Herz hämmerte in der Brust. Am Fuß des leichten Abhanges angekommen setzte er sich hin, um erneut Kräfte zu sammeln.

Als er den Kopf hob, sah er schemenhaft einen dunklen, eckigen Umriss einige Meter vor sich. Dort musste eine Lichtung sein, in deren Mitte etwas stand. David erhob sich, ging auf den schwarzen Block zu und einmal darum herum. Er streckte eine Hand aus, bis seine Finger kühlen Stein berührten. Es war kein Findling wie der, der unter dem großen Baum gelegen hatte. Die Form war zu regelmäßig. Sie war quaderförmig, und auch wenn die Oberfläche nicht ganz glatt war, bildete sie eine ebene Fläche.

David fuhr mit der Hand darüber, bis sie eine Mulde in der Mitte des Blocks erreichte. Er konnte nicht sehen, was darin lag, aber fühlte längliche, hölzerne Gegenstände, leicht und angenehm glatt.

Offenbar nutzte jemand diesen steinernen Tisch als Feuerstelle.

Nachdenklich nahm David eines der Hölzer in die Hand. Dann fühlte er, dass es am Ende rundlich war und deutlich dicker als in der Mitte.

Er ließ es angewidert fallen, noch bevor er völlig realisiert hatte, was er da tatsächlich in der Hand gehalten hatte.

Knochen.

Jemand hatte auf diesem Tisch Knochen angehäuft.

Auf einmal fühlte sich David auf der Lichtung nackt und verwundbar. Er spürte den Wind in seinem Rücken nicht mehr in Böen, sondern als konstanten Sturm, der immer unnachgiebiger wurde. Er hörte, wie die Blätter rauschten, und er hörte noch ein anderes Geräusch. Er hatte es zunächst für das Pfeifen gehalten, wie es ein Sturm an Kanten und Häuserecken verursacht, und deshalb gar nicht weiter darauf geachtet.

Jetzt merkte er, dass es anders klang.

Nicht wie das hohle, heisere Pfeifen des Windes.

Voller.

Mächtiger.

Wie ein Chor von Stimmen, die laut summten oder sangen. Manche hoch, andere tief. Dissonant. Alle durcheinander und doch gemeinsam.

Er sah sich überall um und glaubte, auf der anderen Seite des schwarzen Steinblocks eine Gestalt auszumachen, die näher kam.

Es konnte nur Caspar sein.

David keuchte vor Schreck und wich zurück, hinein in den Wald. Stolperte vorwärts, so schnell es ging.

Seine Augen hatten sich inzwischen besser an das Dunkel gewöhnt. Im Laufschritt bewegte er sich durch die Bäume. Sah sich um. Konnte nicht sehen, ob ihm jemand folgte.

Der Schreck hatte ihn die seltsamen Geräusche vergessen lassen, diese Stimmen in der Luft. Sie waren noch da, das hörte er jetzt. Sie klangen beschwörend, flehend.

Und dann das Knacken von Ästen.

Nur der Wind? Oder war die Gestalt ihm in den Wald gefolgt?

Er konnte nicht stehenbleiben und warten, bis ihn jemand packte. Musste weiter, einfach schnell weiter.

Jetzt rannte er, sprang zwischen den Stämmen hindurch.

Bis der Boden unter ihm plötzlich steil abfiel.

Er hatte es nicht kommen sehen und konnte nicht mehr bremsen.

Am Fuß der Böschung sah David noch das silbrig im Mondlicht schimmernde Wasser.

Ein kleiner See, eher ein Tümpel.

Dann strauchelte er, fiel und landete kopfüber im Wasser.

Es war nicht kalt, aber David geriet sofort in Panik. Er ruderte mit den Armen, drehte sich auf den Rücken. Versuchte, den Kopf über Wasser zu halten, schnappte nach Luft. Tastete mit den Füßen, aber da war kein fester Grund. Doch, da war etwas, aber es war viel zu sumpfig und gab nach. Er würde einsacken und untergehen, wenn er einfach stehenblieb.

Er drehte sich um. Das andere Ufer konnte er nur vage erkennen, aber es schien flach zu sein.

Vielleicht lag es an dem Schock des Sturzes, vielleicht an seiner Erschöpfung. Die zehn oder fünfzehn Meter bis dorthin zu schwimmen, kam David wie eine unlösbare Aufgabe vor. Das Wasser war wie zäher Sirup, in dem es ungeheure Kraft kostete, nur ein Stückchen vorwärtszukommen.

Und immer noch waren da diese Stimmen, die von überall her kamen. David fragte sich, ob er sie sich nur einbildete, ob sein überforderter Geist und sein entkräfteter Körper ihm etwas vorgaukelten. Aber sie waren doch da!

Das Wasser um ihn herum roch modrig. Es erinnerte ihn an einen Teich unweit seines Elternhauses, an dessen Ufer Miriam und er als Kinder manchmal gespielt hatten, vor dem er sich aber immer gefürchtet hatte. An seiner Oberfläche waren riesige, eklige, grüne Algen geschwommen. Jetzt fühlte David an beiden Händen, dass auch in diesem Tümpel Wasserpflanzen wucherten. Lange, dünne Stängel von Seerosen, in denen seine Arme sich verfingen. Nachdem er zwei, drei Meter mehr unbeholfen gepaddelt als geschwommen war, blieb sein rechter Fuß an etwas hängen. Er zappelte, aber kam nicht frei. Ein Stängel hatte sich um seinen Knöchel gewickelt, und durch seine hektischen Bewegungen hatte er sich erst recht darin verheddert.

David versuchte, die Pflanze mit einer Hand von seinem Fuß zu lösen, während er sich mit der anderen über Wasser hielt. Es kostete ihn unglaubliche Kraft und er kam kaum zu Atem. Die Ranke saß erstaunlich stramm und er brachte es nicht fertig, sie so weit zu lockern, dass sein Fuß freikommen konnte, im Gegenteil – die Schlinge, die sich gebildet hatte, zog sich fester zu.

Mit dem freien, linken Fuß suchte David Grund, um sich abzustützen, und fand nichts. Da waren nur weitere Pflanzen und der scheußlich-sumpfige Untergrund, in den er sofort wieder einsank.

Sein Körper vergaß, wie man sich überhaupt über Wasser hielt. Er ruderte verzweifelt mit den Armen, aber sie wurden immer schwerer. Gleichzeitig saß er nun mit beiden Füßen fest. Es kam ihm vor, als würde er von einer fremdartigen Kraft nach unten gezogen.

Als die nackte Panik seinen Verstand übernahm, vergaß er, dass er eben noch auf der Flucht gewesen war. Mit letzter Kraft rief er laut: »Hey! Hilfe! Heeey!«

Er sackte tiefer. Schon war er nur noch mit dem Kopf über Wasser. Strampelte mit den Füßen und machte es damit nur schlimmer.

Obwohl sein Gehirn wusste, dass er nicht mehr genug Kraft dafür hatte, zappelte und wand sich sein ganzer Körper. Es waren die letzten, verzweifelten Versuche, nicht unterzugehen. David riss die Arme hin und her, doch auch sie waren jetzt von Pflanzen umschlungen, die fest waren wie Seile. Schwimmen war längst unmöglich, es ging nur noch darum, überhaupt Luft kriegen zu können.

Doch er sank und sank, der Morast verschluckte seine Waden, seine Knie. Über ihm jagte weiter der Sturm durch die Bäume und er hörte die vielen Stimmen klagend singen. Dann verschwanden abrupt alle Geräusche, als ihm das Wasser in die Ohren lief.

David hielt ein letztes Mal den Kopf hoch, doch selbst um tief Atem zu holen, war er zu schwach.

Einfach aufgeben.

Ausruhen.

Endlich nicht mehr kämpfen müssen.

Hoffentlich ohnmächtig werden, bevor es zu Ende ging.

Das waren seine letzten Gedanken, während sich über ihm die dunkel schimmernde Wasseroberfläche schloss.

33

Es tat weh, höllisch weh.

Was war das bloß, das ihr solche Schmerzen zufügte?

Sie sah das Bild eines kleinen Jungen mit wirren roten Haaren vor sich. Träumte sie?

Vincent.

Schlagartig kam Miriam zu sich, riss die Augen auf und blickte sich gehetzt um. Ihr Herz setzte einen Augenblick aus, als sie nicht erkannte, wo sie war, und merkte, dass ihr Sohn nicht bei ihr war.

Alles um sie herum war weiß. Glatt und kalt.

Sie saß auf den Knien in einer Badewanne. Sie war vollkommen nackt.

Und nein, nicht alles war weiß.

Dunkelrot floss es ihr über den linken Arm, auf ihren Oberschenkel, bis auf das klare Weiß des Wannenbodens, hinab bis zum Abfluss.

Langsam nur dämmerte es ihr, dass es ihr Blut war, was da floss.

Ein großes Messer in ihrer rechten Hand. Sie hatte sich einmal quer über den Unterarm geschnitten.

Miriam ließ das Messer fallen, und der Metallgriff machte ein überraschend lautes *Klonk!* in der Wanne.

Sie presste ihre flache rechte Hand auf die Schnittwunde am linken Arm.

Allzu tief schien der Schnitt nicht zu sein.

Aber da war schon so viel Rot in der Wanne.

Wie viel Blut hatte sie verloren?

Und woher kam dieses widerlich dissonante Singen in ihren Ohren? War das nur ihr Kreislauf, der verrücktspielte?

Erst als sich Caspar neben ihr bewegte, merkte sie, dass er da war. Er saß auf dem Badewannenrand. Im Gegensatz zu ihr war er vollständig bekleidet.

»Was ... Was soll das?«, fragte Miriam, und kam sich ungeheuer dumm dabei vor. Sie erinnerte sich nicht einmal, wie sie hierhergekommen war.

Ja, sie erkannte Caspar. Wusste, dass sie sich in seinem Schloss befanden. Aber wieso saß sie in dieser Wanne und fügte sich Verletzungen zu, während Caspar sie dabei beobachtete?

»Es ist alles gut«, sagte er, nachdem er das blutige Messer aus der Wanne genommen hatte. »Du hast ein Opfer gebracht. Das war sehr tapfer von dir. Es ist der einzige Weg, dir endlich die Augen zu öffnen.«

Miriam wusste nicht, wovon er sprach.

Sie fühlte sich benommen, und sie fror.

Unbeholfen stand sie auf, sich am Rand der Wanne und an Caspars Schulter festhaltend. Die Blutung am Arm ließ langsam nach, aber sie fühlte sich schwach.

Caspar stützte sie und half ihr hinaus. Dann nahm er ein Tuch, legte es auf die Wunde, sagte ihr, sie solle es dort festhalten. Holte einen Verband und wickelte ihn um ihren Arm.

Währenddessen runzelte Miriam die ganze Zeit die Stirn. Sie hatte das unbestimmte Gefühl, dass etwas Merkwürdiges geschah, dass sie nicht wusste, ob sie das wollte oder nicht. Aber sie konnte keinen klaren Gedanken fassen.

»Sag mir, ... was wir hier machen«, bat sie Caspar, während er ihr etwas zum Anziehen reichte.

»Ich habe es dir doch gesagt«, antwortete er. »Wir müssen einen Weg finden, dich mit den Unsichtbaren zusammen zu bringen. Sie davon überzeugen, dass du wirklich dazugehörst, damit sie auch mit dir kommunizieren. Ihnen dein Blut zu geben heißt, deine Kraft mit ihnen zu teilen. Zu zeigen, dass es für dich Wichtigeres gibt als deine sterbliche Hülle.«

»Die Unsichtbaren? Wer soll das sein?«

Miriam zog ihre Unterwäsche an und eine Bluse über. Ihr war so kalt.

Jetzt war es Caspar, der die Stirn runzelte.

»Muss ich es dir wirklich alles noch einmal erklären? Du hast sie gehört. Vorhin, mit mir gemeinsam. Wir beide haben zusammen Kontakt aufgenommen.«

Miriam war schrecklich verwirrt und ertrug diesen Zustand kaum. Da war Caspar, den sie gerade erst wiedergefunden hatte. Die Gefühle für ihn, die sie so überwältigt hatten. Und jetzt schien er plötzlich wieder weit entfernt zu sein.

Ihr stiegen Tränen in die Augen.

»Kontakt?«, sagte sie fragend, mehr zu sich selbst, als würde eine Stimme in ihr die Antwort kennen und sie würde lieber diese Stimme fragen, als sich Caspar gegenüber ahnungslos zu zeigen.

Sie versuchte, schnell ihre Jeans anzuziehen, wobei sie es vermied, den verletzten, linken Arm unnötig zu belasten. Dabei wagte sie es nicht, Caspar anzusehen.

Als sie es dann doch tat, stand er nur da, mit dem Rücken an die Wand gelehnt, den Kopf gesenkt. Er sah resigniert aus.

»Was hast du?«, fragte Miriam ihn vorsichtig.

»Ich hatte mir das einfacher vorgestellt. Aber scheinbar habe ich dich überschätzt.«

»Aber ich weiß gar nicht ...«

»Du solltest längst so weit sein. Ich habe mich so lange für dich eingesetzt, habe um so viel Beistand gebeten. Und jetzt willst du mir sagen, dass du keine Ahnung hast, was hier passiert?«

»Ich ... kann mich einfach nicht erinnern!«

»Weil wir dich lenken mussten!«

»Mich lenken? Was soll denn das heißen?«

»Du wolltest nicht verstehen, dass es nötig ist, ein Opfer zu bringen. Also mussten wir nachhelfen.«

»Wer ist wir?«

Miriams Stimme zitterte. Sie starrte fassungslos den Mann an, den sie bis vor Kurzem noch für den wichtigsten Menschen in ihrem Leben gehalten hatte. Sie fühlte sich, als hätte er ihr ins Gesicht geschlagen.

So wie Caspar sie ansah, glaubte sie einen Moment, er würde genau dies jetzt tun.

»Ich kann es nicht fassen, wie ahnungslos du bist!«, brüllte er stattdessen. »Es hat alles keinen Sinn. Ich muss von vorne anfangen.«

Er packte sie an ihrem unverletzten Arm und zerrte sie grob mit sich.

»Komm jetzt. Dich und David hierher zu holen, war das Dümmste, was ich je getan habe. Diesen Fehler werde ich korrigieren müssen.«

34

Etwas packte ihn bei den Schultern, zerrte daran. Irgendetwas war gekommen, um ihn vollständig in die Tiefe zu zerren.

David wehrte sich nicht. Es sollte nur schnell vorbei sein.

Doch es zog ihn nicht nach unten, sondern hoch, an die Luft. Jemand hatte die Arme unter seine geschoben und zog ihn vorwärts, ächzte dabei schwer.

Es war eine Männerstimme.

»Los, hilf mir!«, sagte die Stimme.

David versuchte abermals, auf die Füße zu kommen, aber rutschte weg. Sie waren jetzt näher am Ufer. Sein Oberkörper wurde aus dem Wasser gehoben, so dass er wieder atmen konnte. Keuchend rang er nach Luft.

Der Arm einer zweiten Person legte sich um seine Hüfte, stützte ihn. David verstand, dass der Mann gar nicht mit ihm gesprochen hatte.

Er sah die weißen, langen Haare einer Frau neben seinem Gesicht. Dann sah sie ihn an.

Er brauchte einen Moment, um Caspars Mutter zu erkennen.

Obwohl es keine hundert Meter waren, kam David der Weg zum Haus von Caspars Eltern endlos vor. Sie gingen schweigend; die beiden brauchten ihre Kraft, um ihn zu stützen, während er Mühe hatte, wieder zu Atem zu kommen und vor Kälte am ganzen Leib zitterte.

Im Haus angekommen versorgte Ruth die Schnittwunde an Davids Oberschenkel, dann gaben sie ihm neue Kleidung und eine warme Decke. Er legte sich auf die abgewetzte, durchgesessene Couch im Wohnzimmer und konnte sich für diesen Moment nichts Bequemeres vorstellen.

Ruth gab ihm einen Becher ihres bitteren Kräutertees. Diesmal war ihm der abstoßende Geschmack egal. Er war dankbar für die heiße, belebende Flüssigkeit und spürte, wie sie sich von seinem Magen aus direkt in seine Blutbahnen verteilte, bis in die Zehen und Fingerspitzen.

Langsam ließ das Frösteln nach.

Erneut schweifte sein Blick über all die Bücher, die gläsernen Behälter mit den getrockneten Pflanzen. Auf dem Tisch brannten zwei dicke Kerzen. Es war behaglich. Es half ihm, seinen Verstand auszuruhen. Für eine Weile dachte er einfach gar nicht mehr nach.

Friedrich brachte ihm eine Schale mit einer heißen, dickflüssigen Suppe und eine große Scheibe Brot. Er setzte sich zu David auf die Couch. Der lächelte ihn an.

Mit seinen langen, grauen Haaren sah Caspars Vater seiner eigenen Frau erstaunlich ähnlich. Auch die äußerliche Ähnlichkeit zu seinem Sohn war unverkennbar. Aber Friedrich strahlte Gelassenheit und Warmherzigkeit aus, keine Spur von Arroganz.

David sagte: »Ich danke Ihnen. Ohne Sie wäre ich da nicht lebend herausgekommen.«

»Wir haben dich rufen hören. Gut, dass wir noch nicht

schlafen gegangen waren. Was ist passiert? Warum warst du allein da draußen im Dunkeln?«

»Ich wollte zu Ihnen, aber ich habe mich wohl verlaufen.«

»Warum wolltest du zu uns?«

»Weil ich hier weg möchte. Und ich nicht weiß, wie. Caspar ist ... Es tut mir leid, das zu sagen, aber ich glaube, er weiß nicht mehr, was er tut. Er will uns nicht gehen lassen. Er hat mich angegriffen und mich eingesperrt. Und er hat wohl auch unser Auto verschwinden lassen. Miriam ist total, wie soll ich sagen, vereinnahmt von Caspar. Sie will sogar bei ihm bleiben. Und Johann und Thea machen auch noch gemeinsame Sache mit ihm. Ich musste Johann ... verletzen, um überhaupt zu entkommen.«

Während er erzählte, hörte er sich selbst ungläubig zu.

Friedrich antwortete nichts, schüttelte langsam den Kopf. Ruth war hereingekommen und hatte Davids Bericht mit angehört.

»Dir muss gar nichts leidtun«, sagte sie traurig. »Uns tut es leid, dass es so weit gekommen ist.«

Sie warf einen vielsagenden Blick zu ihrem Mann, der verzweifelt aussah.

»Wir haben zu lange davor die Augen verschlossen«, sagte Friedrich.

»Er ist größenwahnsinnig«, sagte David. »Und er ist nicht allein. Er hat eine Gruppe von Leuten um sich geschart. Sie waren hier. Die glauben alle, mit ihnen würde ein neues Zeitalter beginnen. Und dass Naturgeister, oder wie immer sie es nennen, ihnen dabei helfen.«

»Ich weiß«, sagte Ruth, nickend. »Aber wir beide können

mit ihm darüber nicht sprechen. Es ist ihm egal, was wir darüber denken.«

»Wir hatten die Hoffnung, dass euer Besuch hier ein gutes Zeichen ist«, sagte Friedrich. »Dass er wenigstens ein bisschen zur Vernunft kommen würde, oder dass ihr ihn dazu bringen könntet.«

»Nein«, sagte David. »Er sagt zwar, dass wir ihm wichtig sind. Aber er hält sich selbst für viel wichtiger. Er duldet keine abweichende Meinung. Und dann dieses Gerede von irgendwelchen höheren Mächten, die auf seiner Seite sind ...«

Caspars Eltern zeigte keine Reaktion.

»Ist Ihnen das nicht auch unheimlich?«, legte David nach.

»Das sind sie womöglich«, sagte Ruth resigniert.

»Was?«, fragte David.

»Caspar hat diese Gabe«, sagte Ruth. »Er hatte sie schon als Kind. Aber wir haben leider auch die Augen davor verschlossen, wie sehr er uns entgleitet.«

»Sie glauben ernsthaft, dass er mit unsichtbaren Wesen kommuniziert?«

»Ich weiß es sogar.«

Sofort fühlte David wieder, wie die Welt um ihn herum sich auf den Kopf stellte. Gleichzeitig wusste er, dass es ihn nicht wundern sollte. Caspars ganze Familie war doch schon immer anders gewesen.

»Du kannst uns übrigens duzen«, warf Friedrich ein. »Ich bin Friedrich.«

Er gab David die Hand. Eine unbeholfene, automatisiert wirkende Geste.

»Ich bin Ruth«, sagte Ruth, und sah David unglücklich an, während sie ebenfalls seine Hand drückte.

Dann schenkte sie ihm Tee nach.

»Früher wussten die Menschen, dass die Natur beseelt ist«, sagte sie. »Heute haben sie es vergessen. Oder vielleicht ist es ein sechster Sinn, der einfach nicht mehr vererbt wird.«

David machte ein skeptisches »Mh-hm«, das in Ruths Ohren aber wohl ermutigend klang, denn sie fuhr fort: »Sie sind überall, in der Luft, in der Erde, in Pflanzen, in Steinen ... Sie haben keine Körper wie wir. Sie bewegen sich frei. Nur sehr wenige Menschen können sie wahrnehmen und mit ihnen kommunizieren. Ich kann es auch, oder vielmehr: Ich konnte es.«

David merkte, dass Ruth froh war, einem Ahnungslosen davon erzählen zu können, doch das verstärkte nur sein Unwohlsein.

»Caspar hat meine Gabe geerbt. Aber bei ihm scheint sie so stark zu sein wie bei keinem anderen.«

David ließ es eine Weile sacken und dachte darüber nach, bevor er sagte: »Caspar macht so vage Andeutungen. Zu einem Plan, einer Art Bewegung, deren Anführer er sein will. Und er glaubt, dass diese ... Wesen auf seiner Seite sind.«

Ruth nickte langsam.

»Aber das sind doch Wahnvorstellungen«, sagte David.

»Ich fürchte, du täuschst dich da«, sagte Ruth. »Wer ein so enges Band zu den Unsichtbaren knüpft, der kann sie vielleicht wirklich für sich gewinnen.«

David konnte sich ein kurzes, verächtliches Lachen nicht

verkneifen. Wieder musste er sich diese Fantastereien anhören.

Ruth überhörte das und fuhr fort.

»Sieh mal. Das sind Wesen, die völlig anders sind als wir.
Das heißt aber nicht, dass sie besonders klug sind oder mäch-
tig oder unfehlbar. Sie können mal gut, mal böse sein, sehr
dumm oder sehr schlau. In gewisser Weise sind sie menschlich, so absurd das klingt.«

David trank seinen Tee und stierte in den Becher, sperrte
sich gegen diesen Irrsinn.

Aber Ruth war noch nicht fertig.

»Und jetzt versetze dich in ihre Lage«, sagte sie zu ihm.

»Die der Unsichtbaren?«

»Ja.«

»Wie soll das gehen?«

»Was ich meine ist: Stell dir vor, wie das ist, wenn da plötzlich jemand aus einer Welt kommt, die sonst unerreichbar
scheint. Jemand, der dich versteht und mehr über dich wissen will. Das muss doch einen ungeheuren Eindruck auf sie
gemacht haben.«

»Du denkst, dass sie Caspar jetzt für ihren Gott oder so
etwas halten?«

»Das weiß ich nicht. Ich weiß nicht, ob sie an Götter
glauben. Aber sie haben einen Freund gefunden, einen Verbündeten von unserer Seite. Der etwas Besonderes ist, weil er
anders ist als andere Menschen. Und diejenigen unter ihnen,
die schwächer und unsicher sind, werden das tun, was er
sagt.«

Sie machte eine Pause und runzelte die Stirn. Dann fuhr

sie fort: »Oder vielleicht ist es gar nicht so, dass Caspar sie anführt. Vielleicht gebrauchen sie ihn! Vielleicht wollen sie endlich mehr Einfluss auf die Menschen gewinnen, und nutzen ihre Verbindung zu ihm dafür.«

Friedrich sah seine Frau ernst an. Ihm schien das alles überhaupt nicht neu zu sein.

»Glaubst du, sie sind gefährlich?«, fragte er Ruth.

»Wir müssen davon ausgehen.«

»Wie meint ihr das?«, fragte David.

»Die Unsichtbaren lassen Menschen normalerweise in Ruhe oder gehen ihnen aus dem Weg«, sagte Ruth. »Aber sie können auch viel Schaden anrichten. Sie können wahre Naturgewalten sein. Oder sie können Menschen verwirren, sie überlisten und in einen Hinterhalt locken. Hast du schon einmal von Irrlichtern gehört? Vielleicht würden manche von ihnen einen Menschen auch direkt angreifen.«

David sagte nichts.

»Als du ins Wasser gefallen bist, wie genau ist das passiert?«, fragte Friedrich.

»Ich bin gerannt. Ich war einfach in Panik und hab nicht aufgepasst.«

»Und warum konntest du dich nicht selbst aus dem Tümpel befreien?«

»Da waren so viele ...« Er winkte ab und schüttelte den Kopf. Sollte er jetzt darüber diskutieren, ob ihn Naturgeister hatten töten wollen?

Eine Weile schwiegen alle drei.

Um zu realeren Problemen zurückzukehren, sagte David: »Ihr müsst mir helfen, von hier weg zu gelangen.«

»Was ist mit Miriam?«, fragte Friedrich.

»Sie will nichts von mir hören. Ich habe sie immer wieder gebeten, mit mir zu kommen. Aber irgendwann war sie nur noch auf Caspar fixiert. Sie hat mich angeschrien und sich mit Händen und Füßen gewehrt. Ich kann sie nicht zwingen, schon gar nicht, wenn Caspar dabei ist. Und sie weicht kaum von seiner Seite.«

»Das kann doch alles nicht wahr sein«, platzte es aus Friedrich heraus. »Wir müssen das beenden. Wir zusammen. Deine Schwester sollte nicht länger in Caspars Nähe sein. Wir wissen nicht, wozu er fähig ist.«

David sah Friedrich an, dass es ihm weh tat, so etwas über den eigenen Sohn zu sagen. Gleichzeitig fühlte er, dass sich schlechtes Gewissen in ihm selbst regte. Hatte er seine Schwester zu schnell aufgegeben?

Miriam mit Friedrichs Hilfe von Caspar loszueisen, könnte funktionieren.

»OK«, sagte David. »Wahrscheinlich ist das die einzige Chance. Vielleicht hört er auf dich. Irgendwie muss ihm klar werden, dass Miriam nicht diejenige ist, für die er sie hält. Wenn ich gleichzeitig mit ihr rede, können wir sie vielleicht trennen.«

Friedrich nickte.

»Aber wir müssen uns darauf einstellen, dass er durchdreht«, fuhr David fort. »Vor Waffen schreckt er nicht zurück. Mir hat er eine Spritze verpasst, als er mich zum zweiten Mal eingesperrt hat.«

Ruth legte die Hände vor das Gesicht und machte ein Geräusch wie ein unterdrücktes Schluchzen.

»Außerdem ist es nicht ganz leicht, ins Schloss zu gelangen. Ich habe im Keller ein Fenster eingeschlagen. Aber die Türen sind alle verriegelt.«

»Es gibt einen geheimen Zugang«, sagte Friedrich. »Daran denkt er sicher nicht.«

Alle drei sahen sich an.

»Am besten geht ihr jetzt sofort«, sagte Ruth. Ihr Blick flirrte nervös umher.

»Kommst du nicht mit uns?«, fragte Friedrich.

»Nein. Wenn ich dabei bin, wird ihn das erst recht provozieren. Aber es gibt vielleicht etwas anderes, das ich tun kann.«

Friedrich sah sie fragend an.

»Geht nur«, sagte Ruth.

35

Obwohl David eine dicke Jacke und darunter einen Pullover trug – beide hatte Friedrich ihm geliehen –, fror er sofort wieder, als er hinter Caspars Vater aus dem Haus trat. Noch immer sausten Sturmböen durch den Wald, eisiger als zuvor. Stimmen hörte David jetzt keine mehr, nur der Wind pfiff am Dachgiebel.

»Kommst du?«, sagte Friedrich, während er auf dem Waldweg in Richtung Schloss stapfte, ohne sich nach David umzusehen.

Friedrichs entschlossenem Schritt sah man die Wut an, die er auf seinen Sohn hatte. David vermochte nicht, sich vorzustellen, was zwischen den beiden geschehen würde, wenn sie auf Caspar trafen. Wieder fühlte er sich in seine Jugend versetzt, so als hätte er dem Vater seines Freundes einen schlimmen Streich gepetzt, und nun würde der Sohn eine gerechte Strafe bekommen. Was Caspar getan hatte, war so viel mehr als ein böser Jungenstreich gewesen. Aber obwohl er selbst das Opfer war, konnte David immer noch nicht fassen, welchen Wahnsinn Caspar hinter seiner Maske verborgen hatte.

David beeilte sich, Friedrich zu folgen, auch, um durch die Bewegung die Kälte zu bekämpfen.

Nach zwanzig oder dreißig Schritten auf dem Weg sagte Friedrich: »Hier lang!«, und verschwand zwischen den Bäumen auf der linken Seite.

David folgte ihm widerwillig. Sein Bedarf an unwegsamem Gelände und Stolperfallen war längst gedeckt. Hellgrüner Farn gedieh hier prächtig. Dessen weit ausladende Blätter ließen kaum erahnen, dass sich unter ihnen ein Fußpfad verbarg. Friedrich zog eine kleine Taschenlampe aus seiner Jackentasche und beleuchtete den Boden.

Der Weg war nicht lang und endete vor einer kurzen Treppe, deren moosbewachsene Stufen abwärts führten, bis zu einer schmalen Metalltür.

»Ein Bunker?«, fragte David.

»Etwas in der Art«, antwortete Friedrich. Er fummelte wieder in seiner Jackentasche herum und brachte einen Schlüsselbund zum Vorschein. »Der Gang dahinter führt bis in den Schlosskeller.«

»Und Caspar weiß nichts davon?«, fragte David. »Das kann ich mir kaum vorstellen, so besessen, wie er von diesem Ort ist.«

»Doch, aber er hat mir gesagt, dass er keinen Schlüssel für diesen Zugang hat. Weder für diese Tür noch für die drüben im Keller. Und dass er diesen Gang lieber verschlossen halten möchte. Warum weiß ich nicht. Die Schlösser habe ich heimlich ausgetauscht. Man weiß ja nie, wofür so ein Geheimgang nützlich sein kann.«

Friedrich schloss die Tür auf.

Im selben Moment hörten sie, wie die nächste Sturmböe die Baumkronen über ihnen erreichte. Innerhalb weniger Sekunden schwoll das Rauschen der Blätter so gewaltig an, dass David sofort merkte, dass etwas nicht stimmte.

Das war kein gewöhnlicher Windstoß, sondern ein Orkan, vielleicht ein Wirbelsturm. Tatsächlich fühlte es sich an, als käme der Sturm wie durch einen Trichter von oben herab, erst um sie herum durch die Bäume kreisend, dann weiter abwärts, bis dorthin, wo Friedrich soeben die Tür geöffnet hatte.

Als es an ihm vorbeisauste, hielt sich David mit beiden Händen am nächstbesten Baumstamm fest.

Und dann spürte er die Kälte. Schneidender als zuvor, wie ein Schwall von Eiswasser, der sich über sie ergoss. David kniff die Augen zusammen und schrie unwillkürlich auf.

Es hätte ihn zu Boden gerissen, wäre nicht der Baumstamm neben ihm gewesen. Er umschlang ihn mit beiden Armen und hielt den Kopf gesenkt, um sein Gesicht zu schützen, was ihm nur halbwegs gelang. Auch seine Hände, zu

Fäusten geballt, blieben ungeschützt. Der Wirbelsturm zerrte an ihm, betäubte in Sekunden seine Nase, seine Wangen und seine Stirn, als flögen Millionen kleiner, eisiger Injektionsnadeln darin herum.

Auch Caspars Vater hatte aufgeschrien, als der Eissturm sie erreicht hatte. Obwohl es schmerzte, hob David leicht den Kopf. Er war nah genug, um Friedrich am Fuß der Treppe sehen zu können. Der Sturm hielt unverändert an, und blies genau in Richtung des geöffneten Ganges, den David als schwarzes Rechteck in der dunklen Umgebung wahrnahm. Die Tür wurde gegen die Mauer daneben gedrückt. Gegen den Sturm hätten sie sie niemals bewegen, geschweige denn schließen können.

Friedrich kauerte auf dem Boden vor der Tür, seine Taschenlampe mit einer Hand umklammert. Die leuchtete in das schwarze Rechteck hinein, wo nur dunkelgrauer Betonboden zu sehen war.

Während David hinsah, begann Friedrich, sich zu bewegen.

Langsam. Sehr, sehr langsam.

War er gestürzt und hatte sich dabei verletzt?

Scheinbar mit letzter Kraft kroch Friedrich auf den Gang hinter der Tür zu, um darin Schutz zu suchen.

Er ächzte. Ein unheimlicher, fast tierischer Laut. David wollte zu ihm, aber der Sturm war zu stark. Die wenigen Meter zwischen ihm und der Treppe, an deren Ende Friedrich am Boden lag, waren ein Windkanal. Der Orkan jagte hindurch wie ein Hochgeschwindigkeitszug, der ihn mit sich reißen würde, wenn er nur einen Schritt nach vorn wagte.

Stöhnend schleppte Friedrich sich weiter, Zentimeter um Zentimeter. Der Lichtstrahl der Taschenlampe zappelte hin und her. Während David ihn hilflos beobachtete, fiel ihm auf, dass er die Umrisse des Mannes nicht erkennen konnte. Friedrich schien wie in eine schwärzliche Wolke gehüllt.

Sicher, es war Nacht, und er konnte seine Augen wegen des unglaublichen Sturms kaum mehr als einen Spalt breit öffnen. Und natürlich war er noch immer erschöpft und verwirrt. Aber er sah die Stämme der Bäume um sich herum klar, ebenso die Treppenstufen und die offenstehende Tür. Nur der Mann, der sich da voran quälte wie durch halbgefrorenen Schlamm, war von etwas Dunklem umgeben, als wolle es ihn einfangen und festhalten.

Nach einer gefühlten Ewigkeit hatte Friedrich es geschafft, seinen Oberkörper in den Gang hineinzuschieben. Für Sekunden blieb er entkräftet liegen, dann drehte er sich mühsam auf die Seite und zog seine Beine nach. David hörte seine Stimme, die nach ihm zu rufen schien, doch Friedrich hatte zu wenig Kraft, überhaupt Worte zu formen.

David konnte nicht mehr warten, musste zu ihm.

Er schmiss sich nach vorne, die Arme mit gespreizten Händen voraus, um sein Gesicht abzuschirmen.

Im ersten Moment fühlte es sich an, als würde er gegen eine Wand aus Eis anrennen, die so wenig nachgab, dass er es kaum wahrnahm. David schob sich voran mit aller Gewalt. Merkte, dass er zu viel Angriffsfläche für den Wind bot. Fiel auf die Knie und krabbelte auf allen vieren. So kam er wenigstens etwas voran. Immer noch pfiff es um seine Ohren, die er längst nicht mehr spürte.

Als David die Treppe endlich erreichte, hatte die Kälte ihn bis auf die Knochen durchdrungen. Seine Beine waren steif und er hatte Mühe, überhaupt aufzustehen und sie zu strecken. Es kam ihm quälend langsam vor, wie er Stufe um Stufe abwärts stakste.

Der Wirbelsturm musste Friedrich hier unten voll erwischt haben, als wäre die Tür zum Gang der unterste Punkt eines Strudels gewesen. Jetzt ließ er nach, fast so schnell, wie er gekommen war. Einzelne Blätter wehten noch im Wind und sanken langsam zu Boden.

Caspars Vater lag immer noch auf der Seite. Die dunkle Aura um ihn war nicht mehr zu sehen. Seine rechte Hand, die die Taschenlampe hielt, war leicht ausgestreckt. Er war völlig regungslos, lag einfach da, seltsam verkrampft und steif.

»Sind Sie gestürzt?«, fragte David. »Haben Sie sich verletzt?« Vor Aufregung vergaß er wieder das Du.

Friedrich antwortete mit einem kraftlosen Stöhnen.

David legte eine Hand auf Friedrichs Schulter und erschrak.

Seine Jacke war furchtbar kalt.

Nein, sie war *gefroren*.

Der dicke Stoff war fest und von einer feinen Eisschicht überzogen.

Als David die Taschenlampe aus Friedrichs Hand nehmen wollte, fühlte er, dass auch die Finger steif gefroren waren. Nur mit viel Kraft konnte er die Lampe von ihnen lösen, deren metallenes Gehäuse so kalt war, dass es schmerzte, wenn man es festhielt.

David richtete den Lichtschein auf Friedrichs Gesicht.

Es war totenbleich und ebenfalls von einer dünnen, rauen Eisschicht überzogen. Seine Augen waren schreckgeweitet, der Mund leicht geöffnet. Es drang wenig, sehr wenig, kondensierende Atemluft heraus. Auch auf seinen langen Haaren hatte sich Eis gebildet. Der ganze Körper sah aus, als hätte er viele Stunden am Nordpol verbracht, oder als hätte man ihn in flüssigen Stickstoff geworfen.

Was war da auf sie herabgestürzt? Und warum hatte es Friedrich so schlimm erwischt?

Die Lufttemperatur fühlte sich nun wieder normal an, doch Caspars Vater blieb verkrümmt am Boden liegen und gab nun auch keinen Laut mehr von sich. Er würde sterben, und zwar schnell, wenn David nicht irgendetwas unternahm. Aber bewegen konnte er Friedrich in diesem Zustand unmöglich.

Er sprang auf und lief den kurzen Weg zum Haus von Caspars Eltern zurück. Die Haustür war unverschlossen. David rief nach Ruth und suchte sie überall, aber sie war nirgends zu finden.

Was hatte sie vorgehabt? David ärgerte sich, dass er sie nicht danach gefragt hatte. Und abermals verfluchte er die gesamte Familie dafür, dass es nirgendwo ein Telefon gab.

Doch selbst wenn er einen Notarzt oder irgendjemanden hätte anrufen können – was hätte er sagen sollen, wo sie sich befanden?

Ratlos raffte David einige Decken aus dem Schlafzimmer zusammen. Dann füllte er eine große Schüssel aus der Küche mit warmem Leitungswasser, griff nach einem Handtuch und hastete wieder zurück.

Als er zu Friedrich zurückkam, konnte er ihm nicht ansehen, ob er noch lebte. Er hüllte ihn in die Decken ein, tränkte das Tuch mit dem warmen Wasser und wischte Caspars Vater damit das Gesicht ab.

Während David das tat, schüttelte er ungläubig den Kopf. Friedrichs Gesicht war fest wie das einer steinernen Statue.

Er wischte vorsichtig über die Augen, die Lippen, die Ohren, die Stirn. Irgendwann ließ er das inzwischen nur noch lauwarme Wasser einfach direkt über ihn fließen, vorsichtig, nach und nach. Doch obwohl Friedrichs Haut nicht mehr von Eis überzogen war, blieb sie bleich und sein Körper vollkommen unbeweglich. Er blinzelte nicht. Sein Arm blieb weiter ausgestreckt in der Luft. Als David fragte, ob er ihn hören könne, gab er keine Antwort, nicht mal mehr einen Ton von sich. Sein Mund war noch immer leicht geöffnet, doch waren im Schein der Taschenlampe keine Atemwolken mehr zu sehen.

Mit zwei Fingern versuchte David, auf der kalten Haut an Friedrichs Hals einen Puls zu finden. Als er nichts fühlte, war er sich nicht sicher, ob es nur daran lag, dass seine eigenen Finger von der Kälte taub waren.

Es war, als wäre das Eis nicht nur von außen gekommen, sondern auch sein Inneres gefroren.

Eine gefühlte Ewigkeit blieb David neben dem erstarrten Körper von Caspars Vater sitzen, verzweifelt, weil er nicht wusste, was er tun sollte.

Er selbst fror erbärmlich, bebte am ganzen Körper.

Dann dachte er an Miriam.

Sie beide waren hier in diesem Albtraum gefangen. Es war unmöglich, zu wissen, was als Nächstes passierte. Auch wenn sie nicht fort gelangen konnten, auch wenn seine Schwester ihn nicht um sich haben wollte – er wollte bei ihr sein. Nicht länger hier draußen im Dunkeln, wo die Welt aus den Fugen geraten war.

Er sah Friedrichs Schlüsselbund vor der Türschwelle am Boden liegen, hob ihn auf und begann, dem unterirdischen Gang Richtung Schloss zu folgen.

36

Es war dunkel und kalt und roch nach nassem Beton. Der niedrige Gang war so eng, dass keine zwei Personen hätten nebeneinander gehen können.

Ohne Friedrichs Taschenlampe wäre David absolut hilflos gewesen. Nur einmal richtete er sie nach hinten, auf den Körper ihres Besitzers, der unverändert leblos am Boden lag. Sofort drehte er sich wieder um und ging schneller. Dabei kam er sich vor, als würde er Unfallflucht begehen.

Aber was zum Teufel hätte er tun können?

Er weigerte sich, darüber nachzugrübeln. Der letzte Versuch, seine Schwester aus Caspars Fängen zu retten, war ihm wichtiger. Hoffentlich würde er sie finden. Hoffentlich würde sie mit ihm reden. Und hoffentlich wäre Caspar nicht bei ihr.

Drei Wünsche auf einmal.

Ja, es war äußerst unwahrscheinlich, dass sich zwischen Miriam und Caspar irgendetwas geändert hatte. Aber es war im Moment das Einzige, woran er seine Hoffnung klammern konnte.

Obwohl es ihn längst nicht so schlimm getroffen hatte wie Friedrich, wurde David die eisige Kälte nur schwer wieder los. Er versuchte, zügig zu gehen, seine Muskeln zu beschäftigen, um das taube Gefühl in allen Gliedmaßen abzuschütteln.

Weil er nichts sah bis auf das helle, tanzende Oval, das die Taschenlampe vor ihm auf dem Boden warf, beschlich ihn schnell wieder ein Gefühl der Desorientierung, wie es ihn seit Tagen plagte. Ging es geradeaus? Abwärts, aufwärts oder ebenerdig? Das Gefühl für Zeit hatte er ohnehin längst verloren. Ob inzwischen der Tag anbrach, konnte er nicht sagen. Wie lange er dem geheimen Gang folgte, ebenso wenig. Zwei Minuten? Fünf? Zehn? Es kam ihm vor, als würde er niemals enden.

David richtete den Lichtstrahl nach oben und sah dort große, alte Spinnenweben hängen. An der Decke hatten sich grünliche Flächen aus Schimmel gebildet. Es war stickig und erstaunlich warm, so weit weg vom Ausgang. Er überlegte, wozu dieser Gang in der Vergangenheit gedient haben mochte. Ein geheimer Fluchtweg für adlige Schlossbesitzer in Zeiten von Revolten?

Irgendwann gelangte David an eine Kreuzung. Ein weiterer Gang zweigte nach rechts ab. Er leuchtete hinein. Aber außer mehr grauen, feuchten Wänden war dort nichts zu erkennen. Also ging er weiter geradeaus.

Sein Weg endete vor einer unscheinbaren Metalltür, die so grau wie die Wand war. David behielt die Taschenlampe in der rechten Hand und beleuchtete den Schlüsselbund in seiner linken. Seine Finger waren immer noch taub und steif. Es kostete ihn ungeheure Konzentration, einen einzelnen Schlüssel mit zwei Fingern zu fassen und ins Schloss zu stecken.

Der erste passte nicht.

David brauchte vier oder fünf weitere Versuche, zwischen denen ihm der Schlüsselbund zweimal herunterfiel, bis er das Türschloss endlich drehen konnte.

Er zog die Tür nach außen auf. Ihr Quietschen hallte im Gang hinter David wider. Auf der anderen Seite war es ebenfalls dunkel.

Als er über die Schwelle trat, fiel ihm als Erstes die ungeheuer angenehme Wärme auf. Wahrscheinlich waren es nur wenige Grad mehr, aber David fühlte, wie die eisige Lähmung nachließ und ihn ein wohliger Schauer überkam.

Er steckte Friedrichs Schlüsselbund in die Hosentasche und schloss die Tür hinter sich.

Langsam legte er einige Schritte zurück, bis im Lichtstrahl seiner Taschenlampe ein Schalter an der Wand erschien. Er knipste ihn an und eine Neonröhre an der Decke über ihm flackerte auf.

Nun erkannte er den Keller, den er irgendwann – vor zwei Tagen? Drei? – nach einem Fluchtweg hatte absuchen wollen, bis Thea ihn angegriffen hatte.

David beeilte sich, ihn zu verlassen. Er fand den Treppenaufgang in die oberen Stockwerke und hatte das Bedürfnis, mit seiner Suche nach Miriam in der obersten Etage zu beginnen, wo sie vor Tagen ahnungslos aufgewacht waren. Wenn er sie dort finden würde, wäre das so, als könnten sie die letzten Tage ungeschehen und diesmal alles besser machen. Nicht auf Caspar hereinfallen. Gar nicht erst mit ihm sprechen. Einfach von hier verschwinden.

Plötzlich musste er an Johann denken. Seine verzweifelte Attacke gegen ihn hatte er völlig verdrängt, seit er aus dem Keller des Schlosses entkommen war. Jetzt kehrte die Erinnerung zurück, und er war sich nicht sicher, ob er hoffen sollte, dass der Griesgram unentdeckt in der Kammer lag, mit einem Brieföffner in der blutigen Schulter.

David betete, dass er weder dem boshaften Alten noch seiner wahnhaften Frau begegnen möge.

Wie so oft erweckte das Schloss den Eindruck, als sei es verlassen. Es war vollkommen still und dunkel. David hoffte, dass die Batterie der Taschenlampe lange genug mitspielen würde.

Während er die Stufen erklomm, kam er mehrmals an Runengemälden vorbei, die noch bunter und greller schienen, als er sie in Erinnerung hatte. Sie tauchten aus dem Dunkel auf, ohne dass er sein Licht überhaupt auf sie richten musste. Genauso hatten die Bilder in seinem Traum im Raum geschwebt. David versuchte, sie gar nicht direkt anzusehen.

Als er auf dem obersten Treppenabsatz angekommen war, öffnete er die einzige Tür, die von dort wegführte, und gelangte auf den Gang mit den Gästezimmern.

Hier brannte Licht. Links befand sich das Bad, in dem er sich vor einer Ewigkeit das letzte Mal richtig gewaschen hatte. Spontan spürte er den Drang nach einer heißen Dusche, weil er glaubte, das modrige Wasser des Teichs, in dem er fast ertrunken war, auf seiner Haut zu riechen.

Aber er schob diesen Impuls beiseite.

Dann bemerkte er, dass etwas fehlte.

Die kurze Wand neben der Badezimmertür war kahl. Nur an drei Stellen, über denen Nägel in die Wand geschlagen waren, war die cremefarbene Tapete heller.

Dort hatten die scheußlichen Masken gehangen.

David wollte sich gar nicht ausmalen, warum jemand die schrecklichen Fratzen von der Wand nehmen und zu irgendetwas anderem als zur Dekoration benutzen sollte.

Er schlich ein Stück den Gang entlang und öffnete vorsichtig die Tür zu dem Raum, in dem Miriam die erste Nacht verbracht hatte.

Und da lag sie auf dem Bett.

Ihre Hände waren über ihrem Kopf an einen der dicken, hölzernen Bettpfosten gefesselt. Bis auf ihre nackten Füße war sie vollständig bekleidet.

Als David die Tür öffnete, riss sie die Augen panisch auf,

dann sagte sie mit einem Stoßseufzer: »Gott sei Dank, David! Wir müssen hier weg!«

Ihrem Bruder fiel ein riesiger Stein vom Herzen, als er das hörte.

Schnell sah er sich um. Sie schienen allein im Zimmer zu sein. Er band das Seil los, mit dem Miriam festgebunden war. Sie stöhnte auf, als sie ihre Arme endlich herunternehmen konnte.

Dann erst sah David, dass sie verletzt war. Auf dem Ärmel ihrer hellen Bluse zeichnete sich deutlich ein länglicher, dunkelroter Fleck ab.

»Was ist mit deinem Arm?«

»Ich habe mich geschnitten. Ich weiß gar nicht, warum. Caspar hat ... Ich war wohl nicht ganz bei mir.«

Sie runzelte die Stirn. Ihre Wangen waren rot und sahen leicht geschwollen aus.

»Hat er dich geschlagen?«, fragte David.

»Ja«, antwortete sie direkt, hielt den Blick aber gesenkt. »Dann sind Thea und Johann dazugekommen. Die Drei waren völlig von Sinnen. Ich dachte, jetzt bringen sie mich um. Aber sie haben mich nur hergeschleppt, dann sind alle zusammen wieder verschwunden. Keine Ahnung, wohin.«

Miriams Stimme zitterte. Sie klang ängstlich und wütend zugleich.

Dann hob sie den Kopf und sah David an.

»Wir müssen wirklich hier verschwinden«, sagte sie. »Ich weiß nicht, was Caspar vorhat. Er hat gesagt, sie müssten dringend etwas in Ordnung bringen.«

»Wir finden einen Weg«, sagte David, und hörte selbst den Zweifel in seiner Stimme.

Miriam stand auf und fand in einer Ecke ihre Schuhe. Hektisch zog sie sie über ihre nackten Füße. Währenddessen sagte sie atemlos: »Wir müssen. Ich will sofort zurück zu meinem Sohn. Und Ethan. Sie müssen sich solche Sorgen machen.«

Miriam sah ihren Bruder wieder an, jetzt liefen ihr Tränen über die Wangen.

»Ich hatte sie völlig vergessen, David!«, sagte sie, und bemühte sich, einen Heulkrampf zu unterdrücken. »Wie kann das sein?«

Unwillkürlich fühlte David sich schuldig. Die gleichen Fragen, die ihn schon lange quälten, waren jetzt, wo er seine Schwester endlich bei sich hatte, drängender als je zuvor. Wie hatte es so weit kommen können? Warum waren sie so arglos in Caspars Falle getappt?

Miriam stand entschlossen auf.

»Komm«, sagte sie und zog ihren Bruder mit sich aus dem Zimmer. David war unendlich dankbar, dass sie wieder die Alte zu sein schien. Er schaltete Friedrichs Taschenlampe ein und führte sie in das Treppenhaus, über das er hergekommen war.

»Wo warst du?«, fragte Miriam leise, während sie die Stufen nach unten eilten.

»Draußen. Bei Caspars Eltern.«

David wollte eigentlich gar nicht mehr daran denken. Aber er fuhr fort: »Mit Caspars Vater ist etwas Schlimmes passiert. Wir waren zusammen draußen. Aber wie aus dem Nichts gab es einen grauenvollen Sturm, und ich befürchte, dass er tot ist.«

»Was?«

»Es war plötzlich so kalt. Er ist erfroren, einfach so, auf der Stelle. Ich habe versucht, ihm zu helfen, aber es ging so schnell.«

Miriam lief direkt hinter David. Er konnte spüren, wie sie das zu verstehen versuchte, was sie hörte. Er selbst dachte bei sich: Und dabei hatte er mir kurz davor noch das Leben gerettet. Ohne ihn wäre ich ertrunken.

Er hatte es laut sagen wollen, aber es war alles zu viel auf einmal, für seine Schwester wie für ihn selbst.

»Was ist mit Caspars Mutter?«, fragte sie.

»Ich weiß es nicht. Ich bin zum Haus zurück, aber sie war nicht mehr da. Ich hoffe, dass sie nicht auch irgendwo im Wald von dem Sturm erwischt wurde.«

Sie waren ans Ende der Treppe gelangt und hielten vor dem Eingang zum Keller inne.

»Was für ein Albtraum ist das hier?«, fragte Miriam. »Ich habe die ganze Zeit das Gefühl, ich müsste aufwachen. Aber es geht einfach immer weiter.«

»Ich weiß nicht, was los ist«, sagte David. »Aber das ist doch alles Caspars Werk, oder nicht? Hat er dir wirklich nicht erklärt, was er vorhat?«

Miriam schüttelte den Kopf.

David glaubte ihr, dass sie sich an nichts erinnerte. Er dachte an ihre letzte Begegnung, bei der sie ihn angeschrien hatte, er solle verschwinden.

»Ich weiß nicht«, sagte Miriam. »Es war wirres Zeug.

Aber ich glaube, mit den Dingen, die er in Ordnung bringen will, waren wir gemeint. Er war so wütend!«

Sie wischte sich über die Augen.

»Warum war er wütend? Weil ich abgehauen bin?«

»Vielleicht. Aber auch, weil er gemerkt hat, dass ich seinen Irrsinn nicht mitmache.«

David spürte, wie die Angst seiner Schwester wuchs, sobald sie nur an Caspar dachte.

»Wir müssen schnell hier raus«, sagte sie wieder und zog ihn weiter.

Als sie den Kellergang entlangliefen, überkam David die böse Ahnung, dass er sich wieder verirren und den geheimen Ausgang nicht wiederfinden würde. Doch dann fanden sie den Gang, in dem die Neonröhre brannte, die er selbst vorhin eingeschaltet hatte.

»Die Tür da«, sagte David. »Der Gang dahinter führt nach draußen.«

Und am Ende des Ganges liegt die Leiche von Caspars Vater, dachte er bei sich.

Erfroren.

Gefroren.

David hatte die Tür zu dem unterirdischen Gang unverschlossen gelassen. Diesmal verriegelte er sie hinter sich. Friedrich hatte geglaubt, dass sein Sohn keinen Schlüssel zu dieser Tür besaß. Natürlich konnte Caspar auf allen möglichen anderen Wegen das Gebäude verlassen und sie suchen. Aber es fühlte sich gut an, ihm wenigstens an dieser Stelle einen Schritt voraus zu sein.

Als sie durch den Gang eilten, sah er, dass es heller geworden war, vom anderen Ende fiel vorsichtiges Dämmerlicht hinein.

»Was ist das?«, fragte Miriam.

Im selben Moment hörte David wieder die sonderbaren Stimmen.

»Du hörst das auch?«

»Ja. Ich habe es schon im Schloss gehört, als ich ... Als Caspar bei mir war.«

Ein kräftiger Windzug wehte durch den engen Gang. Gespenstisch, wie der Atem eines Riesen im Rücken. Er schob sie geradezu vor sich her, in Richtung des Lichts. David fragte sich, wie das sein konnte, wo er doch die Tür hinter sich verschlossen hatte.

Wo zuvor Friedrichs erfrorener Körper im Eingang gelegen hatte, war nichts mehr.

»Er ist verschwunden«, sagte David, als sie dort ankamen.

»Caspars Vater?«, fragte Miriam.

»Ja. Ich habe ihn hier zurückgelassen.«

»Glaubst du, dass er doch noch lebt?«

»Ich weiß es nicht. Ich glaube nicht. Ruth muss ihn gefunden haben.«

»Oder Caspar.«

Miriam warf ihrem Bruder einen finsteren Blick zu.

Dann fügte sie hinzu: »Wir müssen seine Mutter finden.«

Sie stiegen die Stufen zu dem überwucherten Pfad hoch,

der von der Tür wegführte. David hatte viel Hoffnung geschöpft, seit er seine Schwester wieder bei sich hatte. Jetzt sank sie erneut in sich zusammen.

37

Entschlossen stapfte Ruth durch den Wald, wo es kalt war wie im November und Nebel in der Morgenluft lag. Sie hielt den Kopf gesenkt und den Blick auf ihre dicken Schuhe gerichtet, die immer wieder tief im Laub einsackten. Es war sehr anstrengend für sie, ihre Hüfte schmerzte. Ihre langen, grauen Haare wehten um sie herum im immer noch heftigen Wind.

Ihr war warm unter ihrer Jacke, ihr Herz schlug schnell. Sie hatte Angst vor dem, was sie vorhatte. Aber auch Angst um Friedrich. Und um Miriam und David. Sie waren alle in Gefahr, einer realen Gefahr.

Ruth hatte nie aufgehört, an die Existenz der Unsichtbaren zu glauben. Als kleines Mädchen war es für sie das Normalste von der Welt gewesen, mit ihnen zu sprechen. Denen, die in Bäumen und Büschen lebten, in Seen und Höhlen und Steinen. Manche waren wie Spielkameraden für sie gewesen, und weil man sie zwar hören und fühlen, aber nie so richtig sehen konnte, hatte es irren Spaß bereitet, mit ihnen herumzutoben. Die meisten waren immer nett zu ihr gewesen, sehr neugierig, hin und wieder aufdringlich, selten böse. Nur manchmal hatten sie es übertrieben und das Mädchen doch etwas zu sehr verwirrt.

Einmal hatten sie sie dazu gedrängt, auf einen Baum zu klettern, von dem sie allein nicht mehr heruntergekommen war. Ihr Vater hatte eine Leiter holen und sie huckepack nach unten tragen müssen. Ein Streich, wegen dem sie zwar ein wenig beleidigt, aber nicht lange böse auf sie gewesen war.

Nur einmal, als sie schon zehn oder elf gewesen war, hatten sie ihr wirklich Angst eingejagt. Mit unheimlichen Rufen und Schreien hatten sie Ruth durch den Wald gejagt, bis sie nicht mehr gewusst hatte, wo sie war. Es war dunkel geworden und schrecklich kalt. Sie erinnerte sich, dass sie zitternd an einem kleinen Bach gesessen hatte, und wie dieser an den Rändern begonnen hatte, zuzufrieren. Irgendwann hatte eines der Wesen Mitleid mit ihr bekommen und ihr den Weg nach Hause gezeigt.

Die meisten anderen Kinder hatten Ruth wegen ihrer Geschichten über die Unsichtbaren ausgelacht. Manche waren aber auch fasziniert und ein bisschen neidisch gewesen. Dass sie nicht verrückt war, hatte Ruth schon immer gewusst. Von ihrem Großvater, der die gleiche Gabe gehabt hatte. Manchmal waren sie zusammen durch die Natur gestreift, hatten sich mit den Unsichtbaren unterhalten und von ihnen führen lassen.

Später hatte Ruth begonnen, diese anderen Wesen zu ignorieren. Und sie hatte schließlich aufgehört, über sie zu sprechen, um ihre Mitmenschen nicht zu verschrecken. Doch obwohl sie den Kontakt sehr lange vermieden hatte,

hatte sie immer gewusst, dass er möglich war. Wo weniger begabte Menschen komplizierte und manchmal gefährliche Rituale brauchten, um überhaupt irgendeine Verbindung herzustellen, die meist nur schwach war, brauchte sie sich nur zu konzentrieren, schon konnte sie ihre Gegenwart spüren. Sehr wenige Menschen waren Teil beider Welten, die ansonsten streng getrennt blieben. Dazu hatte ihr Großvater gehört. Auch sie selbst. Und vor allem Caspar.

Friedrich war nach vielen Jahren der erste Mensch gewesen, dem sie davon erzählt hatte. Das war ihr erstaunlich leicht gefallen, weil Friedrich einfach so war, wie er war. Keinen Moment hatte sie gezweifelt, dass er ihr glauben würde.

Als dann viel später ihr gemeinsamer Sohn begann, von unsichtbaren Wesen zu reden, hatte sie sich aufrichtig gefreut. Es war ein großes Geschenk, mit ihrem Kind diese Gabe zu teilen.

Aber wie hatte Caspar so außer Kontrolle geraten können? Warum war er so feindselig geworden? Warum missbrauchte er seine Gabe derartig?

Nach dem, was den früheren Freunden ihres Sohnes hier zugestoßen war, konnte Ruth nicht länger wegsehen. Es tat ihr weh und ein bitteres Schuldgefühl wuchs in ihr. Ihr Entschluss, gegen diese unheilvolle Allianz anzugehen, die Caspar mit einem Teil der Unsichtbaren geschlossen hatte, hatte schnell festgestanden.

Dann war ihr der Altar im Wald eingefallen. Caspar hatte erwähnt, dass es ein guter Ort sei, um Kontakt aufzunehmen. Eine alte Kultstätte, die schon seit Menschengedenken dafür genutzt worden war.

Einmal hatte sie Thea dort bei einem Ritual überrascht. Ruth hatte Blut auf der Steinfläche gesehen und die Reste eines toten, ausgeweideten Tieres. Es war aber kein Opfer gewesen; mit derlei machte man sich die Unsichtbaren eher zu Feinden. Es war eine Bitte um Vergebung dafür, dass man Leben nahm, um selbst davon zu leben. Wer mit den Unsichtbaren einen Bund einging, sollte keinesfalls riskieren, sie auf irgendeine Weise zu enttäuschen, vermutete Ruth.

Sie dachte an Thea, die ihr anfangs so liebenswürdig erschienen war, die aber inzwischen genauso eigenartig war wie Johann. Die durch das Schloss schlich wie ein mürrischer Geist. Die immer alles tat, was Caspar befahl, und ihn in seinem Wahn bestärkte. Ruth hatte seit langem kein einziges Wort mehr mit den Angestellten gewechselt. Das Schloss hatte sie zuletzt nur betreten, wenn es sich nicht vermeiden ließ. Sie war nicht einmal sicher, ob nicht sogar Thea und Johann diejenigen waren, mit denen das ganze Übel erst angefangen hatte.

Als Ruth an die beiden dachte, schüttelte es sie vor Wut. Wut darüber, dass es Menschen gab, die Caspar noch weiter von ihr entfernten, als er es ohnehin schon war, und die dafür sorgten, dass er sich bestärkt fühlte auf seinem Irrweg.

Mit der rechten Hand hielt sie den Griff des Messers fest umklammert.

Es war nicht mehr weit bis zum Altar.

Die Stätte der Begegnung, dachte Ruth.

Und während sich das Bild des wuchtigen, steinernen Tisches vor ihr inneres Auge schob, fühlte sie plötzlich neue Kraft und Zuversicht in sich aufsteigen.

Nein, sie hatte die Verbindung zu den Unsichtbaren nicht verloren. Man verlor sie nie. Sie war da, wenn man sich traute, hinzusehen.

Sie hatte ihre eigenen Freunde von der anderen Seite, würde ihre eigene Allianz schmieden.

Es würde nicht leicht sein, sondern sogar gefährlich. Egal, was im Schloss vor sich ging – Ruth war froh, dass ihr Mann nun dorthin gegangen und nicht hier bei ihr war. Sie war sicher, dass Caspar seinem Vater nichts Ernstes antun würde. Aber wie die Unsichtbaren darauf reagieren würden, dass jetzt sie sich einschaltete, war vollkommen ungewiss.

Ruth erreichte die Lichtung mit dem Altar und blieb stehen.

Links und rechts von ihr tauchten Schatten auf und sie hörte eine vertraute Stimme, die weder weiblich noch männlich klang.

»Gut, dass du hier bist, Ruth.«

Sie drehte sich um und sah, dass weitere Schatten hinter ihr versammelt waren.

Undeutliche Umrisse, wie sie sie von früher kannte.

Und sie hatten etwas mitgebracht.

Ein paar Schritte entfernt, am Rand der Lichtung auf dicke Grasbüschel gebettet, lag der starre Leichnam ihres Mannes.

38

Der Tag zwar inzwischen angebrochen, trotzdem sah David fast nichts. Die Bäume um sie herum waren in dichten Nebel gehüllt und kaum zu erahnen. Selbst Miriam, die direkt hinter ihm war, konnte er nur undeutlich erkennen. Während er sich fragte, was für eine Teufelei diesmal vor sich ging, wurden die singenden Stimmen wieder lauter, wie in der Nacht, in der er ins Wasser gestürzt war.

Der Nebel geriet in Bewegung.

Auf einmal näherte er sich ihnen von überall her, quoll vom Boden herauf, kroch zwischen den Bäumen hindurch, sogar aus ihnen heraus. Er senkte sich vom Himmel, als würden die Wolken auf sie herabfallen.

Im Handumdrehen konnte David Miriam nicht mehr sehen. Und sofort hatte er die Orientierung verloren. Whiteout, dachte er. Diese Vorstellung, sich in einem Schneesturm zu verirren, weil es keinerlei Anhaltspunkte für die Sinne mehr gab, hatte ihn immer erschreckt.

Halb erwartete David schon die mörderische Kälte, die Friedrich überfallen hatte. Doch die blieb aus.

Er glaubte, etwas im Nebel zu sehen, dass sich bewegte. Aber vielleicht wurde er nur vom Wind durcheinandergewirbelt.

Gleichzeitig sangen die Stimmen in Davids Ohren, euphorisch, als hätten sie etwas zu bejubeln.

Er hörte Miriam rufen, doch nur gedämpft, als wäre sie

längst weit entfernt. Die widerlich dissonanten Stimmen übertönten sie.

David legte die Hände auf die Ohren, doch das half kaum. Von dem schauderhaften Gesang wurde ihm übel, er machte ihn schwindelig. Oder lag es daran, dass er nichts als weißgräuliches Wabern um sich herum sah?

Er streckte eine Hand aus, um sich vorwärts zu tasten. Sofort verschwand sie im Dunst.

Im selben Moment spürte er, dass ihn etwas am Rücken berührte.

Er fuhr herum.

»Miriam?«, rief er. »Wo bist du? Miriam!«

Sie antwortete nicht.

Dann eine unsanfte Berührung an der linken Schulter. Jemand oder etwas schubste ihn.

David geriet sofort aus dem Gleichgewicht, wankte verblüfft ein paar Schritte zur Seite. Er streckte beide Arme aus, um zu fühlen, wer oder was ihn berührt hatte. Aber seine Hände ertasteten nichts.

Stattdessen war wieder etwas an seinem Rücken. Zunächst fühlte es sich an, als würde er festgehalten. Dann stieß ihn etwas so heftig nach vorne, dass er aufschrie. Er stolperte ein paar Schritte und fiel hin.

»David!«, hörte er nun wieder Miriam zwischen den singenden Stimmen. Weit weg. Sie klang panisch.

Bevor David darüber nachdenken konnte, was bloß mit ihr – ihnen beiden – geschah, fühlte er, wie etwas ihn von hinten packte und nach oben zerrte.

Er schrie und zappelte herum, kam jedoch nicht frei. Er

verlor den Kontakt zum Boden. Irgendjemand oder irgendetwas trug ihn, schleppte ihn mit sich.

Die Stimmen schallten weiter in Davids Ohren und das Schwindelgefühl wurde immer schlimmer. Während er sich hilflos mitgerissen fühlte, wusste er nicht mehr, wo oben und unten war. Einige schreckliche Sekunden lang kam es ihm vor, als wäre das Weiß um ihn herum die Wolkendecke, die Erde längst viele hundert Meter unter ihm. Doch dann spürte er auch schon wieder Boden unter den Füßen.

Er stolperte einige Schritte voran, versuchte wegzukommen, bevor ihn erneut etwas packen konnte. Irgendwie musste er hinter die Wand aus Nebel gelangen, um zu sehen, was dort vor sich ging.

Doch jetzt hielt etwas seinen rechten Arm umklammert. David wehrte sich, aber es war zwecklos. Etwas Unsichtbares zog mit einer Kraft daran, die nicht menschlich sein konnte. Er konnte nicht anders, als zu folgen.

Die infernalischen Stimmen begleiteten ihn, kreischten ihm in die Ohren. Oder war es nicht eher ein höhnisches Lachen?

Was auch hinter diesem Spuk steckte, spielte mit ihm wie ein Raubtier mit seiner Beute, ergötzte sich an seiner Panik und an der eigenen Übermacht. Es war ein Machtspiel, wie es Caspar schon die ganze Zeit inszeniert hatte. Der Mensch, den er einmal so gut gekannt hatte. Der nun wie ein verrückter Guru eine Horde unsichtbarer Wesen gegen die wenigen Menschen aufgebracht hatte, die ihm einmal nah gestanden hatten.

Sie können wahre Naturgewalten sein, hatte Ruth gesagt.

David war nun überzeugt, dass die gleiche Gewalt ihn ins Wasser getrieben und dort fast getötet hatte. Dass sie später in einem eisigen Sturm über Friedrich hergefallen war.

Zumindest indirekt hatte sein eigener Sohn ihn auf dem Gewissen. Ob Caspar es bereits wusste?

Seine angeblich wichtigsten Freunde waren den aufgebrachten Unsichtbaren nun ebenfalls ausgeliefert.

Wie zur Bestätigung hörte David plötzlich Caspars Stimme. Sie hob sich deutlich ab vom Kreischen der unsichtbaren Horde, das etwas zurückwich.

»David, mein Bester«, sagte Caspar.

David sah sich um, während er seinen Arm nicht frei bekam und nichts tun konnte, als sich mitschleppen zu lassen.

Der Nebel blieb ein undurchdringliches Grau.

War Caspar tatsächlich in der Nähe? Er hörte ihn so deutlich, als wäre er direkt neben ihm. David streckte die freie Hand aus und versuchte nochmals, im Dunst etwas zu ertasten, aber da war nichts.

»Wo bist du?«, rief David in das Nichts hinein. »Mach, dass das aufhört!«

»Das kann ich nicht«, antwortete Caspars Stimme. »Und ich glaube auch nicht, dass ich es will. Sie lassen sich von niemandem stoppen, weißt du? Nicht einmal von mir.«

»Du musst es versuchen!«

»Warum? Um dir zu helfen? Warum sollte ich das wollen? Warum sollte ich mich für dich interessieren? Du bist wertlos für mich. Genau wie deine Schwester.«

»Ich glaube, sie haben deinen Vater getötet.«

David hoffte, dass die Neuigkeit Caspar schockierte, ihn

zur Vernunft brachte, und bemühte sich, nicht eingeschüchtert zu klingen. Dabei blieb ihm der Atem weg, weil er gezwungen war, immer weiter zu laufen.

»Ich weiß«, sagte Caspar kalt. »Ich sagte ja: Sie lassen sich nicht stoppen. Sie verteidigen nur unseren Plan. Wer ihn durchkreuzen will, bekommt das zu spüren.«

Das Etwas, das David mit sich riss, schleuderte ihn plötzlich von sich wie ein zorniges Kind, das sein Spielzeug wegwirft. David flog fast, bevor er unsanft mit der linken Seite auf dem Boden aufkam. Lockerer Waldboden dämpfte seinen Aufprall, aber er überschlug sich und bekam Blätter in den Mund. Er spuckte sie aus und blieb einen Moment lang reglos liegen, um abzuwarten, was geschah.

Die irren Stimmen jubelten wieder.

»Was wollen sie?«, schrie David, wobei er alle Kraft aufbringen musste, die ihm geblieben war. »Was wollen sie von mir?«

»Sie werden dich aus dem Weg schaffen wollen. Denn dir ist schließlich nicht zu trauen. Du bist eine Gefahr für unseren Neuanfang.«

Das war eine andere Stimme. Sie klang bekannt, aber David konnte sie im ersten Moment nicht zuordnen.

Dann fiel es ihm ein.

Phil, der Cowboy.

David hatte sich aufgesetzt und kam langsam zu Atem. Aber immer noch sah er nichts als Nebel um sich herum. Waren sie etwa alle hier draußen? Oder hatten sie in ihrer abartigen Gemeinschaft andere Wege gefunden, um zu kommunizieren?

Seit er Friedrich hatte sterben sehen, war er bereit, alles zu glauben.

»Ich bin keine Gefahr«, sagte David. »Euer Plan ist mir einfach egal.«

»Darauf sollten wir uns nicht verlassen«, sagte eine ernste Frauenstimme.

David merkte, dass sie nicht mit ihm sprach. Ihren Rat richtete sie nur an Caspar und die Anderen. Das verriet David, dass sie doch mehr Macht hatten, als sie zugeben wollten. Sie lenkten das Geschehen, oder bestimmten es zumindest mit.

»Richtig«, hörte David Caspar sagen. »Unsere Freunde werden wissen, was sie zu tun haben.«

David versuchte, wegzukrabbeln, aber spürte sofort Widerstand. Sie hielten ihn an beiden Schultern fest. Er kam weder vor noch zurück.

Gleichzeitig merkte er, wie der kreisende Nebel um ihn herum sich veränderte. Aus dem kühl-feuchten, grauen Dunst wurde weißer Dampf.

Und es wurde wärmer.

Dicke, warme, weiße Wolken hüllten David ein, als hätte sich in der Erde unter ihm ein Vulkan gebildet, der alle Feuchtigkeit im Boden verdampfen ließ. Sie schlug sich auf seinem Gesicht nieder. Oder vielleicht begann er zu schwitzen, weil die Temperatur Sekunde um Sekunde stieg.

Sie werden dich *kochen*, dachte er.

Und war das nicht viel schlimmer als das, was Friedrich zugestoßen war?

»Hört auf damit!«, rief er.

Aber er hörte, wie seine Stimme im Johlen der Unsichtbaren unterging.

»Caspar!«, schrie er.

Doch er bekam keine Antwort.

Stattdessen merkte er, wie der ihn einhüllende Wasserdampf immer heißer wurde.

David schloss die Augen, weil sie zu brennen begannen. Er versuchte, so flach wie möglich zu atmen, weil die Hitze durch Nase und Mund eindrang und an seinen Schleimhäuten schmerzte.

Schweiß lief an seinem Gesicht und Nacken herab und durchnässte sein T-Shirt. Er wand sich unter den unsichtbaren Händen, die ihn festhielten.

Dann veränderte sich seine Umgebung erneut. Vorsichtig öffnete er die Augen einen Spalt. Binnen Augenblicken war alle Feuchtigkeit verschwunden, dafür wurde es noch heißer. Jetzt umgab ihn der beißende, weißgraue Qualm eines Feuers. Es sah aus, als brenne der Wald um ihn herum, ohne dass er eine einzige Flamme sah.

Es roch verkohlt, es stank.

Es nahm ihm den Atem, den er wegen der unerträglichen Hitze ohnehin kaum holen konnte.

Naturgewalten außer Kontrolle, dachte David.

Er erkannte, was es hieß: Dass jeder Mensch ihnen hilflos ausgeliefert war, wenn sie es wollten. Dass es besser war, jede Verbindung zu ihnen auf ewig zu kappen. In jeder Beziehung passierten Missverständnisse und Verletzungen, doch mit den Unsichtbaren riskierte man dies lieber nicht.

Der Qualm drang David durch die Luftröhre bis in die

Lunge. Er spürte, wie er ihn vergiftete. Und immer noch hielt ihn ein unerbittlicher Klammergriff fest. Er kauerte sich auf dem Boden zusammen und presste die Hände auf das Gesicht, um es zu schützen.

Verbrennen.

Bitte nicht.

Erst das Verlorensein im Nebel. Jetzt das Feuer.

Das war kein Zufall; es war, als hätten sie in sein Innerstes geschaut und dort seine größten Ängste entdeckt.

Natürlich! Er selbst musste mit Caspar darüber gesprochen haben – damals, in einem anderen Leben, in dem sie Freunde gewesen waren.

Und wo war Miriam? Machte sie das Gleiche durch? Welche Tortur hatten sie sich für sie ausgedacht?

David betete, dass sie sie verschonten.

Dass Caspar sie verschone.

Er spürte, wie sein Körper innerlich und äußerlich zu glühen begann. Er konnte nur hoffen, dass der giftige Rauch ihm das Bewusstsein nehmen würde, bevor er einfach in Flammen aufging.

Er musste husten, es tat höllisch weh. Die schrillen Stimmen feierten seine Qual.

Von Caspar und seiner Gefolgschaft war nichts mehr zu hören. Sie hatten ihn endgültig den Naturgewalten ausgeliefert, die unablässig in Aufruhr waren.

Doch dann spürte David, wie sich erneut seine Umgebung veränderte. Wieder kam ein heftiger Wind auf.

Er nahm die Hände vom Gesicht, rang nach Atem, hustete und würgte.

Der Qualm war noch um ihn herum, aber geriet zunehmend in Bewegung. Gleichzeitig ließ die Hitze ein wenig nach.

Und dann veränderten sich die Stimmen.

Sie jubelten nicht mehr, sondern klangen aufgeregt. Erschrocken und aggressiv.

39

Eine heftige Windböe kam von der Seite und warf David aus seiner hockenden Position. Er sah, wie der Rauch über ihm durcheinandergewirbelt wurde, dazwischen Flecken von blauem Himmel. Und zum ersten Mal, seit der Nebel aufgekommen und er von seiner Schwester getrennt worden war, konnte David etwas von seiner Umgebung erkennen.

Er war noch immer im Wald und saß auf einer grasbewachsenen Lichtung. Die nächsten Bäume waren einige Meter entfernt und nur undeutlich zu sehen.

Hustend legte er die Hände auf das Gras, wie um sich zu vergewissern, dass die Welt um ihn herum real war. Der Boden war sehr warm, doch nicht verbrannt.

Schon kam der nächste Windstoß, diesmal von der anderen Seite und noch kräftiger. Mehr Qualm wurde davongetragen und David sah, dass die Bäume am Rand der Lichtung unversehrt waren.

Die Hitze ließ weiter nach.

Doch gleichzeitig jagten die Stimmen ihm Angst ein.

Seit er sie zum ersten Mal gehört hatte, waren sie beunruhigend gewesen, schrill und dissonant. Trotzdem hatten sie wie eine Einheit geklungen, wie ein Chor von Irren, die alle an den gleichen Wahnvorstellungen litten. Mit Einsetzen des Sturms aber war Chaos unter ihnen ausgebrochen. Die Kakophonie war unerträglich, und als David erneut die Hände auf die Ohren presste, brachte es gar nichts.

Weitere Sturmböen fuhren über die Lichtung, rissen mehr von dem Rauch fort wie einen dicken, aber in Fetzen hängenden Vorhang. David drehte sich um und erkannte in einiger Entfernung den steinernen Quader, den er im Dunkeln mehr gefühlt als gesehen hatte.

Jetzt lag etwas Großes darauf, das letzte Nacht nicht dort gewesen war. Jemand stand dahinter und blickte in seine Richtung.

David stand langsam auf, das Gesicht schmerzverzerrt vom Gekreisch der Unsichtbaren, das seinen Kopf zum Dröhnen brachte.

Er machte ein paar zögernde Schritte auf den Altar zu, gegen den Sturm ankämpfend, bevor er Caspars Mutter erkannte.

Ruth hatte ihr Gesicht zwar ihm zugewandt, aber sah ihn nicht an, sondern blickte ins Leere. Ihr Mund war leicht geöffnet und ihre Lippen bewegten sich. Doch zwischen den entfesselten Stimmen war sie unhörbar.

Und jetzt sah David, was vor ihr auf der steinernen Fläche lag: der starre, leicht verkrümmte Körper von Friedrich.

Wie war er dorthin gekommen? Und was hatte Ruth mit ihm vor?

David kämpfte sich weiter vorwärts, als ihn wieder etwas an der Schulter berührte. Er fuhr herum, wütend diesmal, fixiert darauf, nicht noch einmal von etwas festgehalten zu werden.

Aber es war ein Mensch aus Fleisch und Blut, der ihn berührt hatte.

Miriam.

David umarmte sie kurz und heftig. Vor Erleichterung stiegen ihm Tränen in die Augen.

Sie sah völlig erschöpft aus, war außer Atem, konnte sich wie er kaum auf den Beinen halten. Aber sie schien unverletzt. Der Sturm wehte ihr die Haare vor das Gesicht. Sie rief etwas, doch obwohl sie ihm direkt gegenüberstand, war es im Getöse nicht zu verstehen.

David zeigte auf den Altar.

Als Miriam Ruth und Friedrich erkannte, sah sie ihren Bruder bestürzt an.

Um sie herum tobte das Chaos. Doch die Luft war vom Rauch nahezu vollständig bereinigt, die Temperatur normal. Es hätte sich wie ein gewöhnlicher Sturm angefühlt, wären da nicht die Stimmen der Unsichtbaren gewesen, aufgebracht, sich überschlagend, kämpfend.

Miriam und David kamen nur schrittweise vorwärts, beide unsicher, wie weit sie sich dem Altar überhaupt nähern sollten.

Ruth hielt ihre Hände ausgestreckt, in Richtung ihres toten Mannes, mit den Handflächen nach oben, wie um zu sagen: Seht her, was ihr angerichtet habt! Dabei wirbelte ihr langes, graues Haar im Wind.

David betrachtete Friedrichs Leiche genauer. Zwar sah er nicht mehr aus, als hätte er tagelang in einer Tiefkühltruhe gelegen. Aber die Augen waren starr geradeaus gerichtet, die Haut aschfahl.

War es eine Anklage? Forderte Caspars Mutter die Unsichtbaren heraus?

Doch dann erkannten die Geschwister, dass in Ruths rechter Hand ein Messer lag. Und dass sie sich, genauso wie Thea es getan hatte, am linken Arm lange Schnitte zugefügt hatte, aus denen Blut herablief.

Sie kamen näher, sahen noch mehr Blut. Es sickerte aus Friedrichs Hals, an dem seitlich eine lange Schnittwunde klaffte.

Ruth hatte nicht nur sich selbst, sondern auch den Leichnam ihres Mannes verletzt. Das Blut von beiden floss über die Steinplatte und sammelte sich in deren Mitte, wo die Mulde war, in der David in der Nacht die Knochen vorgefunden hatte.

Es war keine Anklage, sondern eine Beschwörung. Ein Appell an die Unsichtbaren, nicht noch mehr Schaden anzurichten, nicht noch einmal zu töten.

Wahrscheinlich hatte Ruth ihnen mit diesem Appell das Leben gerettet. Wenigstens einen Teil der Naturgewalten hatte sie auf ihre Seite gebracht.

Caspars Mutter hatte Tränen in den Augen. Doch sie hielt den Blick entschlossen nach vorn gerichtet und fuhr unbeirrt fort, mit ihren Lippen unhörbare Worte zu formen.

David realisierte, dass auf der Vorderseite des grauen Steinquaders drei Runen eingeritzt waren, halb verwittert, aber lesbar. Er war nicht sicher, welche davon er schon auf den Gemälden im Schloss gesehen hatte. Die linke ähnelte einem H, die mittlere einem R, die rechte einem umgedrehten U.

Während unablässig Windböen die Lichtung von den letzten Rauchschwaden befreiten, veränderten sich die Stimmen der Unsichtbaren. Noch immer klangen sie aufgeregt, protestierend. Aber sie schienen leiser, entfernter, als würde sie etwas daran hindern, direkt zu ihnen durchzudringen.

Miriam und David blieben eine Weile abwartend stehen. Ruth war blass, ihre ausgetreckten Hände zitterten. Sie hatte viel Blut verloren.

Nach endlos langen Minuten senkte sie den Blick.

Die Stimmen waren verschwunden.

Die Luft um sie herum war klar, aus dem Sturm war ein frischer Wind geworden.

Ruth sah die Geschwister kurz an, während diese sich vorsichtig weiter näherten. David glaubte, ein erschöpftes Lächeln auf ihren Lippen zu sehen, bevor sie den Kopf auf die Brust sinken ließ. Sie atmete schwer und stützte sich mit den Händen auf der Steinplatte ab.

»Wir müssen ihr helfen«, sagte Miriam. Sie beeilte sich, auf Ruths Seite des Altars zu gelangen und legte einen Arm um ihre Hüfte.

»Sie blutet immer noch«, rief sie ihrem Bruder zu, der sich hilflos umsah. Doch Miriam hatte schon ihre Bluse ausgezogen, wickelte sie um Ruths verletzten Arm und knotete sie fest.

David zog seiner Schwester die Jacke über, die er von Friedrich bekommen hatte.

Ruth sagte nichts, atmete nur mit gesenktem Kopf tief ein und aus.

David vermied es zunächst, die Leiche von Friedrich aus der Nähe anzusehen. Er empfand immer noch Schuld. Ohne ihn hätte Caspars Vater sich nicht in Gefahr begeben.

Aber dann sah David den leblosen Körper doch an. Er konnte nicht anders, aus Respekt vor dem, was Ruth getan hatte.

Und er sah das Blut in der Aushöhlung der Steinplatte. Sie war fast bis zum Rand mit der dunkelroten Flüssigkeit gefüllt.

Vorsichtig legte er Ruth eine Hand auf den Rücken.

Ein Teil von ihm wollte sich bei ihr bedanken. Doch jedes Wort, das er sich zurechtlegte, hörte sich falsch in seinem Kopf an. Schließlich war es nicht nur um Miriam und ihn gegangen.

Ruth blickte kurz auf, lächelte ihm zu und ließ die Tränen über ihre Wangen laufen.

40

Zwischen den schnell ziehenden Wolken zeigte sich immer wieder die Sonne und tauchte die Lichtung in gleißendes Licht.

»Sollen wir nicht zu Ihrem Haus gehen?«, hatte Miriam Ruth gefragt.

Ruth hatte ihr wortlos zugelächelt und den Kopf geschüttelt. Miriam hatte sich vergewissert, dass Ruths Wunden nicht mehr bluteten. Dann hatte sich die erschöpfte Frau auf den Boden gesetzt, mit dem Rücken an den angenehm warmen Stein gelehnt. Noch nicht bereit dazu, ihren Mann zurückzulassen.

Miriam und David sahen sich ratlos an, als jemand die Lichtung betrat.

Es war Caspar.

Er ging langsam auf den Altar zu und sah dorthin. Auch er sah sehr erschöpft aus, wirkte unsicher auf den Beinen. Das lange Haar war offen und durcheinander, das Gesicht verschwitzt.

Im ersten Moment fragte sich David ängstlich, was nun wieder geschehen würde. Er wusste, dass er keinerlei Kraft hatte für irgendeine Art von Kampf. Doch Caspar ignorierte die Geschwister und ging weiter auf den Altar zu. Dann stützte er sich mit den Händen darauf, wie es kurz zuvor seine Mutter getan hatte, kraftlos und resigniert.

Er war hier, weil er doch um seinen Vater trauerte. Nicht, um sie weiter zu bedrohen.

Seine Mutter hatte einen Bann gebrochen und nun erkannte er, dass er allein war.

Ruth hob den Kopf, als ihr Sohn sich neben sie stellte. Sie sah ihn lange an, mit einem Blick, den David nicht deuten konnte. Caspar erwiderte den Blick nicht und beide sagten nichts.

David dachte an die Naturgewalten, die er am eigenen Leib gespürt hatte. Die unerklärlichen Stimmen, die er mit eigenen Ohren gehört hatte.

Jetzt wirkten Ruth und Caspar so verletzlich. War das alles wirklich nur wegen ihnen geschehen?

David sah seine Schwester an, die mit leicht gerunzelter Stirn neben ihm stand und unverwandt auf Caspar starrte, und wusste, dass sie sich die gleichen Fragen stellte.

∾

Eine ganze Weile später stand Ruth auf und sagte tonlos: »Ich gehe ins Haus.«

David konnte nicht sagen, ob es eine Aufforderung war, ihr zu folgen. Während er darüber nachdachte und Ruth langsam davonging, mit der rechten Hand den linken Arm festhaltend, um den Miriams blutgetränkte Bluse gewickelt war, schaute Caspar ihn mit leeren Augen an und sagte: »Ihr solltet jetzt wirklich verschwinden.«

David traute seinen Ohren nicht.

In Caspars Stimme schwang ein Vorwurf mit, als wären sie ungebetene Gäste und schuld an der ganzen Katastrophe.

»Dann zeig uns wie«, antwortete Miriam prompt. Ihre Stimme klang tief und kratzig wie die einer drohenden Löwin.

Caspar stieß sich von dem Steintisch ab. Er schien sich nur mühsam dazu aufraffen zu können, sich überhaupt noch mit ihnen zu beschäftigen.

Mit schleppendem Gang machte er sich auf den Weg und gestikulierte undeutlich in ihre Richtung, zum Zeichen, ihm zu folgen.

Sie gingen ein Stück durch den Wald, immer mit einigen Metern Abstand zu Caspar, bis sie die Zufahrt zum Schloss erreichten.

Das Tor, vor dem David irgendwann schon einmal gestanden hatte, war nicht weit. Caspar ging entschlossen darauf zu und sie folgten ihm. Dann holte er einen Schlüsselbund aus seiner Hosentasche, suchte eine Weile ungeduldig den passenden Schlüssel, steckte ihn in das Schloss und drehte ihn. Er zog die dicke, eiserne Kette zwischen den Stangen des Tores hindurch und schob einen der beiden Torflügel gerade weit genug nach vorne, dass man hindurchgehen konnte.

Er blieb in dem offenen Durchgang stehen, die Hand am Tor, und sah die Geschwister abwechselnd an.

Müde.

Gleichgültig.

Die beiden blieben unsicher und misstrauisch stehen.

»Was ist?«, fragte Caspar. »Muss ich euch wirklich bitten, zu gehen?«

Miriam machte einen Schritt nach vorn und nahm ihren Bruder an die Hand. Dann gingen sie beide an Caspar vorbei durch das Tor, darauf bedacht, ihn nicht anzusehen.

Sobald sie hindurchgegangen waren, schloss Caspar sofort wieder das Tor und verriegelte es.

Er deutete nach links und sagte in gelangweiltem Ton: »Folgt der Straße. Da ist ein verlassener Hof. Unter dem

Scheunendach steht euer Auto. Wenn ihr Glück habt, steckt der Schlüssel.«

»Und wie ...«, begann David.

»Haut jetzt ab«, fiel Caspar ihm ins Wort, aber ohne Wut in der Stimme.

Dann drehte er sich weg und trat ohne ein weiteres Wort den Rückweg zum Schloss an.

Eine Weile sahen sie ihm hinterher. Dann merkte David, dass Miriam immer noch seine Hand festhielt und nun daran zog.

Er ließ sich einfach mitziehen.

Weg vom Schloss, weg von Caspar.

Epilog

Nur noch ein paar Schritte.

Noch einmal alle Kraft zusammennehmen.

Gleich würden sie oben sein, dann würde sie die Aussicht für diese Quälerei belohnen.

David glaubte zu spüren, wie die Luft zum Atmen in dieser Höhe knapp wurde. Dabei war dieser Berg im Vergleich zu vielen anderen jämmerlich klein. Und sie waren doch direkt am Meer, müsste es da nicht sogar mehr Sauerstoff geben?

Er war untrainiert, da lag das eigentliche Problem. Wann war er zuletzt auf einen Berg gestiegen, der höher war als der Hamburger Michel?

David hob den rechten Fuß und setzte ihn auf den klobigen Felsen, der vor ihm auf dem Wanderweg aufragte. Mit der linken Hand stützte er sich auf einem anderen Stein ab, gab sich einen Ruck und wuchtete seinen Körper ächzend nach oben.

Dort angekommen wurde ihm schwindlig und er schloss die Augen.

Als er den frischen Wind und die Sonne im Gesicht spürte, öffnete er sie wieder. Der Hang, den sie erklommen hatten, hatte größtenteils im Schatten gelegen. Hier oben in der Sonne war es deutlich wärmer. Der Wind war kräftig, aber mild. Die Sicht atemberaubend klar. Vor David lag eine zerklüftete Felslandschaft mit karger Vegetation. Gut hundert Meter entfernt lag ein kleiner See in einer windgeschützten Mulde, schwarz und still wie vulkanisches Glas.

Er drehte sich um, um die Aussicht auf der anderen Seite zu genießen, und konnte sich nicht entscheiden, welche schöner war. Hier lag zu ihren Füßen das dunkelblaue Meer, gesprenkelt mit graugrünen, hoch aufragenden Felseninseln. Zur Linken unter ihnen war das Ufer gesäumt von leuchtend roten und weißen Häusern.

»Wow«, sagte David laut, holte tief Luft und stieß sie wieder aus. Er hockte sich hin, um den Schnürsenkel seiner grauen Wanderschuhe festzuzurren, die zu warm für das Wetter waren.

Kathi kam um die letzte Biegung des Wanderwegs, keuchte, aber grinste ihn glücklich an.

»Endlich!«, rief sie ihm zu, wobei sich ihre Stimme überschlug.

David reichte ihr seine Hand, als sie auf den dicken Felsen zu ihm nach oben stieg und legte ihr einen Arm um die Schultern. Ihre Kondition war nicht besser als seine, sie war völlig außer Atem, ein paar Strähnen ihres blonden Haars klebten auf ihrer Stirn, dunkel vom Schweiß. Er selbst spürte, wie durchnässt das T-Shirt am Rücken unter seinem Rucksack war. Ihre Strickjacken hatten sie schon nach den ersten hundert Metern ausgezogen und sich um die Hüften geschlungen. Er hatte nicht geglaubt, dass es auf den Lofoten jemals so heiß werden könnte.

Eine Weile bestaunten sie das Panorama und machten Fotos, dann setzten sie ihren Weg in Richtung des kleinen Sees fort.

Dessen Ufer lag in der Sonne und sie beschlossen, dort ein Picknick zu machen. Sie breiteten ihre Jacken im trockenen Gras aus und legten sich darauf, selig die müden Beine ausstreckend, die Hände hinter ihren Köpfen verschränkt, und dösten einige Minuten zufrieden vor sich hin.

Irgendwann schob sich eine Wolke vor die Sonne.

David öffnete die Augen, stützte sich auf die Ellenbogen und blickte in Richtung des Sees. Ohne das Sonnenlicht wurde es sofort frischer. Der kühle Wind gelangte plötzlich bis hinunter zu ihnen in die Senke und wehte über das schwarze Wasser in ihre Richtung.

Davids Herz schlug schneller, er wurde unruhig.

Er warf einen Blick auf Kathi neben sich, die eingeschlafen war und leise schnarchte. Sie rieb sich im Schlaf die Nase, wie sie es häufig tat.

Dann schaute David wieder auf die Landschaft vor sich. Wo man in der Sonne vor wenigen Augenblicken alles hatte erkennen können, verschwammen jetzt die Konturen. Der Wind hielt an und kräuselte das dunkle Wasser. An dessen Rand war direkt unter der Oberfläche langes, grünes Gras zu sehen, das in den seichten Wellen hin und her wogte.

David wollte gehen, und zwar sofort.

Weg vom See, weg aus diesem Loch.

Zurück auf die andere, offene Seite, wo man das Meer sah und nicht in der Falle saß.

Er rüttelte Kathi sanft an der Schulter, die sofort aufwachte und ihn anblinzelte.

»Tut mir leid«, sagte David. »Mir wird kalt hier, können wir gehen?«

Kathi rappelte sich schläfrig hoch, nicht gerade begeistert.

Sie rafften ihre Sachen zusammen und stapften schweigend den Weg zurück, den sie gekommen waren, wobei David mit gerunzelter Stirn auf seine Schuhe starrte.

∽

»Alles OK bei dir?«, fragte Kathi, als sie etwas später auf einem großen, dem Meer zugewandten Stein saßen, der nun wieder in der Sonne lag. David hatte immer noch kein Wort gesagt.

»Mh-hm«, machte er.

Kathi sah ihn eindringlich an. Es war nicht das erste Mal gewesen, dass er in eine solche plötzliche Unruhe verfallen war. Seit seiner Rückkehr von Caspar hatte es zwei oder drei ähnliche Situationen gegeben, und jedes Mal hatte er ihr später – beim ersten Mal erst Tage später – erzählt, dass ihn etwas an die Zeit bei Caspar erinnert hatte.

Stück für Stück hatte David seiner Freundin die Erlebnisse dort preisgegeben. Aber schon während des Erzählens hatte er gemerkt, dass die Erinnerung immer diffuser wurde, zeitlich und räumlich noch unklarer, als er es schon währenddessen empfunden hatte.

Dass dort einiges nicht mit rechten Dingen zugegangen war, daran zweifelte er nicht. Er hatte das Kathi gegenüber nicht betont, weil er spürte, dass er es ihr nicht zufriedenstellend erklären konnte; dass sie aber genau danach verlangte, verstand er. Deshalb hatte er es bei Andeutungen belassen, vor allem, was den Tod von Caspars Vater anging. Für Kathi waren Miriam und er einige Tage in den Fängen irrer Fanatiker gewesen, und Caspars Mutter, obwohl nicht minder verrückt, hatte ihren Sohn schließlich doch davon überzeugt, die Geschwister gehen zu lassen.

»Es war dieses Wasser dort«, sagte er und machte eine Kopfbewegung in Richtung des Sees. »Und der kalte Wind auf einmal ...«

»Wie bei Caspar? Als du dort nachts ins Wasser gefallen bist?«

»Ja, so in etwa.«

Sie packten ihr Picknick aus und begannen zu essen, obwohl David keinen Appetit hatte.

Kathi spülte einen großen Bissen Käsebrot mit Wasser hinunter und sagte: »Vielleicht solltest du doch noch einmal mit Miriam darüber sprechen.«

David sah seine Freundin mutlos an.

»Ihr habt das doch alles zusammen durchgemacht«, fuhr sie fort. »Und jetzt sieht es so aus, als würde es euch mehr trennen als zusammenschweißen.«

David dachte eine Weile nach, bevor er antwortete. Er selbst hatte das Gefühl, das Geschehene hinter sich lassen zu können. Obwohl es ihn manchmal beunruhigte und bis in seine Träume verfolgte, hatte es ihn auch stärker gemacht. Er hatte sich selbst bewiesen, dass er sich nicht von der Angst lähmen ließ, wenn es drauf ankam. Dass er um seine Freiheit und sein Leben kämpfen konnte.

Aber dass Caspar es doch irgendwie geschafft hatte, einen

Keil zwischen seine Schwester und ihn zu treiben, machte David zu schaffen.

»Sie will nicht darüber sprechen. Und sie sieht das alles sowieso anders als ich. Für sie waren wir in einem tagelangen Rausch, weil Caspar uns mit Drogen vollgestopft hat.«

»Das ist ja auch nicht ganz falsch, oder?«

»Nein. Aber es war auch nicht alles.«

Kathi nickte.

David dachte daran, dass Caspar mehr kaputt gemacht hatte. So viel er wusste, hatte Miriam Ethan nicht verraten, wie nahe Caspar und sie sich gekommen waren. In ihren Augen war es nicht sie selbst gewesen, die Caspar da verführt hatte. Aber sie hatte gegenüber David angedeutet, dass die Beziehung zu Ethan sich trotzdem verändert hatte. Was geschehen war, lag wie ein Schatten darüber.

»Und was aus Caspar geworden ist, wisst ihr nicht?«, fragte Kathi.

Auch darüber hatten sie schon gesprochen. Aber Kathi nutzte die seltene Gelegenheit, das Thema noch einmal anzuschneiden.

»Nein«, sagte David kopfschüttelnd. »Ich glaube, wir wollen es auch beide lieber nicht wissen.«

Er stand auf und reckte sich.

Die Sonne hatte ihren höchsten Punkt erreicht und war kräftig. David hatte das Gefühl, einen Sonnenbrand im Gesicht zu bekommen, aber es war ihm egal.

Es konnte gar nicht genug Sonne geben.

Der Wind war jetzt ebenfalls wieder warm. Er streichelte seinen Rücken, an dem das T-Shirt längst trocknete.

Es fühlte sich beruhigend an.

Seine Gedanken sprangen zu Ruth. Er sah ihr erschöpftes, aber lächelndes Gesicht vor sich.

Nein, der Wind war nicht immer kalt.

Es gab auch gute Geister da draußen.

»Ich möchte Vincent sehen«, sagte David so unvermittelt, dass Kathi ihn fast erschrocken ansah und zu kauen aufhörte. »Lass uns nach dem Urlaub zu Miriam fahren.«

 ENDE

Danksagung

Zuerst bedanke ich mich bei François, meinem ersten und kritischsten Leser, für seine immerwährende Unterstützung! Ich danke Dir außerdem für die viele Zeit und kreative Energie, die Du immer wieder in die grafische Gestaltung meiner Einbände steckst.

Herzlichen Dank auch allen Freund*innen und Verwandten, die mir damals, als die Rohfassung von *Caspars Schatten* fertig war, wertvolle, detaillierte Rückmeldungen und Anregungen zum Manuskript gegeben haben. Ihr habt entscheidend dazu beigetragen, dass ich die Lust an dieser Geschichte nie verloren habe, und dass daraus mein erstes Buch geworden ist.

Ein großes Dankeschön geht an Ramona, die – nachdem sie das Manuskript gelesen hatte – mir einige ihrer tollen Fotografien zeigte, und sofort bereit war, mir ein Covermotiv zur Verfügung zu stellen.

Anlässlich der dritten, überarbeiteten Auflage bedanke ich mich bei Karl-Heinz, der meinem Erstlingswerk mit seinem freien Programm *SP Buchsatz* nun auch den optischen Feinschliff gab.

Der Buchcommunity bei Twitter danke ich, dass sie so aktiv ist und mich so offen aufgenommen hat. Mit Euch habe ich viel dazugelernt – nicht zuletzt, dass das Autorendasein überhaupt nicht einsam sein muss.

Nicht zuletzt danke ich allen, die *Caspars Schatten* bis jetzt gekauft, gelesen, rezensiert und weiterempfohlen haben. Eure Unterstützung gibt mir den nötigen Mut, für meine Geschichten zu werben und vor allem: weiterzuschreiben.

Michael Leuchtenberger

Michael Leuchtenberger

DERRIÈRE LA PORTE

elf sonderbare Kurzgeschichten

Führt eine Tür in die Freiheit oder ins Verderben?

Schützt sie dich vor dem, was hinter ihr liegt?
Oder ist sie die Chance, es endlich zu erreichen?

Mit *Derrière La Porte* veröffentlicht Michael Leuchtenberger
erstmals einen Sammelband eigener, größtenteils bislang
unveröffentlichter Kurzgeschichten, von denen mit dem
Lampionfest eine bereits preisgekrönt ist. Die Sammlung
deckt unterschiedliche Genres ab, doch ähnlich wie in
seinem Debütroman *Caspars Schatten* bildet leiser Horror
einen Schwerpunkt. Eine unheimliche, bedrohliche
Grundstimmung macht sich nahezu überall bemerkbar.

»eine feine Story-Sammlung im Wundertüten-Gewand«
PHANTASTIK-COUCH.DE

ISBN: 9783750401648
Verlag: Books on Demand

MICHAEL
LEUCHTENBERGER

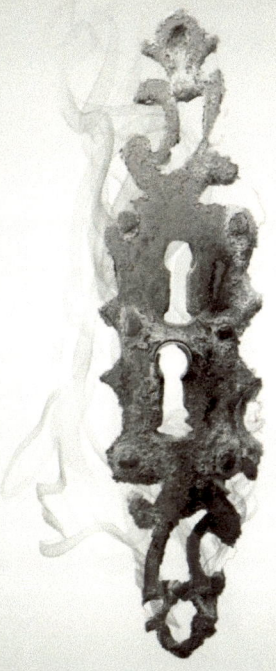

DERRIÈRE LA PORTE
ELF SONDERBARE KURZGESCHICHTEN

Trigger-Hinweise

Dieses Buch enthält fiktive Schilderungen von Erlebnissen, die ggfs. Auslösereiz bei Betroffenen sein können.

Folgende Liste wurde gewissenhaft erstellt, dennoch kann keine Garantie für Vollständigkeit übernommen werden:

Gebrauch von Drogen

Sinnestäuschungen / Halluzinationen

körperliche Gewalt

eingesperrt sein

gefesselt sein

enge Räume

(emotionale) Manipulation

Selbstverletzung in rituellem Kontext

Blut

Gebrauch von Stichwaffen

Gebrauch von Spritzen

drohender Tod durch Ertrinken

Tod durch Erfrieren